EMMI JOHANNSEN

Mordseestrand

Weitere Titel der Autorin:

Mordseeluft

Titel, die unter ihrem Namen Christine Drews erschienen sind:

Schattenfreundin
Phönixkinder
Tod nach Schulschluss
Denn mir entkommst du nicht
Kälter als die Angst

Killerjagd
Dunkeltraum
Nach dem Schweigen

Über die Autorin:

Emmi Johannsen ist das Pseudonym von Christine Drews. Mit ihren Romanen, ihren Thrillern und Krimis konnte sie bereits etliche Leser im In- und Ausland begeistern, auch als Drehbuchautorin ist sie erfolgreich. MORDSEESTRAND ist der zweite Band ihrer Borkum-Krimiserie, mit der die Autorin sich einen ganz besonderen Traum erfüllt hat: Inspiriert von ihrer liebsten Urlaubsinsel schreibt sie nun als Emmi Johannsen eine humorvolle Krimireihe um Caro Falk und Jan Akkermann, die gemeinsam auf der Insel Verbrecher jagen.

Emmi Johannsen

MORDSEESTRAND

Ein Borkum-Krimi

lübbe

Dieser Titel ist auch als Hörbuch und E-Book erschienen

MIX
Papier aus verantwortungsvollen Quellen
FSC® C014496

Originalausgabe

Textredaktion: Volker Jarck, Köln
Einband-/Umschlagmotive: © Shutterstock: OLIVER-stockphoto | Platonova Sveta | eatcute | Eric Isselee | koya979 | News Stock | Stefan Dinse | Veniamin Kraskov
Umschlaggestaltung: Massimo Peter-Bille
Satz: hanseatenSatz-bremen, Bremen
Gesetzt aus der Adobe Garamond Pro
Druck und Verarbeitung: GGP Media GmbH, Pößneck
Printed in Germany
ISBN 978-3-404-18408-8

2 4 5 3 1

Sie finden uns im Internet unter
www.luebbe.de
Bitte beachten Sie auch: www.lesejury.de

Prolog

Ich kann nicht sagen, dass mir sein Tod Glücksgefühle bereitet hätte, das wäre übertrieben. Ich gebe zu, dass ich am Anfang über mich selbst erschrocken bin, dass ich Angst vor den möglichen Konsequenzen hatte. Aber das ist jetzt vorbei. Ich weiß, dass die Bullen nicht mehr ermitteln. Und so langsam überkommt mich das Gefühl, dass ich den perfekten Mord begangen haben könnte. Einen Mord, der niemals aufgeklärt werden kann, weil es keinerlei Hinweise auf einen Täter gibt.

Das gibt mir ein gutes Gefühl. Ein wunderbares Gefühl. Und wer weiß? Vielleicht mache ich es einfach noch einmal, wenn es notwendig sein sollte …

1

Drei Wochen vorher.

Trotz der frühen Uhrzeit war es schon recht warm. Das Thermometer in Hinnerks Garten hatte heute Morgen um kurz vor sieben bereits zwanzig Grad angezeigt. Es versprach, ein heißer Tag zu werden, weshalb Caro lieber schon vor der Schule mit Aila spazieren ging. Die finnische Lapphündin mochte die Hitze nicht und würde sich später in Hinnerks Keller verziehen, wenn das Thermometer die 30-Grad-Marke überschritt. Jetzt war es hier am Strand aber noch herrlich. Eine frische Brise wehte Caro durch die Haare und Aila durch das dicke weiße Fell.

Caro blieb stehen und schaute auf das Meer. Die Sicht war klar, und sie konnte den Windpark gut sehen, der mitten in der Nordsee aus Dutzenden Windkrafträdern errichtet worden war. Es war Ebbe, und die Möwen stürzten sich scheinbar todesmutig vom Himmel herab, um Krebse und anderes Meeresgetier zu fangen. Es kam ihr fast brutal vor, wie die Vögel die Schalentiere in die Luft schleuderten, damit sie kurz darauf halb tot oder mit einem Bein zu wenig wieder auf den Boden krachten, um dann von ihren Angreifern leichter gefressen werden zu können. Ebbe war Essenszeit. Jedenfalls für die Möwen.

Durch zahlreiche kleine Priele lief das Wasser zurück in die Nordsee und gab immer mehr von dem schlickigen

Boden frei. Der schwarze Schlamm, der hartnäckig an der Haut kleben blieb, sollte angeblich Wunder wirken, Zeichen der Hautalterung bekämpfen und für feinere Poren sorgen. So hatte man es ihr vor ein paar Jahren in einem Berliner Schönheitssalon gesagt, als ihr für viel Geld der Meeresboden ins Gesicht geschmiert wurde, der ihr hier nun täglich um die Füße schwappte.

Caro musste schmunzeln. Wie fern kam ihr dieses Hauptstadtleben heute vor. Wie sehr genoss sie es jetzt, jeden Tag an der frischen Luft zu sein und in der schönsten Natur leben zu können, die dieser Planet zu bieten hatte.

Während Aila mal wieder einer Möwe hinterherjagte, von denen sie zum Glück noch nie eine erwischt hatte, fiel Caros Blick auf die Strandpromenade, die in der Ferne sichtbar wurde. Die weißen Bauten, die Hotels, aber auch Gästehäuser beherbergten, wirkten wie eine Trutzburg im Meer. Das Farbenspiel aus blaugrauem Wasser, gelblichem Sand und strahlend weißer Häuserfassade vor leuchtend blauem Himmel hatte so eine entschleunigende und beruhigende Wirkung auf sie, die sie immer wieder von Neuem überraschte. Es machte einfach einen Unterschied, ob man morgens als Erstes auf eine dreispurige Straße oder auf Strand und Meer blickte.

Caro atmete die frische Luft tief ein. Der endlose Strand war noch menschenleer. Das war zum einen der frühen Uhrzeit geschuldet, zum anderen der Tatsache, dass es noch eine Woche dauerte, bis die Sommerferien beginnen sollten. Dann wäre hier auch morgens um sieben schon was los, und die ersten Jogger, Walker und Hundebesitzer würden ihre Runden ziehen. Das Saugbaggerschiff, das vor der Küste die Fahrrinne erweiterte, damit der Urlauberverkehr auch problemlos über die Bühne gehen konnte, war schon seit Tagen aktiv und spuckte den angesaugten Sand Richtung Insel. Alles bereitete sich auf die Hauptsaison und den großen Gästeansturm vor, der die Insel in einen einzigen Bienenstock verwandeln würde. Dann würde die Luft wieder erfüllt sein vom Lachen und Weinen der zahllosen Kinder, vom gut gelaunten Geplauder und schlecht gelaunten Geschimpfe ihrer Eltern, vom lauten Klingeln der Fahrräder und den nicht weniger lauten »Rechts fahren!«-Rufen ihrer Besitzer. Aber jetzt hatte Caro den Strand noch für sich, und sie liebte die Ruhe und Einsamkeit, die sie nur hier erleben konnte.

Erschrocken zuckte sie zusammen, als sie in den drahtigen Mann hineinlief, der plötzlich hinter der Düne auftauchte. Er trug einen zerschlissenen grauen Pulli, der dieselbe Farbe hatte wie seine dünnen Haare, die ihm bis in den Nacken fielen.

»Himmel! Was schleichst du denn schon so früh hier rum? Ich hab fast 'nen Herzinfarkt gekriegt!«

Jo Hammert grinste sie breit an. »Dafür bist du noch zu jung, Mädchen.« Er hielt einen großen Jutesack hoch, der in allen Farben des Regenbogens schimmerte. »Der Müll kennt keine Tageszeit. Je eher er wegkommt, desto besser. Und morgens ist es jetzt noch nicht so heiß.«

Caro nickte. Sie hatte den kauzigen Jo schon häufig am Strand getroffen, wenngleich noch nie so früh. Der engagierte Umweltschützer hatte es sich zur Aufgabe gemacht, den Müll einzusammeln, den das Meer mit jeder Welle auf die Insel brachte. Und in den letzten Jahren war es immer mehr geworden. Jo hatte ihr mal erzählt, dass er vor zehn Jahren vielleicht einen Sack am Tag vollbekommen hatte.

Heute leerte er ihn mehrmals in den Mülltonnen und konnte immer wieder von Neuem losgehen und ihn mit Plastikteilen füllen. Inzwischen gab es am Strand sogar Sammel-Aktionen mit den Urlaubern. Mit kleinen Sachpreisen versuchte man, gerade die Kinder für das Müllsammeln zu begeistern. Eigentlich eine gute Idee, wie Caro fand, aber als Justus dann irgendwann drei Mini-Gummibärchentüten als seinen Müll-Lohn vorzeigte, konnte sie nur mit dem Kopf schütteln. Zehn Gummibärchen in Mini-Plastiktüten verpackt, waren in ihren Augen kein Beispiel dafür, wie man Müll am besten vermeiden konnte.

»Ich finde es super, dass du das machst, Jo. Wirklich vorbildlich.«

»Du weißt ja, wie sehr mein Herz an der Natur hängt. Neulich habe ich das leere Nest einer Sumpfohreule gefunden. Das bestand zu bestimmt neunzig Prozent aus Plastik. Ein totes Küken lag noch im Nest, verheddert in einem alten Plastiknetz. Es hatte sich quasi aufgehängt.« Jo wirkte betroffen und wütend zugleich.

»Schlimm ist das«, stimmte Caro ihm zu.

»Ja. Zumal diese Eulenart vom Aussterben bedroht ist. Es gibt nicht mehr viele von den Biestern.« Jo öffnete seinen Sack und holte die Plastikhalterung eines Dosen-Six-Packs heraus. »Und hieran erwürgen sich Vögel und Fische. Warum wird so etwas überhaupt hergestellt?« Sein sonnengegerbtes Gesicht verfärbte sich rot vor Wut.

Caro sah ihn bedauernd an. In Jos Sack befand sich fast ausschließlich Plastik, wie sie mit einem Blick feststellte. Plastikflaschen, Plastiktüten, mehrere schwarze Plastikpäckchen und andere Plastikverpackungen. Plastik, Plastik, Plastik.

»Solange wir diese ganzen Verpackungen kaufen, wird sich vermutlich nie was ändern«, meinte sie.

»Ich kauf so was nicht!« Er sagte das mit so einer Vehemenz, als handelte es sich nicht um Plastik-, sondern um Atommüll.

»Ich weiß.« Jo kaufte nur frische Sachen im Bioladen, den es seit ein paar Jahren gegenüber vom City Center gab, und pflanzte außerdem viel in seinem eigenen Garten an. Caro bewunderte, wie konsequent er seine ökologische Lebensweise verfolgte, wusste aber auch, dass es für sie in dem Maße nicht praktikabel war. Als alleinerziehende berufstätige Mutter konnte sie kein Gemüse im eigenen Garten anbauen. Außerdem hatte ein Zehnjähriger auch Wünsche, die manchmal eben nicht bio waren und die sie ihm nicht alle verwehren wollte. Es war einfach etwas anderes, ob ein alleinstehender Mittfünfziger komplett auf Plastik verzichtete oder eine Frau mit Kind und Job. »Dein Einsatz für die Umwelt ist großartig, Jo.«

»Die einen sagen so, die anderen so«, grummelte er und strich sich über sein markantes Kinn, das wie der Rest seines Gesichtes von Sommersprossen übersät war.

»Gegen das Müllsammeln hat doch nun wirklich keiner was«, meinte Caro schmunzelnd, die ahnte, worauf er anspielte.

Bei einigen Borkumern war der Umweltschützer nämlich ganz und gar nicht beliebt. Der Tourismus war nun mal die Haupteinnahmequelle fast aller Insulaner und ließ sich nicht immer so mit dem Naturschutz verbinden, wie es sich ein Jo Hammert wünschte. Der hatte schon gegen die Surfschule protestiert, weil die mit ihren Schülern zu nah an die Seehundbank gekommen war, und sich vehement dafür eingesetzt, dass Borkum komplett autofrei wird, selbst den Taxiverkehr wollte er verbieten lassen. Mit solchen Aktionen machte man sich nicht nur Freunde.

Jo strich sich eine seiner langen grauen Strähnen aus den Augen. »Jeder sollte immer den Müll aufsammeln, den er sieht«, sagte er.

Caros Blick fiel auf Jos Finger. Die oberen Glieder waren auffällig rundlich verformt, und die Nägel wölbten sich wie Uhrglas, bogen sich zum Ende fast wie Krallen zu den Fingerspitzen hin. »Da hast du bestimmt recht. Aber vielleicht solltest du beim Sammeln besser Handschuhe tragen?« Sie musste an ihren alten Schönheitssalon in Berlin denken, in dem ihr nicht nur der Meeresschlamm ins Gesicht geklatscht worden war, sondern sie auch jahrelang zur Maniküre ging. Wenn die jungen Damen dort Jos Fingernägel sehen würden, würden sie Schnappatmung bekommen.

Jo war ihr Blick nicht entgangen, und er lachte heiser. »Bei diesen Händen ist ohnehin Hopfen und Malz verloren«, sagte er und hielt sie demonstrativ hoch. »Hat aber nix mit dem Müll zu tun.«

»Sondern?«

»Trommelschlegelfinger heißen die im Fachjargon«, erklärte er, »meine kranke Lunge ist schuld daran. Die versorgt die Finger nicht mehr ausreichend mit Sauerstoff.« Er räusperte sich kurz und blickte in die Ferne. Caro merkte, wie sehr ihn das Thema berührte.

»Das hört sich ja nicht gut an«, sagte sie besorgt. »Bist du in Behandlung?«

»Natürlich. Die Lunge ist ja der Grund, warum ich vor über zwanzig Jahren nach Borkum gezogen bin«, antwortete Jo und atmete tief durch, als wollte er ihr zeigen, wie gut er das hier konnte. »Solange ich täglich meine Medikamente nehme und keinen großen Stress habe, passiert nichts. Sonst ist das Risiko allerdings groß, dass mich ein Infarkt aus den Schuhen wirft. Im Gegensatz zu dir bin ich dafür nicht mehr zu jung.« Er grinste sie schief an.

»Pass gut auf dich auf«, meinte Caro und verdrehte im nächsten Moment die Augen, als sie sah, wie Aila einen großen Haufen neben die Düne machte. »So viel zum Thema Umweltschutz.«

»Das ist doch bio.«

»Biomüll ist auch Müll.« Sie zog einen Kotbeutel aus der Tasche, aber Jo hielt ihre Hand zurück.

»Das ist doch verrückt. Du packst die Kacke in einen Beutel und dann braucht es hundert Jahre, bis alles verrottet ist. Wenn du ein Loch buddelst und den Haufen hier im Sand begräbst, ist er mit der nächsten Flut für immer verschwunden.«

»Wenn ein Urlauber am Strand in einen Hundehaufen tritt, gibt's Riesengeschrei.«

»Noch ist ja keiner da.«

Caro nickte zustimmend, buddelte dann ein möglichst tiefes Loch in den Sand und beförderte Ailas Haufen mit einem Stöckchen hinein.

»Ich muss los. Justus' Schule fängt gleich an.«

»Grüß schön«, meinte Jo.

»Mach ich. Wir sehen uns, Jo.«

Er nickte und ging weiter, wobei er sich alle paar Meter bückte, um etwas aufzuheben, das er in seinen Sack packte.

Ein Jahr lag es nun zurück, dass Caro und Justus Falk nach Borkum gezogen waren, und sie hatten die Entscheidung nicht eine Sekunde bereut. Ihr Sohn war inzwischen zehn Jahre alt und genoss das Zusammenleben mit seinem Großvater sehr, in dessen Haus sie jetzt wohnten. Hinnerk hatte es sich in der Einliegerwohnung gemütlich gemacht, die seine verstorbene Frau früher an Urlauber vermietet hatte, und Caro und Justus hatten genug Platz im restlichen Teil des Hauses gefunden. Das Miteinander mit ihrem Schwiegervater lief erstaunlich problemlos, und er hatte auch keinerlei Einwände, als Caro etwas an der Einrichtung im Haus veränderte. Hinnerk konnte gut verstehen, dass sie nicht einfach so in das alte Schlafzimmer von ihm und Lefke einziehen wollte, und hatte ihr sogar geholfen, die alten Tapeten von den Wänden zu kratzen und alles neu zu streichen. Caro hatte das Gefühl gehabt, dass es für ihren Schwiegervater fast etwas Therapeutisches hatte, dieses Zimmer aufzugeben und die alten Erinnerungen zu überstreichen. Hier hatte er über vierzig Jahre neben seiner Lefke geschlafen – und ihre Hand gehalten in der Nacht, in der sie starb.

Justus bekam natürlich auch ein neues Kinderzimmer, auch wenn er ein paar von den alten Möbeln seines Vaters behalten wollte, die immer noch in dem Raum standen. Die 80er-Jahre-Tapete wurde blau überpinselt, der Parkettboden abgeschliffen und neu geölt, und Justus fühlte sich sofort pudelwohl in dem Zimmer.

Unten im Wohn- und Essbereich hatte Caro viele von Hinnerks Möbeln stehen lassen. Zum einen fehlte ihr das Geld, um sich komplett neu einzurichten, zum anderen konnte Hinnerk nicht alles in die kleine Einliegerwohnung mitnehmen, die ja ebenfalls vollständig möbliert war. Deshalb hatte sie es im Erdgeschoss bei einem frischen Anstrich belassen, einiges von Lefkes zahlreichen Hinstellerchen weggestellt und versucht, die schwarze Ledercouch mit modernen Kissen etwas aufzupeppen.

Obwohl seit drei Monaten Caros Scheidung von Nils lief, war das Verhältnis zu dessen Vater nach wie vor eng. Und deutlich besser als das zwischen Nils und Hinnerk, die ihre Streitereien von früher nie richtig begraben konnten. Zwischen Caro und Hinnerk gab es dagegen selten Krach, eigentlich wurde der bärtige Mittsiebziger nur dann sauer, wenn Aila in seinem äußerst gepflegten Garten ein Loch buddelte. Dann schnappte er sich schon mal Justus' Wasserpistole und rannte wild schießend hinter dem Hund her. »Papa hat recht. Opa ist ein Garten-Nazi«, pflegte Justus dann lakonisch zu sagen, wofür er von Caro einen liebevollen Klaps auf den Hinterkopf bekam.

Es war wunderbar, auf Borkum zu leben. Justus hatte sich problemlos in der Schule eingelebt und schnell Freunde gefunden. Nicht eine Sekunde hatte er das Leben in Berlin vermisst, im Gegenteil. Von den Freiheiten, die er hier auf der Insel hatte, konnte er früher nur träumen. Es war eben etwas anderes, ob man abends durch die Dünen nach Hause ging oder am Alexanderplatz umsteigen musste. Auf Borkum hatte sich Caro noch nie Sorgen um ihn gemacht.

Und auch sie selbst hatte schnell Anschluss gefunden. Gerade unter den Müttern von Justus' Klassenkameraden hatten sich nette Frauen gefunden. Besonders mit Tine Felder, mit deren Sohn Peter Justus eng befreundet war, verstand sie sich gut. Sie war es auch, die Caro überredet hatte, regelmäßig zum Elternstammtisch der Klasse zu kommen, der sich alle zwei Wochen traf. Eigentlich waren Stammtische oder Clubs, wie Hinnerks Inselclub, nicht Caros Fall, jedenfalls hatte sie das früher immer gedacht. Im hippen Berlin wäre ihr so was spießig vorgekommen, da traf sie ihre Freundinnen zum Shoppen und ging hinterher auf einen Absacker in eine nette Bar. Aber hier auf Borkum war eben alles anders, und ohne den Stammtisch hätte sie niemals so viele freundliche Leute kennengelernt. Nach einer Weile hatte Caro überrascht festgestellt, wie intensiv die Gespräche waren, die sie dort führte. Ganz anders als in den angesagten Berliner Bars, in denen eine anständige Unterhaltung allein schon wegen der lauten Musik schwierig war.

Auch das Team am kleinen Inselflughafen, wo Caro den Kiosk übernommen hatte, bestand im Prinzip nur aus Schätzen. Insgesamt war sie auf der Insel mit offenen Armen aufgenommen worden. Natürlich gab es auch Insulaner, die keine Zugezogenen und erst recht keine Großstädter mochten. Ein kauziger alter Borkumer hatte mal zu ihr gesagt, sie würde das sündige Berlin auf die Insel bringen. Caro hatte zuerst gedacht, der Alte würde einen Scherz machen, und ihm im flapsigen Tonfall geantwortet, dass sie eine Dependance des Kitkat-Clubs am alten Leuchtturm eröffnen wollte.

Aber der Alte fand das gar nicht komisch, und es dauerte nicht lange, bis ein paar einheimische Senioren sie entweder scheel anguckten oder ihr flirtend zuwinkerten. Sie brauchte eine Weile, bis sie begriff, was in den alten Köpfen vor sich ging, aber da war es schon zu spät. Klarstellen konnte sie jetzt gar nichts mehr, und jeder Klärungsversuch machte alles nur noch schlimmer. Jan Akkermann, mit dem sie gut befreundet war, seitdem sie den Mord an dem

Klinikchef im letzten Jahr aufgeklärt hatten, hatte nur gemeint, dass man niemals ändern könne, was sich im Kopf eines alten Borkumers festgesetzt hat.

»Du solltest das als Kompliment auffassen«, hatte er zu ihr gesagt. »Von der dicken Jule in der Eisdiele denkt niemand, dass sie einen Sexclub aufmacht.«

Caro musste schmunzeln, als sie an Jans Worte dachte. Was für ihn ein Kompliment war, würde in Berlin schon als sexuelle Belästigung geahndet werden.

Sie sah Justus schon von Weitem, der auf sein Fahrrad stieg und sich auf den Weg in die nahe gelegene Grundschule machen wollte. Die letzten Tage seiner Grundschulzeit waren angebrochen, bald war diese unbeschwerte Zeit vorbei. Er hatte eine Gymnasialempfehlung bekommen, und Caro war froh, dass er erst mal auf der Insel bleiben konnte. Das war nicht selbstverständlich. Etwas mehr als fünftausend Menschen lebten auf Borkum, unter den ostfriesischen Inseln war sie eine der größten: drei Kirchen, drei Leuchttürme und eine weiterführende Schule. Aber kein Gymnasium. Früher mussten die Eltern ihre Kinder an irgendeiner Schule auf dem Festland unterbringen und ihnen ein Zimmer im Ort anmieten. Wenn sie Glück hatten, gab es in der Nähe Verwandte, bei denen der Nachwuchs unterkommen konnte. Da überlegte sich manche Familie zweimal, ob es das wirklich wert war. Oder ob ein Haupt- oder Realschulabschluss nicht auch reichte. Heute gab es in der Upholmstraße zum Glück die Inselschule Borkum, eine Oberschule mit gymnasialem Angebot. Bis zur zehnten Klasse würde Justus hier zur Schule gehen können und erst zur elften auf ein Internatsgymnasium wechseln. Weg zu müssen von zu Hause, weil es sonst keine Möglichkeit gab, das Abitur zu machen, war für viele Schülerinnen und Schüler von den Inseln inzwischen normal, und Caro war sich sicher, dass Justus sich mit dem Gedanken angefreundet haben würde, wenn es erst mal so weit war. Und sie hoffentlich auch.

»Ihr wart aber lange unterwegs!«, sagte er, als Caro ihn mit Aila erreicht hatte.

»Ja. Einmal am Tag braucht sie einen langen Spaziergang, und nachher ist es zu heiß.«

»Meinst du, ich krieg Hitzefrei?«, fragte Justus hoffnungsvoll.

»Ich drück dir die Daumen!«

Grinsend radelte Justus los. Wegen der zu erwartenden Temperaturen trug er seinen Helm nicht, was Caro erst auffiel, als er bereits um die Ecke gebogen war. Sie nahm es erstaunlich gelassen hin. Nie, aber auch wirklich nie hätte sie ihn in Berlin ohne Helm fahren lassen. Sie konnte es sowieso an einer Hand abzählen, wann er früher alleine mit dem Rad unterwegs gewesen war, und immer war sie vor Sorge fast umgekommen. Aber hier? Natürlich konnte er auch auf Borkum stürzen und sich am Kopf verletzen, aber das Unfallrisiko auf dem sechshundert Meter langen autofreien Schulweg war doch sehr gering.

»Noch einen Kaffee?«, fragte Hinnerk, der es sich auf der Terrasse gemütlich gemacht hatte. Aila stürzte sich auf ihren Wassernapf und schlabberte ihn in einem Zug aus, während sich Caro zu ihrem Schwiegervater setzte und einen Kaffee einschenkte.

»Das Saisonauftaktfest an der Promenade wird dieses Jahr noch größer«, sagte Hinnerk und erzählte ihr, dass es deutlich mehr Stände geben würde, an denen neben Getränken und Speisen auch Infos über die Insel angeboten würden.

»Ich war schon Jahre nicht mehr da.« Caro nippte an ihrem Kaffee. »Das letzte Mal lebte Lefke noch.«

Hinnerk machte kurz ein wehmütiges Gesicht, als er an seine verstorbene Frau dachte. »Seitdem hat sich eine Menge verändert«, sagte er dann schnell. »Inzwischen können wir mit Cannes und Nizza mithalten.«

Caro lachte. »So wird es hier hoffentlich nie werden!«

Hinnerk grinste. »Keine Sorge. Steht nicht an.«

»Ich kann mich noch gut an die Stimmung damals erinnern«, sagte Caro. »Obwohl eine gewisse Hektik herrschte, waren alle so fröhlich.«

»Klar. Die einen machen Urlaub, die anderen verdienen Geld.«

»Ja, aber das ist es nicht nur. Ich hatte immer das Gefühl, dass beide Seiten sich richtig aufeinander freuen. Und das nicht nur, weil die einen am Strand liegen und die anderen mit ihnen Geld verdienen.«

»Da hast du recht«, stimmte Hinnerk ihr zu. »Ohne unsere Gäste ist Borkum wirklich nur halb so schön. Manchmal wird es vielleicht ein bisschen viel, aber ganz ehrlich: Wenn im November dann kein Mensch kommt, ist hier auch wirklich der Hund begraben. Dann fällt einem erst mal auf, wie wenig Menschen es hier eigentlich gibt. Die trubelige Urlaubszeit ist schon schön.«

Caro nickte. Sie freute sich auf ihre erste Saison. Zum ersten Mal in ihrem Leben würde sie die Urlaubszeit von der anderen Seite miterleben, und sie war gespannt und neugierig, wie sich das anfühlen würde.

Sie sah auf die Uhr. »Ich muss gleich zum Flughafen.

Hast du heute was vor oder bist du hier, wenn Justus aus der Schule kommt?«

»Ich werde jetzt zwei Stunden den Garten wässern und mich dann zu Aila in den Keller legen«, grummelte Hinnerk. »Bei der Hitze komme ich erst nach Sonnenuntergang wieder raus.«

»Wie ein Vampir.«

»Dafür bin ich zu lebendig.«

»Du musst viel trinken.«

»Weiß ich doch.« Hinnerk strich sich den Schweiß aus seinen buschigen, weißen Augenbrauen. »Wenn die Temperaturen so bleiben, wird das mit dem Trinken noch ein Riesenproblem werden.«

»Du meinst, die Vorräte reichen nicht?«, fragte Caro erstaunt. »Auf der ganzen Insel? Kann ich mir nicht vorstellen.«

»Nee. Ich meine, dass die Leute uns umkippen wie die Fliegen von der Wand. Der Verwaltungschef der Riff Kliniken ist bei mir im Inselclub«, sagte Hinnerk. »Der erzählte gestern, dass bei ihm jeden Tag einer umfällt.«

»Sind das nicht reine Reha-Einrichtungen?«, fragte Caro. »Dann haben die doch wahrscheinlich alle schlimme Vorerkrankungen, oder?«

»Nö. Wenn dein Knie im Eimer war, heißt das ja noch lange nicht, dass dein Kreislauf bei 35 Grad im Schatten schlappmachen muss. Das sind einfach alles dehydrierte Leute, die die Hitze unterschätzen.«

»Ich sag ja: Du musst viel trinken, Hinnerk.«

»Weiß ich doch.«

Nachdem Hinnerk sich in den Keller verabschiedet hatte, holte Caro ihr Fahrrad aus der Garage und radelte los.

Sie hatte noch nicht mal ein Drittel des Weges geschafft, als sie merkte, dass sie einen Platten hatte.

»Mist.«

Der Schlauch machte ihr schon seit einer Weile Probleme, das Ventil saß nicht mehr richtig fest und löste sich bei einer Bodenwelle schnell aus der Verankerung.

Caro kniete sich neben den Reifen und drehte das Ventil wieder so fest hinein, wie sie konnte. Dann nahm sie die alte Luftpumpe und begann, den Reifen wieder aufzupumpen. Schon nach wenigen Augenblicken war sie schweißgebadet, und als der Reifen wieder fest und prall war, wäre sie am liebsten sofort nach Hause gefahren und hätte sich unter die Dusche gestellt.

Stattdessen setzte sie sich auf ihr Rad und fuhr den Giloweg weiter Richtung Flughafen. Nach wenigen Metern sah sie Jo Hammert in der Ferne. Er ging auf einem Pfad zwischen den Dünen, trug seinen Jutesack über der Schulter und schien völlig in Gedanken zu sein. Caro wollte ihm gerade einen Gruß zurufen, als ein bulliger, dunkel gekleideter Typ wie aus dem Nichts plötzlich neben Jo auftauchte.

Wo kam der denn auf einmal her?, fragte sich Caro überrascht. Sie konnte nicht erkennen, wer der Mann war, aber sie sah sehr deutlich, dass er Jo ziemlich aggressiv ansprach. Der Kerl stieß ihm gegen die Schulter und schien ihn anzuschnauzen, woraufhin Jo ihn nicht weniger aggressiv zurückschubste. Caro hatte keine Ahnung, worum es in dem Wortwechsel ging, aber dass die beiden Männer sich anschrien, war deutlich zu hören.

»Was ist denn da los«, murmelte sie und radelte ein Stück in Jos Richtung. »Jo!«, rief sie dann so laut sie konnte. »Alles in Ordnung?«

Die beiden Männer ließen sofort voneinander ab und sahen sie an. Dann wandte sich der dunkel gekleidete Typ noch mal an Jo und sagte irgendetwas zu ihm, wobei er seinen Zeigefinger drohend vor Jos Gesicht hielt. Danach drehte er sich um und verschwand hinter den Dünen.

Jetzt hatte Caro Jo erreicht. »Bist du okay?«, fragte sie, als sie neben ihm bremste.

»Ja, sicher.«

»Was war denn los?«

Jo verzog sein Gesicht zu einem schiefen Grinsen. »Alles in Ordnung. Umweltsau trifft Umweltschützer. Da kann es schon mal zu Diskussionen kommen.«

»Und wer war der Typ?«

»Keine Ahnung. Hab ich noch nie gesehen. Ich muss weiter. Moin!«

»Moin ...«

Nachdenklich sah sie Jo hinterher. Umweltsau trifft Umweltschützer – hatte er den Mann vielleicht am Strand dabei erwischt, wie er Müll abladen wollte? Aber dann hätten die beiden ihren Streit doch an Ort und Stelle geführt. Dann wäre der Kerl ihm doch nicht durch die Dünen gefolgt und hätte ihn so aggressiv angemacht. Es kam Caro fast so vor, als hätte der Mann Jo aufgelauert. Warum sollte ein Wildfremder so etwas tun?

Du kanntest den doch, dachte Caro und hoffte, dass Jo nicht in irgendwelchen Schwierigkeiten steckte.

2

»Haben wir nicht erst letzte Woche frische Ware bekommen?«, fragte Caro erstaunt, als sie ihr Fahrrad vor dem Flughafen abstellte. Inge Lorenz stand mit in die Hüften gestemmten Händen neben der Eingangstür und koordinierte einen jungen Mann, der Kisten aus einem Lkw schleppte. Inges Kommandos waren eigentlich überflüssig, da der Mann nicht mehr machen konnte, als die Kartons vom Wagen in den Eingangsbereich des Flughafens zu stellen, dennoch ließ sie es sich nicht nehmen, ihn mit »Weiter links!«- und »Die müssen dahinten rechts hin!«-Sprüchen zu nerven.

»Dein erster Saisonauftakt, was?«, meinte Inge zu Caro und wischte sich den Schweiß von der Stirn. »Was meinst du, was wir die nächsten Wochen alles brauchen! Getränke, Süßigkeiten, Klopapier, Seife – ich kann mir da keinen Engpass erlauben.«

Ihre weit geschnittene pinke Bluse hatte unter den Armen bereits dunkle Flecken. Keine Frage, mit dreißig Kilo Übergewicht war die Hitze noch schlechter zu ertragen als für eine schlanke und sportliche Person wie Caro. Von Inge hatte sie den Flughafenkiosk im letzten Jahr übernommen, weil die korpulente Endfünfzigerin den Ticket- und Kioskverkauf zusammen nicht mehr schaffte. Beides war, jedenfalls offiziell, zu viel für die hüftkranke Frau, die im Kiosk immer ihre eigene beste Kundin gewesen war. Natürlich ohne zu bezahlen. Arne, der Geschäftsführer vom Flughafen, hatte mal überschlagen, wie viel sie von der Ware pro Tag wegschnabuliert hatte, und war auf über dreißig Euro für Cola und Schokoriegel gekommen. Und das täglich. Ein Schaden, der sich nicht nur auf Inges Hüften bemerkbar gemacht hatte, sondern auch dem Flughafenbetreiber irgendwann aufgefallen war. Nachdem Inge ihr Leben lang für den Flughafen gearbeitet hatte, war sie praktisch unkündbar, und da Arne sie natürlich, trotz der großen Standpauke, die er ihr hielt, seit Jahren ins Herz geschlossen hatte, einigten sich die beiden darauf, dass es aus gesundheitlichen Gründen besser war, wenn Inge sich nur noch auf den Ticketverkauf konzentrierte.

Seitdem Caro den Kiosk führte, hatte sie das Warenangebot ein wenig modernisiert. Dominierten früher Mon Chéri und andere Schnapspralinen, die Inge gerne mochte, so waren es nun Artikel für Kinder und Snacks, die auf den ersten Blick den Anschein machten, als wären sie nicht übertrieben gezuckert. Was sie natürlich trotzdem waren, aber der betuchte Borkum-Reisende, der mit dem Flugzeug auf die Insel kam, wollte nun mal gerne die Illusion haben, dass ein Schoko-Müsli-Riegel seinem Körper auch etwas Gutes tat. Caro kannte diese Klientel nur zu gut.

»Es sind überhaupt keine Pralinenschachteln dabei!«, sagte Inge enttäuscht, als sie die Kartons gemeinsam mit Caro öffnete. »Hast du keine bestellt?«

»Jetzt im Hochsommer werden die Pralinen doch gar nicht mehr frisch hergestellt«, antwortete Caro.

»Na und? Ich hatte früher immer einen Vorrat.«

Lächelnd zog Caro einen schmalen Karton mit Mon Chéri hinter einer Trennwand hervor. »Natürlich habe ich noch einen Restbestand. Da das Zeug bei der Hitze sowieso kein Mensch kauft, nimm es am besten unter deine Fittiche.«

Ein Strahlen ging über Inges Gesicht. »Danke!« Schnell wurde sie wieder ernst. »Und wenn Arne das mitkriegt?«, fügte sie konspirativ flüsternd hinzu.

»Keine Sorge. Ich kümmere mich schon darum«, antwortete Caro, die den Betrag für die Pralinen längst in die Kasse eingezahlt hatte. »Aber pass auf, dass dir das ganze Zeug nicht schmilzt!«

»Keine Sorge. So lange halten die bei mir nicht.«

Inge riss das Zellophan-Papier von der Packung, schob geübt die goldene Plastikeinlage aus der bunten Pappe und steckte sich eine schon sichtbar weich gewordene Praline in den Mund. »Das Klopapier muss zu den Toiletten …«, sagte sie genüsslich kauend zu dem jungen Mann.

Schlecht gelaunt ließ der Mann das Paket einfach fallen. »Junge Frau, ich bin nicht dafür zuständig, die Waren an den richtigen Platz zu bringen. Offiziell muss ich sogar nur bis zur Türschwelle liefern, ist Ihnen das eigentlich klar?«

»Nun werd mal nicht so frech, Jungchen!«, entgegnete Inge mit hochrotem Kopf und verschluckte sich fast an ihrer Schnapspraline. »Ich könnte deine Mutter sein!«

»Wohl eher meine Oma.«

»Unverschämtheit!«

Caro bemühte sich, ernst zu bleiben. Inge machte auf den ersten Blick immer den Eindruck, als sei sie auf Krawall gebürstet, aber das stimmte nicht. So kratzbürstig sie sein konnte, so groß war aber auch ihr Herz. Die gebürtige Borkumerin wusste genau, was sie wollte, ließ sich nur ungern etwas vorschreiben und sagte geradeheraus, was sie dachte. Ohne Rücksicht auf Verluste. Als Caro im Flughafen angefangen hatte, war ihr erster Gedanke gewesen, dass sie es mit dieser Inge niemals aushalten und garantiert eine Menge Streit haben würde. Aber das Gegenteil war der Fall. So schnell, wie die jemanden anblaffte, so schnell vertrug sie sich auch wieder mit ihm.

»Hier, Junge, hast fünf Euro«, sagte sie zu dem jungen Mann, als er mit dem Auspacken fertig war. »Für ein Feierabendpils. Hast ja gut geschleppt.«

»Danke, Frau Lorenz«, der junge Mann tippte sich an die Stirn. Auch er schien die Auseinandersetzung längst vergessen zu haben. »Bis zum nächsten Mal. Moin!«

Als er weg war, fuhr auch schon der Lieferwagen von Björn Hagedorn vor, dem Getränkehändler auf der Insel.

»Das geht hier ja zu wie im Taubenschlag«, meinte Caro. »Wo sollen wir das denn alles kühlen, die Massen kommen doch erst nächste Woche!«

Selbst im Keller des Flughafens war es inzwischen einigermaßen warm. Aber es blieb Caro nichts anderes übrig, als mit Björn Hagedorn die Kisten nach unten zu schleppen. Es freute sie, dass der Mann sich etwas berappelt hatte. Als sie ihn im letzten Jahr bei dem Fall um den ermordeten Klinikchef kennengelernt hatte, war er ein verwahrloster Trinker gewesen. Davon war jetzt nicht mehr viel zu sehen. Hagedorn wirkte durchaus gepflegt, und eine Fahne hatte er auch nicht mehr.

Auch wenn die Hauptsaison noch nicht gestartet war, landeten natürlich schon Maschinen auf der Insel. Saisonkräfte wurden eingeflogen, und es kamen erste Urlauber, die nicht den Ferienbeginn abwarten mussten, weil sie keine Kinder im schulpflichtigen Alter hatten. Bei so einem Wetter entschieden sich viele kurzfristig, an die Küste zu fliegen. Caro konnte das gut verstehen. 35 Grad waren in Berlin oder Köln etwas anderes als auf Borkum.

Während sie die letzten Artikel in die Regale des Kiosks räumte, landete draußen eine Maschine. Olaf, einer der wenigen Inselpiloten, stieg aus und half den zehn Passagieren beim Ausstieg und mit ihrem Gepäck. Durch die bodentiefen Fenster, die die Flughafenhalle von der Terrasse und dem Rollfeld abtrennten, erkannte Caro Jo Hammert. Seinen bunten Jutesack hatte er jetzt nicht mehr dabei, dafür aber eine Laptoptasche. Sie hatte ihn noch nie am Flughafen gesehen und fragte sich, ob er in seiner Müllmission hier war. Aber zu ihrer Überraschung kam ein Mann in Anzug und Aktenkoffer auf ihn zu und schüttelte ihm die Hand. Er unterschied sich auffällig von den anderen Fluggästen, nicht nur wegen seiner Businesskleidung und dem fehlenden Gepäck, sondern wegen seiner Ausstrahlung und seines ganzen Auftretens. Die Haare waren offensichtlich dunkel gefärbt und erinnerten Caro an eine Playmobil-Frisur, ein Haufen Gel oder Haarlack sorgte dafür, dass der Wind nicht eine Strähne zum Wanken brachte. Der helle Leinenanzug wirkte teuer und bewusst lässig, so wie er auf Sylt das ganze Jahr über getragen wurde. Der Mann verströmte etwas Arrogantes, und Caro hatte das Gefühl, dass er Jo schon mit dem Händedruck vermitteln wollte, wie wichtig er war. Zu ihrer Überraschung wirkte auch Jo ganz anders, als sie ihn sonst kannte. Eigentlich hätte sie erwartet, dass er einem solchen Schnösel mit einer gewissen Verachtung gegenübertreten würde, aber alles in seinem Gesicht wies darauf hin, dass er den Mann ganz offensichtlich respektierte. Er blickte ihm ernst in die Augen und fasste ihn jovial am Arm, bevor er ihn ein paar Meter weiter zog. Dabei sah er sich immer wieder um, als wollte er sicherstellen, dass sie nicht beobachtet wurden. Das Aufeinandertreffen der beiden wirkte fast konspirativ, und Caro fragte sich, was so ein ausgemachter Öko wie Jo wohl mit so einem etwas zwielichtig wirkenden Businessheini zu bereden hatte. Die beiden schienen leise miteinander zu sprechen, während Jo immer wieder die Umgebung scannte.

Jetzt geht echt die Fantasie mit dir durch, dachte Caro und musste über sich selbst den Kopf schütteln. Erst sah sie Jo mit einem fremden Mann laut streiten, dann mit einem anderen leise sprechen – und jedes Mal vermutete sie irgendeine wahnwitzige Geschichte dahinter. Seitdem sie den Mord an dem Chefarzt aufgeklärt hatten, witterte sie an jeder Ecke ein Verbrechen. Neulich hatte sie sich dabei ertappt, wie sie den gewaltsamen Tod eines Karnickels rekonstruiert hatte. Sie war vom Fahrrad abgestiegen, hatte das tote Tier von allen Seiten betrachtet und nach Beweisen gesucht, dass jemand den pelzigen Bauch brutal geöffnet hatte. Denn sie wusste genau, dass Serienkiller vorher an Tieren übten und dass Kinder, die durch Tierquälereien auffielen, später zu Mördern werden konnten. Sie war kurz davor gewesen, Fotos vom Tatort zu machen, als ihr aus dem Augenwinkel der Täter auffiel. Er hockte auf einem Felsen und grinste sie hinterhältig an, ein Stück Karnickelbauch hing ihm noch im Schnabel, und als er wegflog, ließ er noch mal einen genervten Schrei los, weil Caro ihn beim Abendessen gestört hatte. Mit Möwen stand sie von Anfang an auf Kriegsfuß.

»Wo ist die Tinte für den Ticketdrucker?«, krähte Inge in dem Moment und holte sie so in die Realität zurück. »Hat der Junge keine geliefert? Ich werd noch irre …«

Es ist viel los auf der Insel. Es stehen noch eine Menge Arbeit und Vorbereitungen an, bevor die verdammten Sommerferien losgehen. Ich finde kaum die Zeit, um das zu tun, was ich tun muss. Was ich längst erledigt haben sollte.

Eben kam wieder ein Anruf. Erneut haben sie versucht, Druck zu machen. Warum ich es noch nicht geregelt habe, wollten sie wissen, obwohl ich doch schon Tage Zeit hatte. Aber ich weiß, wann ich was mache, ich brauche keine Anweisungen. Die sitzen bequem auf dem Festland und warten, dass ich die Kohlen aus dem Feuer hole. Sie können es ja alleine regeln, wenn ihnen mein Vorgehen nicht passt.

Und ich soll mich gefälligst nicht erwischen lassen, haben sie noch gesagt. Da hätte ich fast losgelacht. So was passiert nur, wenn man nicht aufpasst, und natürlich werde ich aufpassen. Es kann eigentlich gar nichts schiefgehen.

Ich werde meinen Plan trotzdem noch mal genau durchgehen und alle Details überprüfen. Und die Sache dann durchziehen. Ich muss vor allen Dingen aufpassen, dass mich keiner sieht. Oder dass ich zumindest keinem auffalle. Auch ihm nicht. Er ist schließlich kein Fremder. Vermutlich ahnt er, was ich vorhabe. Das kann ich jedenfalls nicht ausschließen. Und nach dem Treffen am Flughafen ist klar, dass ich nicht mehr viel Zeit habe. Wenn ich noch länger warte, dann kommen die Dinge ins Rollen, ohne dass ich sie aufhalten kann. Das werde ich nicht zulassen. Es geht hier schließlich nicht um ein paar

Euro. Es geht um Zigtausende. Wenn er nicht vernünftig ist, dann hilft eben nur eins. Dann suche ich ihm ein hübsches Grab aus.

3

Das geschäftige Treiben am Flughafen und auf der ganzen Insel sollte die nächsten Tage nicht besser werden. Die Temperaturen stiegen immer mehr an, und die ungewohnte Hitze schlug einigen auf die Stimmung. Selbst die Nächte waren inzwischen recht warm, und wenn die zuverlässige frische Brise ausblieb, konnte Caro nicht mehr schlafen. So wie viele andere auch nicht. Einige kälteerprobte Insulaner konnten da ganz schön gereizt werden. Einerseits wollte sich keiner das zu erwartende Bombengeschäft mit Eis und gekühlten Getränken entgehen lassen, andererseits war jetzt schon allen klar, dass man den Bedarf vermutlich nicht komplett decken konnte.

Auch sie konnte sich von dem Vorbereitungsstress nicht ganz frei machen. Die Frage, wie man die ganzen Getränke kalt kriegen sollte, war immer noch nicht geklärt, und Caro vermutete, dass sich das Problem auch nicht lösen lassen würde. Mussten die Leute halt lauwarme Limo trinken, sie konnte es nicht ändern.

Da es weder im Flughafen noch im innen liegenden Kiosk eine Klimaanlage gab, war das Arbeiten zum Teil wirklich ausgesprochen anstrengend. Die Wurst auf den Brötchen, die sie morgens schmierte und den ersten Reisenden zum Kauf anbot, rollte schon nach wenigen Minuten die Ränder auf, als wollte sie sagen: Du hast sie doch nicht mehr alle, mich aus dem Kühlschrank zu holen. Kaufen wollte so etwas natürlich auch keiner mehr, und so bekam Aila im Moment dauernd irgendwelche vertrockneten Wurstbrötchen zum Abendbrot, was die Hündin gar nicht so schlecht zu finden schien.

Es war die letzte Mittagspause vor dem Beginn der Sommerferien, und da Caro wusste, dass sie in den nächsten Wochen höchstens Zeit für einen kleinen Snack haben würde, hatte sie sich mit Jan im Café Ostland verabredet, um noch einmal richtig zu essen. Gemütlich war es auf der großen Außenterrasse noch nicht, auf der das Personal die Möbel abspritzte und alles sauber machte, aber dafür war es relativ leer.

Bei Sanddornschorle und Bratkartoffeln lauschte Caro seinen Ausführungen, und wie immer hatte Jan eine Menge Neuigkeiten und Inselklatsch zu erzählen. Seit einem Jahr kannte sie ihn und seine Geschichten nun, und sie musste sich eingestehen, dass sie ihn in der Zwischenzeit durchaus ins Herz geschlossen hatte. Sie mochte den durchtrainierten und gut aussehenden Kerl, auch wenn ihr seine direkte Art manchmal auf die Nerven ging.

Zwei Polizisten in Uniform standen vom Nebentisch auf und nickten ihnen grüßend zu. Caro kannte die beiden vom Sehen, im letzten Jahr hatte sie öfter mal Kontakt mit ihnen gehabt.

»Was hat euch denn nach Ostland verschlagen?«, fragte Jan freundlich. »Hier gibt's doch eigentlich nie was zu tun.«

»Aber die besten Bratkartoffeln.« Der Jüngere von den beiden grinste.

»Wir fahren im Moment jeden Tag ans Hooge Hörn«, fügte der andere hinzu. »Es sind Drogen auf der Insel.«

Jan nickte. Ihm war die Problematik offensichtlich vertraut, während Caro nur rätseln konnte.

»Kiffende Jugendliche am Strand?«, fragte sie nach.

»Nordrhein-Westfalen kriegt doch erst morgen Ferien.« Jan grinste.

»Nein, seit ein paar Tagen werden wieder jede Menge Drogenpäckchen an den Strand geschwemmt«, erklärte der jüngere Polizist.

»Stand doch in der Zeitung«, fügte Jan noch hinzu.

Caro wusste immer noch nicht genau, um was es ging. »Sorry, ich konnte die letzten Tage keinen Blick in die Zeitung werfen. Was ist los?«

»Das geht jetzt ungefähr seit einer Woche so«, antwortete der ältere Polizist und erklärte ihr, dass in den letzten Tagen mehrfach schwarze Päckchen an den Strand angespült worden seien. »Wir rücken mehrmals am Tag aus, um sie einzusammeln. Wir wollen natürlich, dass nichts mehr da ist, wenn die ganzen Urlauber kommen.«

»Es kommt immer mal wieder vor«, schaltete Jan sich ein, »dass Drogenpäckchen ins Meer geworfen werden, wenn eine Polizeikontrolle einem Dealerschiff bedrohlich nahe kommt. Dann lässt die Besatzung den Stoff einfach über Bord gehen.«

»Und der wird dann an Borkums Strände gespült«, meinte Caro nachdenklich. »Verstehe.«

»Bitte einfach die Finger davonlassen«, sagte der ältere Beamte und warf Caro einen eindringlichen Blick zu, als befürchtete er, die Spürnase in ihr geweckt zu haben. Dann nickte er den beiden noch mal freundlich zu und folgte seinem Kollegen gemächlich zum Ausgang.

»Trotz aller Warnungen ziehen natürlich dauernd irgendwelche Jugendlichen los, um das Zeug zu suchen«, sagte Jan, als die Polizisten weg waren. »Die konsumieren den Stoff dann oder verhökern ihn.«

»Und wahrscheinlich weiß keiner, was da genau drin ist.«

»Ganz genau. Die spielen eine Art russisches Roulette mit weißem Pulver.«

Caro blickte ihn nachdenklich an.

»Ich hab letzte Woche Jo Hammert morgens beim Gassigehen getroffen«, sagte sie dann. »Er war dabei, den Müll am Strand einzusammeln …«

»Hat er noch diesen bunten Jutesack?«

Caro nickte. »Ja. Und darin waren jede Menge kleiner schwarzer Päckchen.«

Jan machte große Augen.

»Du meinst, dass der alte Hippie sich das angespülte Zeug durch die Nase zieht?«

Caro zuckte mit den Schultern. »Ich weiß nicht. Eigentlich traue ich das Jo nicht zu. Hältst du ihn für einen Drogi?«

Jan schüttelte den Kopf. »Nee. Mehr als ein bisschen Kiffen würde ich ihm nicht zutrauen …«

»Der kifft doch nicht. Im Leben nicht. Der hat 'ne kaputte Lunge. Außer Sauerstoff ziehst du dir dann doch nichts rein.«

»Koks oder Heroin schlägt ja nicht so auf die Atmung.«

»Ich hoffe, er hat das Zeug bei der Polizei abgegeben«, sagte Caro besorgt. »Kann doch wirklich tödlich ausgehen, wenn du das einfach so nimmst.«

»Allerdings. Die Polizei hat ja auch eindringlich dazu aufgerufen, alle gefundenen Päckchen abzugeben«, sagte Jan. »In der Zeitung stand, dass sie Schiss haben, dass sich jetzt ein paar Dealer unter die Urlauber mischen könnten, um ihr Zeug wiederzukriegen. Und mit Drogendealern …«

»… ist nicht unbedingt zu spaßen«, brachte Caro seinen Satz nachdenklich zu Ende und berichtete ihm dann von der merkwürdigen Begegnung am Flughafen, als sie Jo Hammert zusammen mit diesem übertrieben smarten Geschäftsmann beobachtet hatte.

»Denkst du, der Typ hat was mit den Drogen zu tun?«

»Keine Ahnung. Aber ich glaube, es könnte nicht schaden, wenn wir mal mit Jo sprechen.«

Zwischen dem Café Ostland und dem Hooge Hörn gab es fast nur Dünen und Wildnis. Ab und zu fanden sich hier ein paar Bunkeranlagen aus dem Zweiten Weltkrieg, aber ansonsten gehörte das Land überwiegend der Natur. Einige wenige Häuser hatten sich zwischen den Sanddornhecken versteckt. Wer hier lebte, der liebte die Einsamkeit und wollte mit seinen Mitmenschen so wenig wie nur möglich zu tun haben. Mal eben zum Brötchenholen in den Ort setzte eine halbstündige Radfahrt voraus. Abgelegener als hier konnte man kaum wohnen.

Es wunderte Caro daher nicht, dass ausgerechnet Jo Hammert hier lebte, seit zwanzig Jahren. Sein kleines, fast winziges Häuschen war das abgeschiedenste von allen. Bis zu seinem nächsten Nachbarn waren es bestimmt fünfhundert Meter. Ein Paradies für einen Naturfreund wie Jo, der hier mehr oder weniger mitten in den Sanddornhecken saß und die Vögel praktisch vom Bett aus beobachten konnte. Diese Einsamkeit hatte etwas Idyllisches, fand Caro, jedenfalls bei diesem herrlichen Wetter. Im November, bei Dunkelheit, Regen und Sturm, dürfte das Flair etwas gewöhnungsbedürftiger sein.

Sie schoben ihre Räder über den Schotterweg, der zu Jos

Haus führte. Plötzlich tauchte wie aus dem Nichts eine bildschöne junge Frau vor ihnen auf. Ihre langen blonden Haare wehten im Wind, und zusammen mit ihrer weißen, flatternden Bluse gab ihr das eine fast feenhafte Erscheinung. Sie trug eine Tasche über der Schulter, wirkte aufgewühlt und ging strammen Schrittes an ihnen vorbei, wobei sie ihnen kurz zunickte, als Jan und Caro ein freundliches »Moin« murmelten.

»Holla, die Waldfee«, meinte Jan, als die Frau weg war, und pfiff anerkennend durch die Zähne. Er drehte sich noch mal zu ihr um, aber da war sie schon hinter der nächsten Kurve verschwunden. »Alter Verwalter. Das war ja mal ein Schuss.«

»Du könntest ihr Vater sein«, entgegnete Caro trocken und musste an Inges Auseinandersetzung mit dem jungen Lieferanten denken. »Vielleicht sogar ihr Großvater«, fügte sie deshalb noch hinzu und verkniff sich ein Grinsen. Ihr war natürlich klar, dass sie sich mit dieser Bemerkung auf noch dünneres Eis begab als der Lieferant mit seinem Oma-Spruch.

»Ich bin näher an der vier dran als an der fünf!«, regte Jan sich dann auch erwartungsgemäß auf. »Wer ist denn bitte mit Mitte vierzig Großvater?«

»Da gibt es genug.«

»Die Frau war bestimmt fünfundzwanzig! Das wäre biologisch nun wirklich … herausfordernd, wenn ich ihr Opa wäre«, meinte Jan kopfschüttelnd, und Caro musste lachen.

Inzwischen waren sie bei Jos Haus angekommen, und Caro drückte die Klinke des niedrigen Holztörchens herunter. Ein gepflasterter, von Moos und Unkraut überwucherter Weg führte durch den völlig verwilderten Vorgarten zu Jo Hammerts Haus.

»Hinnerk würde hier nervöse Zuckungen kriegen«, meinte sie.

»Ja«, stimmte Jan ihr zu. »Das Gartenkonzept scheint mir doch ein anderes zu sein als bei euch.«

Sie drückte auf den Klingelknopf, und ein lautes Schellen war zu hören, das selbst die Vögel in den angrenzenden Hecken aufschreckte. Doch auch nach mehrmaligem Klingeln öffnete niemand.

»Nicht da. Vielleicht ist er schwimmen.«

»Oder füttert die Möwen.«

»Was Jo nicht nur aus Umweltschutzgründen niemals tun würde«, entgegnete Jan. »Du müsstest inzwischen wissen, dass Möwenfüttern das Letzte ist, was man auf dieser Insel tun sollte.«

»Ich weiß.«

»Ich glaube, ich habe zu Hause irgendwo Jos Nummer. Ich ruf ihn heute Abend mal an.«

Um halb sieben stand Tine bei Caro vor der Tür, um sie zum Elternstammtisch abzuholen.

»Sorry, ich bin zu früh«, sagte sie zur Begrüßung.

»Wie immer«, antwortete Caro grinsend und ließ ihre Freundin ins Haus.

Der Elternstammtisch begann erst in einer Stunde, und für den Fußweg brauchten sie höchstens zehn Minuten. Aber Tine kam grundsätzlich zu früh, um sie abzuholen. Als Mutter von vier Kindern war sie einfach froh, aus dem heimischen Tollhaus so schnell wie möglich rauszukommen, was sie auch unumwunden zugab. Peter war mit seinen zehn Jahren der Jüngste und auch der Einzige, der noch nicht in der Pubertät war. Ihre Zwillingsmädchen waren dreizehn und gerade in der schlimmsten Phase, während ihr Ältester mit fünfzehn auf der Zielgeraden war und just den Alkohol für sich entdeckt hatte, was besonders an den Wochenenden nicht zur Entspannung in der Familie beitrug.

»Und Freddy ist auch nur am Jammern«, stöhnte Tine, als Caro ihr ein Glas Wein einschenkte.

Wegen Freddy war Tine vor gut zwanzig Jahren nach Borkum gezogen und hatte ihre Heimat Hannover verlassen. Caro wusste, dass die beiden eigentlich eine sehr harmonische Ehe führten und dass die Schimpferei zu den beiden gehörte wie der Wind zur Nordsee. Im Prinzip konnten sie über alles schimpfen. Wirklich ernst meinten sie es aber nie.

»Klar geht es in so einem Betrieb auch mal rau zu«, fuhr Tine fort, »auf dem Bau ist die Sprache nun mal ein bisschen anders!«

»Freddy ist doch auch nicht auf den Mund gefallen.«

»Nein, aber sein Chef hat halt ab und zu einen verbalen Aussetzer. Aber der hat auch seine guten Seiten. Als wir das Haus gebaut haben, hat Fahndruck uns geholfen, wo es nur ging.« Tine strich sich durch ihre Kurzhaarfrisur, zu der sie sich aus rein praktischen Gründen irgendwann entschieden hatte. Caro hatte mal Fotos von früher gesehen, auf denen ihre Freundin eine hüftlange, dunkle Mähne trug. Sie war eine gut aussehende Frau, auch mit den praktischen kurzen Haaren, die etwas blonder waren als sonst. Tine war nicht besonders groß und maß höchstens einen Meter sechzig. Ihre schlanke Figur hatte sie trotz der vier Kinder behalten. Nur ihr Bauch war ruiniert, wie sie Caro einmal anvertraute. Jahrelang hatte sie ihm mit hartem Training den Kampf angesagt und bis zu hundert Sit-ups am Tag gemacht. Ohne Erfolg. Frustriert hatte sie den Sport aufgegeben und versucht, ihren Bauch zu kaschieren, was gerade bei den aktuellen Temperaturen schwierig war. Zum Glück war es ihr inzwischen egal. »Freddy trägt seinen Bauch stolz vor sich her, und ich wickle mir dauernd einen Pullover drum, um ihn zu verstecken? Was läuft eigentlich schief bei mir?«

»Und Freddy hatte keine vier Kinder in seinem Bauch.«

»Nein. Höchstens vier Kästen Bier.«

Seitdem trug Tine nur noch Klamotten, die ihr gefielen, und nicht mehr die, die angeblich am besten saßen, wie sie Caro erzählt hatte. Und da sie auch nicht mehr permanent den Bauch einzog, war sie insgesamt viel entspannter als früher.

Caro konnte das sehr gut nachvollziehen. Sie hatte es auch befreiend gefunden, als sie damals ihre Maskerade ablegen konnte. Früher war sie nur in engen Gucci-Röcken und auf 15-Zentimeter-High-Heels herumgedackelt, heute lief sie entspannt in Jeans und Sneakers, verzichtete auf Make-up und Extensions und hatte das Gefühl, endlich angekommen zu sein.

Die beiden Freundinnen tauschten sich noch ein wenig aus, bevor sie sich auf den Weg zum *Knurrhahn* machten, dem Restaurant in der Bismarckstraße, in dem sich der Elternstammtisch traf.

Auf der trubeligen Haupteinkaufsstraße war immer noch viel los, obwohl die Geschäfte inzwischen alle geschlossen hatten. Vor der Eisdiele gegenüber der Sparkasse war eine lange Schlange und die Tische vor den Restaurants waren alle belegt. Bei dem Wetter wollten die Leute am liebsten draußen essen, einer der Gründe, warum der

Stammtisch im Inneren des Lokals stattfand. Caro sah die anderen Eltern schon vom Eingang aus an einem Tisch in der hinteren Ecke sitzen. Mit einem gut gelaunten »Moin« wurden sie begrüßt. Insgesamt waren sie heute zu elft, und abgesehen von Tine verstand Caro sich am besten mit Elisa Frankenheimer, einer niedergelassenen Ärztin auf Borkum. Die anderen Eltern waren im Großen und Ganzen auch alle in Ordnung, aber zu den meisten hatte sie nur wenig Kontakt. Gerade die Mädcheneltern kannte sie kaum, und es wunderte sie immer wieder, welche Rolle Justus bei ihren eigenen Bekanntschaften doch spielte.

»Wir sprachen gerade über den Drogenfund am Strand«, klärte Elisa sie auf und wandte sich wieder an die Gruppe. »Damit ist wirklich nicht zu spaßen. Ich hatte heute Morgen einen Jugendlichen in der Praxis, der was von dem Zeug genommen hatte.«

»Ist der wahnsinnig?«, rief Rolf, der Vater eines Mädchens, dessen Namen Caro immer vergaß.

»Das habe ich ihm auch gesagt, als er wieder bei Bewusstsein war. Der Stoff ist noch nicht gestreckt. Die Gefahr einer Überdosis ist riesig«, erklärte Elisa.

»Ich finde, wir müssen jetzt selbst aktiv werden«, schlug Carsten vor, ebenfalls ein Mädchenvater. »Wenn wir darauf warten, bis die Polizei alle Päckchen am Strand eingesammelt hat, passiert womöglich noch Schlimmeres.«

»Zumal die Dealer ja vermutlich schon auf der Insel sind«, warf Tine ein. »Und im Moment wimmelt es hier nur so von Urlaubern. Ist doch nicht auszuschließen, dass die Typen versuchen, hier ihren Stoff an den Mann zu bringen.«

Caro machte ein abwägendes Gesicht. »Drogenhölle Borkum? Ich weiß nicht …«

»Ist hier nicht Berlin, schon klar«, sagte Tine. »Aber warum sollten die den Jugendlichen nichts andrehen wollen?«

»Na ja, in erster Linie sind doch Familien mit Kindern hier«, antwortete Caro. »Der Anteil der Heroinjunkies unter den Urlaubern dürfte relativ überschaubar sein.«

»Trotzdem sollten wir die Gefahr nicht unterschätzen«, sagte Elisa mit Nachdruck. »Dem Jugendlichen ging es wirklich nicht gut. Ich hab ihn in die Klinik aufs Festland geschickt.«

»Besteht Lebensgefahr?«, fragte Tine anteilnehmend.

»Ich glaube nicht. Aber er muss vierundzwanzig Stunden überwacht werden, das kann ich in meiner Praxis nicht leisten.«

»Was ist das denn für ein Zeug?«, fragte Caro.

»Ungestrecktes Heroin«, antwortete Elisa, »hat mir jedenfalls Kommissar Bachmann gesagt.«

Caro war überrascht. »Bachmann ist auf Borkum?«

»Ja, klar«, antwortete Elisa. »Um solche Funde muss sich schließlich offiziell gekümmert werden. Das schaffen unsere Jungs von der Wache doch gar nicht alleine.«

»Wie wäre es, wenn wir eine Art Task Force gründen?!« Rolf schlug vor Begeisterung über seinen eigenen Vorschlag mit der Faust auf den Tisch. »Wir teilen die Eltern in Zweiergruppen ein, die regelmäßig den Strand abgehen und nach den Päckchen suchen!«

»Und die Jugendlichen befragen und warnen!« Carsten war nicht weniger begeistert, und innerhalb kürzester Zeit entbrannte eine lebhafte Diskussion über das Für und Wider einer solchen Einsatzgruppe.

Caro musste schmunzeln. Die Begeisterung, mit der sich die Eltern in den kriminellen Dunstkreis der Drogenhändler stürzten, erinnerte sie daran, wie ihr detektivisches Gespür im letzten Jahr geweckt worden war, als sie die Leiche von Dr. Schäfer gefunden hatte. Wer einmal Ermittlerblut geleckt hatte, der war nur schwer wieder davon abzubringen.

»Machst du auch mit, Caro?«, fragte Elisa.

Sie seufzte. »Würde ich gerne, ehrlich. Aber wann soll ich das machen? Es ist Hauptsaison, wir haben alle den Arsch voll Arbeit und zusätzlich noch unsere Familien. Ich weiß wirklich nicht, wann wir da noch Streife gehen sollen.«

»Du könntest den Fall ja auch ganz offiziell übernehmen! Du kennst dich doch jetzt mit so was aus«, meinte Tine scherzhaft und grinste über das ganze Gesicht.

»Super Idee!«, sagte Elisa im selben Tonfall. »Du und der Akkermann, Ihr seid doch so was wie Miss Marple und … Wie hieß der alte Freund von ihr noch?«

»Mister Stringer!«, rief Tine und klatschte in die Hände. »Akkermann ist so was von Mister Stringer!«

Der gesamte Stammtisch brach in Gelächter aus.

Caro grinste. »Wenn ihr jetzt noch sagt, ich hätte denselben Hintern wie Miss Marple, dann gehe ich nach Hause.«

»Würden wir nie behaupten«, sagte Rolf und wischte sich eine Lachträne aus dem Auge.

Während die anderen sich noch über Miss Marple und Mister Stringer ausließen und sich Anekdoten aus der uralten Fernsehserie an den Kopf warfen, musste Caro an Jo Hammert denken. So lustig es der Stammtisch auch finden mochte, dass sie und Jan sich ab und zu als Privatdetektive herumtrieben, so hatten sie im letzten Jahr doch immerhin einen Mord aufgeklärt. Sie wussten also durchaus, wie man Dinge herausfinden konnte. Und die Sorge, dass Jo irgendetwas mit diesen Drogenpäckchen zu tun haben könnte, ließ sie immer noch nicht los.

»Aber wir könnten ja mal überlegen, ob wir eine Klasseninitiative in Sachen Müllsammeln am Strand starten wollen«, sagte Caro in der Hoffnung, das Gespräch weg von Miss Marple zu bringen. »Abgesehen von den Drogen liegt ja schließlich noch jede Menge anderes Zeug da rum.«

»Ist das nicht zu riskant?«, warf Carsten ein. »Wenn die Kinder dann doch so ein Päckchen in die Finger bekommen?«

»Außerdem ginge das ja nur nach der Schule«, sagte Tine.

»Und dann ist es unerträglich heiß«, gab Elisa zu bedenken. »Ich weiß nicht.«

»Jo Hammert sammelt auch bei jedem Wetter.«

»Der ist ja auch unverwüstlich!«, rief Elisa. »Ich sehe ihn regelmäßig in meiner Praxis und staune jedes Mal, wie fit er ist.«

»Wann war er denn das letzte Mal bei dir?«

Elisa runzelte die Stirn. »Also, abgesehen davon, dass ich dir das natürlich nicht sagen darf – er hätte eigentlich vorgestern einen Termin gehabt.«

»Hätte?«

»Ja. Er ist nicht gekommen. Ist ihm noch nie passiert. Wahrscheinlich hat er ihn bei seinem ganzen Stress vergessen.«

»Wieso hat Jo denn Stress?«, hakte Caro nach. »Ich dachte immer, der führt ein gemütliches Leben als Einsiedler.«

»Ach, der engagiert sich doch in zig Projekten«, sagte Carsten. »Der hat mehr um die Ohren als wir alle zusammen.«

»Und in letzter Zeit besonders«, stimmte Elisa ihm zu. »Als er vor ein paar Wochen das letzte Mal bei mir war, wirkte er irgendwie total angespannt.«

»Weißt du warum?«, fragte Caro.

Elisa schüttelte den Kopf. »Er redet ja nicht besonders viel.«

»Ich hab ihn schon eine ganze Weile nicht mehr gesehen«, sagte Tine. »Dabei treffe ich ihn eigentlich regelmäßig, wenn ich am Strand joggen gehe.«

»Du gehst regelmäßig am Strand joggen?« Rolf sah sie ungläubig an.

»Ja, wieso?«, entgegnete Tine spitz.

»Alles gut. Ich hab mich nur gewundert.« Rolf nahm schnell einen Schluck von seinem Bier, während Tine das Gesicht verzog.

»Ich muss ihn unbedingt mal anrufen«, sagte Elisa und machte sich eine Notiz in ihrem Handy. »Bei seiner Erkrankung sollte er eigentlich keinen Termin ausfallen lassen.«

»Okay. Zurück zu unserem eigentlichen Thema«, sagte Rolf. »Vielleicht könnte jeweils ein Elternteil eine Müllsammelgruppe begleiten?«

»Wenn wir so etwas überhaupt machen wollen«, warf Carsten ein. »Vielleicht sollten wir doch lieber noch einmal über die Heroinpakete sprechen.«

Erneut entstand eine lebhafte Diskussion. Aber Caro hörte den anderen nicht mehr zu.

Jo hatte einen Arzttermin nicht wahrgenommen. Bei seiner Erkrankung war jeder Arztbesuch wichtig, allein schon deshalb, weil er dort vermutlich die Rezepte für seine lebensnotwendigen Medikamente bekam.

Und Jo hatte noch nie einen Arzttermin versäumt.

4

Am nächsten Tag war es so weit. Das Wetter war fabelhaft, heiß und sommerlich. In mehreren Bundesländern begannen die Sommerferien, und mit Ankunft des ersten Schiffes strömten die Urlauber auf die Insel.

Caro stand in ihrem Kiosk und merkte, wie ihr der Schweiß an den Beinen herunterlief. Der junge Polizist, den sie gestern noch in Ostland getroffen hatten, stand nun wenige Meter neben ihr, einen Drogenspürhund an der Leine.

»Möchten Sie eine Cola?«, fragte Caro ihn. »Die ist noch nicht ganz so warm wie der Rest.«

»Danke, aber ich habe eine Trinkflasche dabei.« Er klopfte sich an seinen Gürtel, an dem neben einer Waffe auch eine Flasche hing. »Der Hund braucht ja auch dauernd was.«

Caro nickte und kam aus ihrem Kiosk heraus. Sie kniete sich vor den Hund und streichelte ihn, ohne sein Herrchen vorher zu fragen. Das fiel ihr erst ein, als sie seinen missbilligenden Blick bemerkte.

»Sorry. Aber ist ja echt ein ganz Lieber«, sagte sie schnell.

»Der kann auch anders.«

»Glaub ich.« Caro stand wieder auf. »Heute reisen doch nur Leute an und nicht ab«, meinte sie dann.

»Und?«

»Die bringen doch keine Drogen mit auf die Insel, oder?

Also jedenfalls nicht die, die hier aus Emden landen. Wenn, dann bringen doch höchstens ein paar Jugendliche aus Eemshaven was mit. Aber Sie stehen doch hier wegen der gefundenen Päckchen vom Strand, oder nicht? Damit die nicht von der Insel geschafft werden?«

Der Schäferhund hatte Caros Wurstfinger entdeckt, mit denen sie eben noch die Brötchen geschmiert hatte, und leckte sie gierig ab.

»Ja, natürlich. Und jeder soll gleich wissen, dass er Schwierigkeiten bekommen wird, wenn er was von hier wegbringen will«, meinte der Polizist und schnippte einmal mit den Fingern, woraufhin sich der Hund sofort an seine rechte Seite setzte.

Caro war aufrichtig beeindruckt. »Wow. Können Sie das meinem Hund auch beibringen?«

Der Polizist sah sie fast mitleidig an. »Dieser Hund ist ein perfekt ausgebildeter Profi«, sagte er. »Seitdem er drei Monate alt ist, wird mit ihm trainiert. Täglich. Mindestens vier Stunden. Haben Sie das mit Ihrem Hund auch gemacht?«

Caro schüttelte bedauernd mit dem Kopf. »Leider nicht. Wir haben sogar die Hundeschule geschwänzt.«

»Tja.«

Caros Blick fiel auf die Passagiere, die aus einer Maschine stiegen. Aufgeregt stieß sie dem Polizisten in die Seite, der wegen des vertraulichen Verhaltens große Augen machte.

»Da!« Sie zeigte auf einen Mann, der in Begleitung von zwei weiteren Männern über das Rollfeld ging.

»Bitte?«

»Der Bundeskanzler!«

Der Polizist rollte mit den Augen. »Ex-Bundeskanzler.

Ja. Er macht jedes Jahr Urlaub hier. Hat ein Haus in der Nähe vom Südstrand. Ich befürchte, Sie sind die Einzige, die das noch aufregend findet.«

Caro verzog beleidigt das Gesicht und bemühte sich, so gelangweilt und gleichgültig zu gucken wie nur möglich, als Gerhard Schröder mit seinen Personenschützern an ihr vorbeiging. Mit seiner tiefen Stimme grüßte er den Polizisten und nickte ihr freundlich zu, bevor er das Gebäude verließ und sich draußen auf ein Fahrrad schwang, das dort auf ihn wartete. Seine Begleiter taten es ihm gleich und packten die Koffer in den Anhänger, der an dem einen Rad befestigt war. Dann setzte sich das Trio in Bewegung.

»Der fährt mit dem Rad?«

»Was hatten Sie gedacht? Gepanzerte Limousine?«, spottete der Polizist.

»Haben Sie auch kaltes Wasser, junge Frau?«, fragte in dem Moment eine Urlauberin, die sich am Tresen des Kiosks abstützte, als hätte sie gerade einen 100-Meter-Lauf absolviert. Sie trug ein edles Sommerkleid und eine teure Handtasche, wie Caro mit Blick auf das Designer-Logo erkannte.

»Die Kühlung ist leider ausgefallen«, antwortete Caro und stellte sich wieder in ihren Kiosk.

»Das ist nicht Ihr Ernst, oder?«

»Leider doch.«

»Das wäre auf Juist nicht passiert«, sagte die Frau zu dem ebenfalls teuer gekleideten Mann, der inzwischen zu ihr gekommen war und eine große Reisetasche mit sich schleppte.

»Wollen Sie eben rüberfliegen und sich ein kaltes Wasser holen?«, fragte Caro.

Die Schickse sah sie empört an. »Machen Sie sich über mich lustig?«

»Ja«, gab Caro zu und erntete von der Dame nur ein empörtes Kopfschütteln. Gemeinsam mit ihrem Mann verließ sie maulend den Flughafen.

»Das ist der Nachteil hier«, meinte Inge, die ihr gegenüber am Ticketschalter saß. »Wer mit dem Flugzeug nach Borkum kommt, hat meistens zu viel Geld. Und manchmal kann das den Charakter verderben.«

»Keine Sorge«, entgegnete Caro. »Mit Schickimicki-Leuten kenne ich mich aus.« Ich gehörte ja schließlich lange genug selbst dazu, fügte sie noch in Gedanken hinzu.

Aber tatsächlich sollte der Tag anstrengender werden, als sie es erwartet hatte, und am Abend war Caro völlig geschafft. Trotzdem ließ sie sich von Hinnerk überreden, noch auf das Saison-Eröffnungsfest an die Strandpromenade zu gehen.

»Die nächsten drei Monate bleibt es ja so anstrengend«, argumentierte Hinnerk, als sie sich eigentlich gerade aufs Sofa legen wollte. »Wenn du dich dann jeden Abend nur noch hinlegen willst, wirst du in Zukunft nichts mehr vom Sommer haben. Das wäre doch auch schade.«

Da hatte er recht, und auch wenn es sie viel Überwindung kostete, war sie froh, sich noch aufgerafft zu haben. Nach wie vor war es sehr warm und die Strandpromenade von Menschen übervölkert. Sie brauchten eine Weile, bis sie einen freien Platz an einem der Stehtische fanden und sich etwas zu essen holen konnten. Die Zeiten, in denen nur Bratwurst und Fischbrötchen an solchen Festen angeboten wurden, waren zu Caros Freude definitiv vorbei. An den Ständen gab es Pasta aus dem Parmesanleib, auf dem Holzbrett geräucherten Lachs und andere Leckereien, die man auch auf jedem hippen Street-Food-Festival in Berlin finden könnte.

»Toll, wie sich das hier verändert hat«, meinte Caro, die sich ein paar feurige Hähnchenspieße vom Grill geholt hatte.

»Finden nicht alle gut«, meinte Hinnerk und biss in seinen Pulled Pork Burger. »Viele Urlauber sagen, dass sie auf Borkum besonders das Ursprüngliche geschätzt haben. Wer Chichi haben will, soll nach Sylt fahren, sagen die.«

Caro rollte mit den Augen. »Nur weil es mal was anderes gibt als Erbsensuppe aus der Dose, ist das doch noch lange nicht Sylt.«

Hinnerk brummte zustimmend, als er plötzlich jemanden in der Menge erblickte. »Da vorne ist Jan!« Er winkte ihm zu. Gut gelaunt und mit einem Bier in der Hand schlenderte Jan zu ihnen.

»Dahinten gibt es einen Cocktailstand«, sagte er, nachdem er sie begrüßt hatte. »Soll ich uns einen Long Island Ice Tea holen?«

»Ich mag keinen Eistee«, antwortete Hinnerk.

»Das ist eher Eistee mit Schuss«, meinte Jan.

»Bloß nicht. Dann bin ich sofort voll«, sagte Caro. »Bei der Hitze kann man doch keinen Alkohol trinken.«

Jan prostete ihr demonstrativ zu. »Nicht lang schnacken, Kopp in Nacken!«, sagte er und kippte den letzten Schluck von seinem Bier herunter.

Im selben Moment betrat ein großer, dicklicher Mann eine kleine Bühne unweit ihres Tisches.

»Oh. Fahndruck hält 'ne Rede«, raunte Hinnerk.

Erst da fiel Caro auf, dass sie offensichtlich am Stand von Bauunternehmer Lars Fahndruck standen, dem Chef von Freddy Felder. Zwei Werbebanner hingen neben der Bühne, auf denen das Logo des Unternehmens gedruckt war. Fahndruck war der einzige Bauunternehmer auf Borkum. Wer etwas auf der Insel bauen wollte, sei es nun ein Einfamilienhaus oder die komplette Strandpromenade, der kam um ihn nicht herum.

Caro staunte, wie gepflegt der Mann trotz der Hitze aussah. Seine bestimmt hundertzwanzig Kilo hatte er in einen hellen Anzug gepackt, auf dem sich kein einziger Schweißfleck abzeichnete. Sein runder, kahler Kopf war zwar leicht gerötet, aber weder lief ihm das Wasser über das Gesicht noch wirkte er sonst irgendwie angestrengt.

Wie macht der das bloß, dachte sie und wedelte sich mit einer Broschüre etwas Luft zu.

Mit einem gewinnenden Lächeln im Gesicht wandte sich Lars Fahndruck an die Gäste, die sich an seinem Stand tummelten. Er begrüßte sie herzlich und betonte, wie sehr es ihn freue, dass die Saison endlich wieder gestartet sei. Innerhalb weniger Augenblicke änderte er dann die Richtung seiner Rede und sprach über den Schutz der Seehundbank.

»Borkum ist eine Insel, die sich immer für den Naturschutz eingesetzt hat«, beendete er seine Ansprache. »Vor einigen Jahren hätten wir die Seehunde fast an die Staupe verloren. Aber ihr Bestand hat sich erholt, und heute leben mehr von diesen wunderbaren Tieren hier als je zuvor. Und wir werden alles in unserer Macht Stehende tun, um sie zu schützen.«

Applaus brandete auf, allerdings konnte Caro beobachten, dass einige Borkumer das Gesicht verzogen und nicht in den Beifall mit einfielen.

»Finde ich gut, dass er die Seehundbank anspricht«, sagte Caro leise zu Hinnerk und Jan, während Fahndruck sich weiter über die Vielfalt der Robben ausließ.

»Ja. Über ein paar Probleme wissen die meisten Urlauber vermutlich gar nicht Bescheid«, gab Hinnerk ihr recht. »Die Bank wächst doch so nah an den Strand heran, dass man bald zu ihr rübergehen kann. Und dann?«

»Dann bleibt das immer noch verboten.«

»Ja. Aber das müssen die Gäste ja erst mal wissen. Gerade die ganzen Kinder denken doch, ach wie süß, da lauf ich mal hin und streichel die.«

»Wobei sich natürlich keiner von den Dickmöpsen je streicheln lassen würde«, sagte Caro und band sich einen neuen Zopf. Seitdem sie auf Borkum lebte, hatte sie ihre dunkelblonden Haare wachsen lassen, die sie früher zu einem aufwendig gestylten Bob trug, der sie alle paar Wochen zum Friseur gezwungen hatte. Aber für regelmäßige Friseurbesuche fehlte ihr jetzt nicht nur die Zeit, sondern ein Bob hatte sich bei dem ständigen Wind auf der Insel auch als denkbar unpraktisch erwiesen. Borkum war definitiv nicht der Ort für perfekt gestylte Haare.

»Wenn die Seehundbank den Strandabschnitt verschließt, wird der Teil der Bucht zu einem großen See werden«, meinte Jan. »Kann doch jetzt schon kaum noch einer in dem brackigen Wasser schwimmen, von den Einheimischen geht da jedenfalls keiner mehr rein.«

»Es kommt einfach zu wenig frisches Meerwasser herein«, stimmte Caro ihm zu. »Ist schon ein bisschen ekelig, die Brühe.«

»Aber was soll dann aus dem Nordstrand werden? Aus den Milchbuden und Restaurants? Da hängen doch jede Menge Existenzen dran«, sagte Hinnerk.

Caro nickte. Aus Umweltschutzgründen durfte an die Seehundbank nicht Hand angelegt werden. Würde man das

Saugbaggerschiff mal in die Nähe lassen und einen Teil wegbaggern, käme wieder genug Frischwasser in den Bereich des Nordstrandes, und die Bucht bliebe für die Urlauber attraktiv, die Buden und Restaurants könnten weiterleben, und nichts würde sich ändern. Durfte man aber nicht, und daher verschloss sich die Bucht immer weiter. Ein Problem, das die Borkumer schon seit Jahren beschäftigte und immer dringender wurde.

»Hast du eigentlich Jo Hammert erreicht?«, fiel Caro in dem Moment ein.

»Leider noch nicht«, antwortete Jan. »Ich hab es ein paarmal probiert.«

»Festnetz oder Handy?«

»Festnetz natürlich. Ich bin mir gar nicht sicher, ob er überhaupt ein Handy hat«, meinte Jan. »Ist das nicht umweltschädlich?«

Caro wollte gerade etwas erwidern, als jemand in den hinteren Reihen aufsprang.

»Und wovon sollen wir leben, wenn der Nordstrand zum Baden nicht mehr genutzt werden kann?«, rief der Mann sichtbar wütend in Fahndrucks Robbenvortrag hinein.

»Ich weiß«, sagte Fahndruck vermittelnd, »das ist die Angst von vielen von uns. Vielleicht möchte unser Bürgermeister noch etwas dazu sagen?«

Mit einer freundlichen, einladenden Geste bat er den Bürgermeister Piet Laerbach zu sich. Der ließ sich nicht zweimal bitten, und obwohl er eine ähnlich korpulente Figur wie Fahndruck hatte, wirkte er deutlich angestrengter als der Bauunternehmer. Er hatte die Ärmel seines Hemdes hochgekrempelt, und Caro sah einen vielleicht fünf Zentimeter großen Anker, den er sich auf den Unterarm tätowiert hatte. Laerbach schwitzte wie ein Saunabesucher beim letzten Aufguss, atmete schwer und wirkte so gar nicht gepflegt. Seiner guten Laune tat das aber keinen Abbruch.

»Danke, lieber Lars.« Lächelnd wandte er sich an die Besucher. »Keiner muss sich Sorgen um seine Existenz machen«, erklärte er. »Schon gar nicht an so einem herrlichen Sommerabend wie heute, an dem wir unsere lieben Urlauber auf der Insel begrüßen. Der geplante Bau der neuen Appartementanlage steht kurz vor dem Spatenstich, und dabei werden wir natürlich auch über eine erweiterte Strandnutzung nachdenken.«

Fahndruck schob seinen Kopf wieder lächelnd an das Mikrofon. »Und dann wird die Strandgastronomie einfach ein bisschen verlagert, und alle behalten ihre Lebensgrundlage.«

Erneut brannte Applaus auf, und diesmal klatschten auch die alteingesessenen Borkumer, wie Caro mit einem Blick feststellte. Der Bürgermeister klopfte Fahndruck anerkennend auf die Schulter und fügte noch hinzu, dass heute Abend gefeiert werden solle.

»Auf eine tolle Saison!«, rief er und hielt sein Bierglas hoch. Alle prosteten ihm zu.

»Ich finde ja, dass Fahndruck auch einen guten Bürgermeister abgeben würde«, meinte Jan.

Hinnerk nickte. »Ja. Er ist jedenfalls sehr engagiert. Er könnte Laerbach durchaus Konkurrenz machen.«

»Und er schwitzt nicht so«, meinte Caro und schüttelte sich, als sie sah, wie Laerbach ein Taschentuch auswrang, mit dem er sich gerade über die Stirn gewischt hatte.

Ich habe es getan. Auftrag erfüllt. Es ist ein bisschen anders gelaufen als gedacht, aber das Ergebnis ist dasselbe. Es gibt keinen Grund, dass sich mein Gewissen jetzt meldet, es hat mich vorher doch schließlich auch in Ruhe gelassen. Trotzdem sitze ich hier und frage mich, ob es richtig war, was ich getan habe, und ob ich eigentlich noch mehr bin als nur ein williger Erfüllungsgehilfe. Ich weiß es nicht. Ich weiß nicht, ob ich das alles selbst auch wollte. Aber ich hatte ja die Wahl. Ich hätte es ja einfach lassen und auf das Geld verzichten können. Habe ich aber nicht.

Was soll das ganze Hadern? Jetzt ist es zu spät, um sich einen Kopf zu machen. Das hätte ich vorher machen können. Da ich die Nummer jetzt durchgezogen habe, will ich auch das größte Stück vom Kuchen abbekommen. Dafür werde ich sorgen.

Ja, ich hatte die Wahl. Und ich habe mich für die dunkle Seite entschieden, anders kann man es nicht sagen. Jetzt gehöre ich nicht mehr zu den Guten. Ein neues Kapitel in meinem Leben beginnt, und wenn ich ehrlich bin, dann fühlt sich das gar nicht so schlecht an. Erfüllungsgehilfe zu sein, das fühlte sich schlecht an. Aber es am Ende so durchzuziehen … Das hat mir gezeigt, wie viel Macht ich haben kann. Das Ganze wird mich weiterbringen. Vielleicht sogar viel weiter, als ich jemals zu träumen gewagt habe.

Aber ich werde die Fassade aufrechterhalten müssen … Keiner darf erfahren, was ich getan habe … niemals.

5

Überall herrschte geschäftiges Treiben. Es war das erste Mal, dass Caro den Saisonauftakt als Arbeitskraft miterlebte, und wenn sie ehrlich war, hätte sie es sich nicht so anstrengend vorgestellt. Ihr war gar nicht klar gewesen, wie viele Urlauber mit dem Flugzeug auf die Insel kamen. Natürlich lief der Hauptreiseverkehr noch mit Fähre und Katamaran, aber da die Nordsee in den letzten Jahren als Reiseziel einen regelrechten Boom erlebt hatte, wurde auch immer häufiger der Flughafen angesteuert. Hinzu kam, dass zur Hauptsaison regelmäßig Flüge für Fallschirmspringer angeboten wurden, sodass ab dem späten Nachmittag größere Gruppen von Sportlern in das Gebäude kamen, die sich vor ihrem aufregenden Sprung nicht selten noch am Kiosk stärken wollten. Außerdem war der Flughafen seit jeher ein beliebtes Ziel für Fahrradfahrer mit kleinen Kindern, die auf dem Spielplatz hinter dem Gebäude toben und dabei die Flugzeuge beim Starten und Landen beobachten wollten – und sich zwischendurch für einen Euro Gummiteile holten: Zwei saure Pommes, eine Lakritzschnecke, drei Goldtaler, nein doch nicht, die sind ja schon matschig, dann lieber noch zwei Frösche ... Kleine Kinder als Kioskkunden waren reizend, wenn sonst keine Kundschaft anstand. Wenn allerdings ein Dutzend Leute nach kalten Getränken und Eis verlangten, konnten die kleinen Racker einem den letzten Nerv rauben.

Caro fühlte sich gestresst. Die Hitze, verbunden mit den vielen Menschen und der stickigen Luft im Flughafengebäude, machte ihr zu schaffen. Außerdem hatte Justus Ferien. Auch wenn sie wusste, dass er bei Hinnerk gut aufgehoben war und ansonsten frei und sorglos mit seinen Freunden über die Insel tollen konnte, wollte sie wenigstens ab und zu einen Blick auf ihn werfen. Er war immer noch ein zehnjähriger Junge, der gewisse Dinge gar nicht überblicken konnte. Sie musste unbedingt mal nach ihm sehen. Obwohl sie eine Weile damit gehadert hatte, dass er bald mit seinem Vater in den Urlaub fahren würde, fand sie die Vorstellung jetzt doch sehr attraktiv. Sie würde einfach mehr Ruhe zum Arbeiten haben, während Justus mit Nils auf Mallorca war. Nächste Woche wollte ihr Noch-Ehemann nach Borkum kommen, um ihren Sohn abzuholen. Caro hatte ihren Ex schon eine ganze Weile nicht mehr gesehen. Als er Justus vor gut drei Monaten das letzte Mal besucht hatte, hatte sie darauf geachtet, nicht zu Hause zu sein. Aber das kam diesmal nicht infrage, da sie sich richtig von ihrem Sohn verabschieden wollte, den sie dann immerhin für zwei Wochen nicht sehen würde.

Sie blickte sich in ihrem Kiosk um. Die kalten Getränke waren alle ausverkauft. Die Schokolade war matschig, die Gummiteile klebten zusammen. Eine Gruppe Fallschirmspringer bestieg gerade das Flugzeug, und eine fünfköpfige Familie mit drei schreienden Kleinkindern machte sich im selben Augenblick auf den Weg zu ihren Fahrrädern.

»Ich mach für heute Schluss«, sagte Caro zu Inge, die hinter ihrem Ticketschalter saß und sich mit einem Prospekt Luft zufächelte.

»Ich bleib auch nicht mehr lange«, sagte Inge stöhnend. »Ich leg mich nachher in eine Badewanne voll Eis.«

»Immer noch 36 Grad«, meinte Caro mit Blick auf das große Außenthermometer. »Das wird ja wieder 'ne lustige Nacht.«

»Mein Mann und ich schlafen auf dem Balkon«, sagte Inge. »In unserer Dachgeschosswohnung ist es sonst nicht auszuhalten.«

Caro nickte. »Du kannst auch eine Plastikflasche mit Leitungswasser halb füllen und dann ins Eisfach legen. Die nimmst du dann abends mit ins Bett, so eine Art Anti-Wärmflasche. Funktioniert ganz gut.«

»Gute Idee. Ich nehm einen ganzen Kasten.«

Caro lachte. »Bis morgen, Inge.«

»Bis morgen.«

Der Sattel von Caros Fahrrad was so heiß, dass sie sich kaum daraufsetzen konnte. Sie nahm den Weg durch die Dünen und radelte Richtung Strand. Der Fahrtwind tat gut, auch wenn er wie ein Fön wirkte.

Sie hatte mit Justus ausgemacht, dass sie sich nach Feierabend in der Nähe des Trampolins treffen wollten. Auch wenn sie jetzt zwei Stunden früher da sein würde, war sie sich sicher, ihn dort anzutreffen.

Als sie am Nordstrand ankam, wimmelte es überall nur so von Menschen. Kein Wunder – besseres Strandwetter konnte es kaum geben, und um diese Uhrzeit wurde es auch langsam erträglicher als noch in der Mittagshitze. Sie stellte ihr Fahrrad neben dem Toilettenhaus ab und ging die Stufen zur Strandpromenade herunter, ließ die Piratenbude hinter sich und lief über den Holzsteg zu den Trampolinen. Sie sah Justus schon von Weitem. Er spielte mit anderen

Kindern im Sand Fußball, und sie fragte sich, wie er sich bei den Temperaturen so viel bewegen konnte.

Hoffentlich trinkt er genug, ging es ihr durch den Kopf, als sie im nächsten Augenblick durch einen gellenden Schrei aus ihren Gedanken gerissen wurde. Gut zwanzig Meter von ihr entfernt stand ein kleiner dicker Junge mit seinem Wassereimer und einem Käscher in der Hand im Sand. Offenbar wollte er gerade seine Beute zum Strandkorb schleppen, als ihn irgendetwas dazu veranlasst hatte, wie am Spieß zu schreien. Seine rotverbrannte Mutter eilte genauso schnell zu ihm wie Caro.

»Maxi, Schatz, was ist denn los?« Die Mutter ging besorgt in die Knie, und ihr Maxi hielt ihr nur schreiend seinen Wassereimer hin. Zu Caros Überraschung fing die Mutter im selben Augenblick genauso an zu schreien.

Besorgt hockte sich Caro zu den beiden in den Sand. »Was ist passiert? Kann ich helfen?«

»Da … da …« Trotz ihres formvollendeten Sonnenbrands wurde die Mutter ganz blass.

»Ich muss kotzen …«, jammerte Maxi und erbrach sich im selben Moment in den Sand, was wiederum andere Kinder zum Schreien brachte.

Caro blickte in den Wassereimer, auf den die rot-weiße Mutter immer noch entsetzt zeigte. Neben allerlei Meerestierchen, die der Junge damit gefangen hatte, schwamm ein abgetrennter Finger.

»Ach du Scheiße«, sagte sie leise und zückte ihr Handy.

6

Kurz darauf tauchten die beiden Polizisten auf, die Caro neulich schon mit Jan im Café Ostland getroffen hatte. Der jüngere von beiden, der mit seinem Hund auch am Flughafen gestanden hatte, verdrehte leicht die Augen, als er sie sah.

»Sie schon wieder.«

»Vielleicht sollten wir uns mal vorstellen. Ich bin Caro Falk.«

»Ich weiß. Jörn Fesse. Das ist mein Kollege Stuckbrock. Sie haben uns angerufen?«

»Ja. Ich habe den Eimer für Sie aufbewahrt.« Caro hielt das rote Plastikeimerchen hoch, das sie in den letzten zwanzig Minuten vor allzu neugierigen Blicken verteidigt hatte.

»Ist da der Finger drin, den der Junge beim Spielen gefunden hat?«, fragte Stuckbrock.

Caro lag ein Spruch auf den Lippen, warum sie den Eimer wohl sonst aufbewahrt haben sollte. Aber sie verkniff ihn sich und nickte nur.

»Ist es sein eigener?«, fragte Stuckbrock.

Caro machte große Augen. »Sie meinen, er reißt sich den Finger ab, versteckt ihn im Sand, findet ihn wieder, wirft ihn in den Eimer und erschrickt dann zu Tode?«

Nun musste auch Jörn Fesse grinsen, und Stuckbrock verzog das Gesicht.

»Ja, ja. Schon gut«, murmelte er. »Zeigen Sie mal her.«

Caro reichte ihm den Eimer, und gemeinsam blickten sie hinein.

»Das sind doch nur Krebse«, sagte Jörn Fesse und klang schon wieder etwas genervt.

»Moment«, meinte Caro. Sie fischte den Plastikstiel eines Lutschers aus dem Sand und scheuchte damit die kleinen Meerestiere zur Seite, bis schließlich der Finger sichtbar wurde, der sich unter den Tieren versteckt hatte. Langsam trieb er an die Oberfläche.

Caro erstarrte. Trotz der Hitze lief es ihr eiskalt den Rücken herunter, als sie den markanten, nach außen gewölbten Fingernagel erkannte.

Er sah genauso aus wie der von Jo Hammert.

Angeekelt blickte Jörn Fesse in den Eimer, während der andere sich an Caro wandte.

»Wo ist denn der Junge?«

Caro zeigte auf einen Strandkorb, in dem der Junge und die Mutter saßen, die immer noch völlig geschockt aussahen, inzwischen allerdings beide ein Sandwich mampften. Der Polizist nickte Caro noch mal zu, bevor er sich an die beiden wandte und ihre Personalien aufnahm. Währenddessen zog Jörn Fesse mit seinen behandschuhten Händen den Finger aus dem Eimer und packte ihn in ein Plastiktütchen, das er sorgfältig verschloss.

»Ich befürchte, ich weiß, wem der Finger gehören könnte«, sagte Caro zu ihm.

»Sie meinen, wer ihn sich abgerissen, im Sand versteckt und dann wiedergefunden hat?«, sagte Jörn Fesse und grinste.

»Sorry, das war vielleicht eine etwas unpassende Bemerkung«, sagte Caro. »Trotzdem. Ich denke, dass der Finger Jo Hammert gehören könnte. Sie kennen ihn doch?«

»Den irren Öko?« Jörn Fesse unterdrückte ein Stöhnen. »Ja klar. Wegen dem mussten wir schon zigmal ausrücken. Unnötige Protestaktionen macht er ja am liebsten.«

»Wie auch immer. Jedenfalls hat er mir von seiner Erkrankung erzählt«, fuhr Caro fort und erläuterte dem Polizisten, dass ein Symptom dieser Krankheit eben die merkwürdig verformten Fingernägel waren. »Genauso wie bei diesem.«

Jörn Fesse sah nachdenklich auf das Tütchen. »Der Finger muss erst mal gründlich untersucht werden«, sagte er dann. »Es ist sehr wahrscheinlich, dass er von weit draußen im Meer angeschwemmt oder von einer Möwe verloren wurde, die ihn dort gefunden hat. Jedenfalls sind eindeutig Tierspuren an dem Finger.« Er hielt das Tütchen vor seine Augen und betrachtete es genau. Als es daraufhin zu einigen entsetzten Ausrufen von den Strandgästen um ihn herum kam, packte er den Finger schnell in seine Tasche.

»Kann ja sein, dass eine Möwe ihn im Schnabel hatte«, sagte Caro. »Aber das ändert nichts daran, dass er vorher an Jos Hand war.«

»Wir werden das überprüfen«, sagte der Polizist, und Caro hatte das Gefühl, dass er sie nicht sonderlich ernst nahm. Sie wusste, dass sie inzwischen den Ruf einer Insel-Miss-Marple hatte und dass das nicht allen passte. Die Polizei ließ sich nur ungern ins Handwerk pfuschen. Und dass Jo Hammert bei der Polizei nicht sonderlich beliebt war, überraschte sie nicht im Geringsten. Er hatte sich mal an eine Boje gekettet, um für den Schutz der Seehunde zu demonstrieren, und die Fenster des neuen Aquariums mit Fäkalien beschmiert, um so auf die Verschmutzung der Meere hinzuweisen. Alles Aktionen, die einen Polizeieinsatz zur Folge hatten, auf den niemand scharf war.

Und wenn schon, dachte Caro. Jo war sicherlich etwas unbequem, ein kauziger Kerl, den nicht alle mochten. Aber wenn das wirklich sein Finger war, dann schwebte Jo vielleicht in großer Gefahr. Sie dachte an die Drogenpäckchen, die sie bei ihm gesehen hatte, und an das merkwürdige Treffen am Flughafen mit dem mysteriösen Anzugträger. Sie musste etwas unternehmen, und zwar sofort. Wenn sie erst darauf wartete, dass die Polizei den Finger ausgiebig untersucht hatte, konnte es für Jo womöglich zu spät sein.

Nachdem sie Justus eingesammelt hatte und mit ihm nach Hause gefahren war, hatte sie mit Hinnerk noch zu Abend gegessen. Justus war wegen des Fingerfunds recht aufgeregt und spekulierte wie verrückt über die möglichen Ursachen.

»Vielleicht ist es ja auch ein alter Piratenfinger!«

Hinnerk grinste seinen Enkel an. »Unwahrscheinlich, meen Jung. So lange hält sich so'n Finger da draußen nicht. Aber den Fischern passiert so was ab und an.«

Justus sah ihn groß an. »Dass sie einen Finger verlieren?«

»Ja. Die Netze sind aus reißfestem Garn. Wenn die voller Fische sind und mit ganzem Gewicht irgendwo runter plumpsen, dann sollte man seine Hände besser nicht dazwischen haben.«

Caro hörte den beiden kaum zu. Natürlich war es möglich, dass der Finger von einem unglücklichen Fischer stammte, aber der gewölbte Nagel ging ihr einfach nicht aus dem Kopf. Sie bat ihren Schwiegervater, Justus heute Abend ins Bett zu bringen, und verabredete sich mit Jan an der Piratenbude, an der immer noch kein Platz zu kriegen war. Kurzerhand holten sie sich etwas zu trinken und setzten sich an den Rand der Dünen, wo Caro Jan von ihrem Verdacht erzählte.

Nachdenklich starrte er auf das Bier in seiner Hand und drehte die Flasche hin und her.

»Wenn er wirklich diese schwarzen Päckchen eingesammelt hat …«

»Hat er«, unterbrach Caro ihn. »Und wenn dieser Typ vom Flughafen einer von den Dealern war …«

»Und Jo ihn womöglich erpresst hat …«

»Ein abgeschnittener Finger ist doch die übelste Foltermethode!« Vor Caros innerem Auge lief ein düsterer Mafia-Film ab, in dem jemand Jos Hand auf einem Tisch festhielt, während ein anderer ihm drohte, den Finger abzuschneiden, sollte Jo nicht das Drogenversteck preisgeben …

»Wir sind hier nicht beim *Paten*.«

»Bei wem?«

Jan sah sie verwundert an. »*Der Pate*? Nie gesehen?«

Caro schüttelte den Kopf. »Hat mich nie interessiert.«

»Der größte Film aller Zeiten?«

Sie zuckte nur mit den Achseln, und Jan verzog das Gesicht. »Du guckst wahrscheinlich nur romantische Komödien.« Er nahm sein Handy aus der Tasche und wählte eine Nummer. »Ich probiere es noch mal bei Jo.« Nachdem er es bestimmt zehnmal hatte klingeln lassen, schaltete er das Handy wieder aus. »Geht nicht ran …«

»Das alles lässt mir keine Ruhe … Ich mache mir wirklich Sorgen …« Entschlossen stand Caro auf. »Lass uns noch mal hinfahren. Und diesmal schauen wir uns da ein bisschen genauer um.«

Obwohl es schon halb zehn war, war es immer noch recht hell. Wenigstens waren die Temperaturen inzwischen unter der 30-Grad-Marke, und der Fahrtwind bot einen Hauch an Erfrischung. Die Karnickel lagen hechelnd und lang ausgestreckt zwischen den Heckenrosen und rührten sich nicht, wenn ein Spaziergänger mit seinem Hund an ihnen vorbeiging. Den Hunden war es eh zu heiß für eine Kaninchenjagd.

Obwohl sie den Giloweg nicht gerade entlanggerast waren, lief ihnen der Schweiß in Strömen herunter, als sie Jos Haus erreicht hatten. Sie stellten ihre Räder am Zaun ab und gingen die letzten Meter zu Fuß zu dem kleinen Häuschen.

»Sieht nicht so aus, als wenn er da wäre«, murmelt Caro und drückte auf die Klingel. Erwartungsgemäß öffnete ihnen niemand. Sie warf Jan einen kurzen Blick zu, und er nickte.

»Lass uns hinten gucken«, sagte er leise.

Caro blickte sich noch mal um, obwohl sie nicht wusste, wonach sie überhaupt Ausschau halten sollte. Vorsichtig gingen sie um die Hausecke und standen vor einer gläsernen Verandatür, die das Gegenteil von einbruchsicher war. Windschief hing sie in den Angeln und ließ sich mit einem einfachen Ruck aufdrücken, so als wäre sie vorher schon zigmal auf diese Weise geöffnet worden.

»Ist das Einbruch, was wir hier gerade machen?«, fragte Caro leise, als sie hinter Jan in das Haus trat.

»Jedenfalls sind wir nicht die ersten«, antwortete Jan, und jetzt sah Caro, was er damit meinte: Alles in dem kleinen Häuschen war durchwühlt, Schubladen waren aufgerissen, Schränke standen offen. Auf dem Boden lagen lauter Dokumente und Zeitungen.

»Ach du Scheiße«, murmelte Caro.

»Meinst du, er ist noch hier?«

»Jo oder der Einbrecher?«

»Ich ruf besser die Polizei.« Jan zückte sein Handy, aber Caro hielt ihn zurück.

»Auf fünf Minuten kommt es auch nicht an«, sagte sie leise. »Lass uns erst nachsehen, dann rufen wir die Polizei.«

Jan atmete tief durch. »Okay. Pass auf, wo du hintrittst.«

Auf Zehenspitzen gingen sie durch das Chaos. Caro achtete genau auf ihre Schritte, auch aus Sorge, jeden Augenblick auf einen zusammengeschlagenen Jo treten zu können. Aber der schien wie vom Erdboden verschluckt.

»Hier steht ein Haufen Medikamente«, meinte Jan und wies auf eine Kommode, deren Schubladen ebenfalls geöffnet waren. Darauf standen mehrere Blisterpackungen und Dosen mit Pillen und Tabletten.

»Die sind lebenswichtig für ihn«, meinte Caro besorgt. »Er hat mir gesagt, dass er sie täglich nehmen muss. Niemals würde er für längere Zeit verschwinden, ohne die mitzunehmen.« Sie nahm eine Tablettenpackung in die Hand, in der die Pillen nach Wochentagen einsortiert waren. »Montag hat er das letzte Mal was genommen. Die anderen Fächer sind noch voll.«

»Heute ist Samstag …«

»Das ist nicht gut.«

»Und ohne sein Portemonnaie würde er vermutlich auch nicht weggehen«, sagte Jan, der inzwischen vor Jos Schreibtisch die Geldbörse durchsuchte. »Knapp hundert Euro. Warum lässt ein Einbrecher so viel Geld zurück?«

»Weil es ihm nicht um Wertsachen ging«, überlegte Caro laut und hielt im nächsten Augenblick ein verwaistes Kabel hoch. »Der Laptop fehlt.« Sie erinnerte sich daran, ihn mit einer Laptoptasche am Flughafen gesehen zu haben.

»Hm. Also waren die doch wegen Wertsachen hier?«, fragte Jan. »Wobei ich mir nicht vorstellen kann, dass Jos Laptop für Einbrecher auch nur ansatzweise interessant ist. Bestimmt eine uralte Kiste, so was klaut doch keiner.«

Caros Blick fiel auf eine große Pinnwand hinter dem Schreibtisch, an der unzählige Fotos hingen. Nahaufnahmen von Vögeln in ihren Nestern. Eine Eulenart schien es Jo besonders angetan zu haben, und Caro erinnerte sich, dass er ihr am Strand von der Sumpfohreule erzählt hatte. Sie musste schmunzeln, als sie die Bilder betrachtete. Diese Eule war wirklich ein possierliches Tierchen, das auf erstaunliche Art und Weise seinen Kopf verdrehen konnte. Auf einem Foto hatte einer der Vögel ihn um fast neunzig Grad verrenkt, was unfreiwillig komisch aussah. Ein anderes Bild hatte den Moment eingefangen, in dem die Eule mit ihrem spitzen Schnabel gerade die Innereien aus einer Maus herausholte, die sie zwischen ihren Krallen hielt. Völlig überrascht schaute sie mit ihren großen Augen in die Kamera. Caro lief ein Schauer über den Rücken. Die riesigen schwarzen Pupillen, die nur von einem schmalen gelben Rand umgeben waren, schienen sie von allen Fotos anzustarren. Für einen Moment sah sie sich in Hitchcocks *Die Vögel* wieder, und es hätte sie nicht gewundert, wenn im nächsten Augenblick eine Eule durchs Zimmer geflogen wäre und sie angegriffen hätte.

Jan trat einen Schritt zu ihr und betrachtete ebenfalls die Fotos. »Auf der Insel nennen ihn einige Eulen-Jo. Jetzt weißt du, warum.«

Caro nickte. »Schon sehr speziell, sich die Wand mit solchen Fotos zu tapezieren. Ich würde mich die ganze Zeit beobachtet fühlen.«

Plötzlich zuckte sie erschrocken zusammen. Ein dunkler Schatten huschte am Fenster vorbei.

»Was war das? Da ist doch jemand!«

»Was? Wo?« Jan sah sich irritiert um.

»Am Fenster!«

Er sprintete los, und Caro war beeindruckt, wie furchtlos er aus dem Haus stürmte. War das derselbe Jan, der eben noch die Polizei rufen wollte? Es war ja immerhin möglich, dass die Einbrecher zurückgekommen waren, und wenn es wirklich Großdealer vom Festland sein sollten, war ihnen alles zuzutrauen.

Caro eilte hinter Jan her.

»Stehen bleiben!«, rief er und rannte den inzwischen dunklen Weg entlang.

Caro glaubte, am Ende des Weges, der zu Jos Haus führte, eine Gestalt zu sehen, die wie gehetzt in die Büsche sprang. War das Jan, der hinter dieser Person hereilte?

Plötzlich hörte sie einen lauten Schrei, gefolgt von einem Geräusch, als würde jemand über etwas stürzen.

»Jan? Alles in Ordnung?«

Statt einer Antwort hörte Caro nur ein Stöhnen. Was war passiert? Hatte ihn jemand niedergeschlagen? War Jan verletzt?

Vorsichtig, aber trotzdem so schnell, wie es ihr in der Dunkelheit nur möglich war, eilte sie über den Schotter.

»Jan!«

Fast wäre sie in ihn hineingestürzt. Er lag auf dem Boden und rappelte sich jetzt mühsam auf. Ihre Fahrräder, die sie doch abseits des Weges geparkt hatten, lagen vor ihm. Er musste in der Dunkelheit im vollen Sprint in sie hineingelaufen sein.

»Verdammt noch mal«, fluchte Jan. »Irgendjemand hat unsere Räder hier mitten auf den Weg geworfen!«

Caro blickte in die Richtung, in die die Gestalt gelaufen war, und glaubte, eine Bewegung hinter der Sanddornhecke zu sehen. Aber im nächsten Moment konnte sie nichts Ungewöhnliches mehr erkennen.

»Das wird wohl kaum ein Versehen gewesen sein«, meinte sie und hielt Jan am Arm fest, der auf einem Bein balancierte und versuchte, sein Handy aus der Hosentasche zu fischen. Als er es endlich hatte, schaltete er die Taschenlampe an und leuchtete auf sein aufgeschlagenes Knie.

»Diese Arschlöcher!«, fauchte er und versuchte, die vielen kleinen und größeren Steinchen aus der Wunde herauszubekommen.

Caros Blick fiel auf die Räder. »Und die Reifen sind aufgeschlitzt«, stellte sie nüchtern fest und fragte sich im nächsten Augenblick, wie lange sie wohl zu Fuß für den Heimweg brauchen würden.

»Interessiert es dich eigentlich gar nicht, wie es mir geht?«

»Doch. Natürlich. Hast du dir wehgetan?«

»Ja. Ich hab ein blutiges Knie voller Schotter. Wie ein kleines Kind. Mist.«

»Zeig mal her.« Caro ging in die Hocke, betrachtete sein Knie und begann, reflexhaft zu pusten.

Irritiert zuckte Jan ein Stück zurück. »Alles klar, Mutti. Geht schon wieder.«

»Sorry. Macht der Gewohnheit. Aber hilft halt doch immer.«

Jan machte ein grummelndes Geräusch und schnippte das letzte Steinchen aus seiner Wunde.

Caro stand wieder auf, stemmte die Hände in die Hüften und scannte die Umgebung ab. »Der ist weg«, stellte sie ernüchtert fest.

»Sein Glück. Sonst hätte ich ihm die Fresse poliert.«

»Na ja«, sagte Caro. »Dafür hättest du ihn ja erst mal erwischen müssen.«

»Hätte ich schon noch.«

»Klar.«

»Der Kerl hat uns beobachtet und die Räder geschrottet, damit wir ihn nicht verfolgen können.«

»Aber warum ist er überhaupt zurückgekommen?«

»Entweder weil er etwas vergessen hat«, überlegte Jan laut, »oder weil es gar nicht der Einbrecher war, sondern noch jemand anderes.«

»Aber wer?«

»Keine Ahnung. Ich muss mein Knie kühlen.«

»Komm mit zu uns. Ist deutlich kürzer als zu deiner Wohnung. Außerdem kenne ich mich mit solchen Verletzungen aus.«

»Ich weiß, Mutti.«

Sie kamen nur langsam voran, was zum einem an Jans Verletzung lag, und zum anderen am Schieben der kaputten Räder, wodurch sie noch langsamer waren. Inzwischen war es stockdunkel, und sie hatten noch nicht mal die Hälfte der Strecke zu Hinnerks Haus geschafft.

»Vielleicht war es der Kerl, mit dem sich Jo am Flughafen getroffen hat?«, spekulierte Caro, während Jan bei jedem Schritt aufstöhnte. »Kannst du ein bisschen leiser leiden?«

»Danke für dein Mitgefühl.«

»Die Stöhnerei stört mich beim Denken.«

Jan seufzte noch mal theatralisch und riss sich dann zusammen. »Kannst du nicht herausfinden, wer der Typ am Flughafen war?«

Caro dachte nach. »Ich könnte Inge nach den Passagierlisten fragen. Ich weiß allerdings nicht mehr genau, mit welcher Maschine der Mann gelandet ist.«

»So viele Flugzeuge kommen doch nicht am Tag.«

Sie nickte. »Okay. Ich werde mich morgen mal dransetzen. Müssen die ganzen zuckersüchtigen Kinder halt mal eine Minute warten.«

Als Jan wenig später in ihrem Wohnzimmer saß, bekam Caro ein schlechtes Gewissen, als sie sein Knie im richtigen Licht sah. Wie bei einem Verhör in einem der alten Filme, die Hinnerk so gerne schaute, hatte sie die Schreibtischlampe auf die Wunde gerichtet. Im grellen Scheinwerferlicht sah sie wirklich übel aus.

»Was läuft denn bei dem Hund schief?«, fragte Jan und blickte irritiert auf Aila, die das heruntergelaufene Blut genüsslich von seinem Schienbein leckte.

»Du weißt schon, Wolf und so«, sagte Caro und schob die Hündin sanft von ihm weg.

»Da können doch jetzt die schlimmsten Bakterien reinkommen«, jammerte er und betrachtete erneut besorgt sein Knie.

Caro nahm eine Sprühflasche mit Desinfektionsspray in die Hand. »Die werden jetzt alle gekillt«, sagte sie und sprühte eine anständige Ladung mitten in die Wunde. Jan schrie so laut auf, dass Aila sofort winselnd aus dem Zimmer lief.

7

»Die Passagierlisten von letzter Woche?« Inge sah Caro erstaunt an. »Wozu?«

Caro überlegte, wie viel sie ihrer Kollegin sagen konnte. Sie mochte Inge, und grundsätzlich vertraute sie ihr auch. Bekannt für ihre Verschwiegenheit war die Kollegin allerdings nicht. Sie war kein Lästermaul, gehörte aber zu der Kategorie Mensch, die das Herz auf der Zunge trug und sich dementsprechend am laufenden Band verplapperte.

»Hinnerk macht doch immer noch was für die Zeitung«, log sie deshalb und war froh, dass ihr Schwiegervater früher als Chefredakteur der Borkumer Zeitung gearbeitet hatte und sie auf diese Ausrede zurückgreifen konnte. »Er glaubt, dass neben unserem alten Bundeskanzler noch ein anderer Politiker hier gelandet ist und die jetzt was Wichtiges besprechen.«

»Putin?«, fragte Inge neugierig.

»Äh … Das glaube ich jetzt nicht. Aber wenn du mir die Listen ausdruckst, finde ich vielleicht heraus, wen Hinnerk meint. Ich würde ihm halt gerne helfen, wenn ich kann.«

»Weil er dir damals so geholfen hat«, sagte Inge und sah sie warm an.

Caro nickte. »Krieg ich die Listen?«

»Klar. Moment.«

Es brauchte nur wenige Klicks und der Drucker hinter Inge begann laut zu rattern. Kurz darauf hatte sie mehrere DIN-A4-Seiten mit Namen und Adressen in der Hand.

»Sag mir Bescheid, wenn Putin dabei ist.« Inge grinste.

»Du wirst die Erste sein, die es erfährt.«

Caro setzte sich zurück in den Kiosk, verkaufte noch zwei lauwarme Capri-Sonnen und eine Packung Zigaretten und fand dann die Zeit, sich die Listen genauer anzuschauen. Sie war sich nicht mehr sicher, ob sie Jo Hammert am Montag oder Dienstag am Flughafen gesehen hatte, alle anderen Tage sortierte sie direkt aus. Die Tablettenpackung, die sie in seinem Haus gefunden hatten, sprach für Montag, aber Caro wollte lieber auf Nummer sicher gehen.

Sie begann als Erstes, alle weiblichen Namen von der verbliebenen Liste zu streichen. Danach die männlichen Namen, zu denen es einen passenden Nachnamen bei den Frauen gab. Am Ende blieben vier Männer auf der Liste übrig, die entweder alleine nach Borkum gereist waren oder einen anderen Namen als ihre Partnerinnen trugen.

Caro nahm ihr Handy und wählte die erste Nummer. Nach zweimaligem Klingeln meldete sich die Stimme eines Anrufbeantworters, die erklärte, dass das der Anschluss einer Familie mit Doppelnamen war. Der eine Teil des Doppelnamens war der des Mannes. Den anderen Teil fand sie in dreifacher Ausführung auf der Liste. Der Mann war also mit seiner Familie nach Borkum gekommen und konnte gestrichen werden.

Der zweite Passagier entpuppte sich als Mitarbeiter vom Kurierdienst der Insel-Apotheke, der wichtige Medikamente gebracht hatte. Caro bekam ihn nicht persönlich an den Apparat, sondern konnte nur mit seinem Chef sprechen, der den Kurierflug bestätigte. Sie machte ein Fragezeichen hinter den Namen des Mannes. Vielleicht hatte er Jo wegen seiner lebensnotwendigen Medikation kontaktiert? Das konnte sie jedenfalls nicht ausschließen.

Die beiden letzten Männer auf ihrer Liste konnte sie nicht erreichen. Unter der Adresse des einen fand sich kein Eintrag im Telefonbuch, die Nummer des anderen war *not available*, wie ihr die Automatenstimme mitteilte.

Caro dachte nach. Ihr Blick fiel durch die gläserne Eingangstür nach draußen, wo Leif Hooge an seinem Taxi lehnte und eine Zigarette rauchte. Leif zählte zu den wenigen Taxifahrern auf Borkum und hatte als einziger seinen Stammplatz vor dem Flughafen. Es gab noch zwei Taxen am Bahnhof und einen größeren Taxistand am Hafen, der unter den Fahrern am beliebtesten war, da dort die meisten Urlauber ankamen und der Weg in den Ort naturgemäß am weitesten war. Aber Leif hatte ihr mal erzählt, dass er seinen Standort am Flughafen mehr schätzte. Wer hier in ein Taxi stieg, musste nicht auf jeden Cent achten und ließ schon mal ein großzügigeres Trinkgeld da als die Urlauber vom Hafen, die sowieso am liebsten die Bimmelbahn nahmen.

»Moin, Caro«, grüßte er sie freundlich, als sie sich zu ihm nach draußen stellte.

»Moin, Leif. Ich würde mich nicht so in die pralle Sonne stellen. Ist schlecht für die Haut.«

Grinsend zog er an seiner Zigarette. »Ich mach alles, wovon man Krebs kriegt.«

Caro verkniff sich einen Kommentar. »Ich wollte dich was fragen«, sagte sie. »Ich suche einen Mann …«

»… Und da dachtest du an mich?«, unterbrach Leif sie und lachte. »Ich bin seit fünfunddreißig Jahren verheiratet!«

»Scherzkeks«, meinte Caro schmunzelnd. »Nein. Es geht um was anderes. Eine Sache für Hinnerk und die Zeitung. Bisschen kompliziert zu erklären. Jedenfalls wollte ich dich fragen, ob du diesen Mann vielleicht gefahren hast.« Sie blickte auf ihren Zettel. »Er heißt entweder Stefan Bühler oder Oliver Kretsch.«

»Entweder?« Leif sah sie erstaunt an. »Du weißt nicht, wie der Typ heißt, den du suchst?«

»Na ja, nicht ganz genau …«

Leif sah sie so an, als ahnte er, dass sie etwas im Schilde führte. Aber es schien ihm egal zu sein.

»Die meisten stellen sich leider nicht mit Namen vor, wenn sie bei mir einsteigen«, sagte er nachdenklich. »Aber Kretsch … Kretsch … warte mal.«

Er öffnete die Beifahrertür und durchwühlte die Ablage zwischen den Sitzen, in der sich neben dem Quittungsblock auch zahlreiche Visitenkarten und Zettel befanden.

»Solar-Kretsch«, sagte er dann, als er eine Karte gefunden hatte. »Wusste ich's doch. Hier, Oliver Kretsch, Geschäftsführer und Inhaber von Solar-Kretsch. Ja, den habe ich gefahren.«

»Weißt du noch, wohin?«

»Ins Hohenzollern«, sagte Leif. »Wir sind ins Plaudern gekommen, und nachdem er mir erzählt hat, was er beruflich macht, habe ich mich ein bisschen erkundigt. Wenn wir in Zukunft öfter so heiße Sommer haben, wäre es doch schlau, in Solarenergie zu investieren.«

»Deshalb hat er dir seine Visitenkarte gegeben.«

»Ganz genau.«

»Kann ich mir ein Foto davon machen?«

Leif zuckte gleichgültig mit den Schultern. »Klar, warum nicht.«

Er hielt die Visitenkarte hoch, und Caro machte mit ihrem Handy ein Foto.

»Hast du den Mann eigentlich alleine gefahren?«, fragte sie, als sie ihr Handy wieder einsteckte. »Oder saß vielleicht noch Jo Hammert mit im Wagen?«

»Der Jo? Nee, nee. Ich war mit dem Typen alleine im Wagen. Jo war allerdings auch hier, aber natürlich mit dem Rad, so wie immer«, sagte Leif. »Die kannten sich wohl. Jo kam zum Abschied noch mal ans Fenster und meinte, dass sie sich dann ja am Abend treffen würden.«

»Treffen? Und wo?«

Leif schüttelte den Kopf. »Keine Ahnung. Aber frag Jo doch.«

Caro nickte und dachte, dass das ja leider nicht so einfach war.

Gedankenverloren ging sie zurück zum Kiosk. Ein Umweltschützer und ein Hersteller von Solartechnik, das klang jetzt nicht nach Drogen und kriminellem Milieu, sondern eher nach zwei Freunden oder Gleichgesinnten, die ein gemeinsames Projekt verfolgten. Andererseits hatte das Treffen der beiden so geheimnisvoll gewirkt, dass Caro sich nicht vorstellen konnte, dass Jo den Mann nur deshalb kontaktiert hatte, weil er seiner windschiefen Hütte ein paar Solarzellen aufs Dach verpassen wollte.

Da Inge gerade Pause machte und keine Kunden in Sichtweite waren, wählte Caro die Nummer, die sie abfotografiert hatte, und landete einen Moment später in der Zentrale von Solar-Kretsch.

»Nein, Herr Kretsch ist leider nicht zu sprechen«, antwortete die Dame am anderen Ende der Leitung. »Um was geht es denn?«

»Das würde ich gerne persönlich mit ihm besprechen«, antwortete Caro. »Kann ich ihn vielleicht unter einer anderen Nummer erreichen?«

»Sie meinen, ich soll Ihnen seine Privatnummer geben?«, fragte die Frau, und Caro meinte, einen leicht spöttischen Unterton in ihrer Stimme zu hören. »Das ist leider nicht möglich.«

»Wann kann ich Herrn Kretsch denn wieder erreichen? Ist er vielleicht noch auf Borkum?«

Am anderen Ende der Leitung herrschte Schweigen. Offensichtlich überraschte es die Frau, dass Caro von dem Borkumbesuch wusste.

»Am besten, Sie geben mir Ihre Nummer. Dann richte ich Herrn Kretsch aus, dass er Sie zurückruft«, sagte die Frau ausweichend.

Caro hatte nicht das Gefühl, dass sie an dieser Stelle weiterkam. »In Ordnung«, sagte sie daher, gab der Frau ihre Telefonnummer und beendete das Gespräch.

»Wo ist denn Inge?« Arne Tellring, der Leiter des Flughafens, stand plötzlich vor ihr. Wie immer trug er Anzug und Krawatte, und Caro fragte sich, wie er das bei der Hitze aushalten konnte. Aber Arne schienen die Temperaturen nichts auszumachen, jedenfalls wirkte er so frisch, als hätte der Tag eben erst angefangen.

»Die macht gerade Pause. Kann ich dir weiterhelfen?«

Langsam zog Arne eine leere Packung Mon Chéri hinter seinem Rücken hervor. »Das ist die zweite leere Packung, die ich gefunden habe.«

Caro zuckte gleichgültig mit den Schultern. »Und?«

»Uns ist ja wohl beiden klar, wer die gegessen hat.«

»Ja. Und es ist bestimmt nicht gesund, wenn Inge sich zur Mittagszeit eine Packung Schnapspralinen reindrückt, aber ich sehe trotzdem das Problem nicht. Also nicht für uns. Für Inges Hüften schon.«

»Hat sie dafür bezahlt?«

Caro lächelte Arne sanft an. Sie wusste, dass er ein großes Herz hatte, aber manchmal musste er seinen Angestellten eben zeigen, dass er der Chef war.

»Ja, Arne. Sie hat alles bezahlt. Du brauchst dir keine Sorgen zu machen.«

»Dann ist ja gut.« Ihr Chef wirkte geradezu erleichtert, dass er seiner langjährigen Mitarbeiterin keine Standpauke halten musste, und ging zurück in sein Büro.

Da sie sich nach Feierabend mit Jan an der Piratenbude auf eine Sanddornschorle verabredet hatte, nutzte Caro die Gelegenheit, um vorher im Hotel Hohenzollern vorbeizuschauen, das direkt an der Strandpromenade lag. Der klassizistische Bau war vor einigen Jahren von Grund auf renoviert worden und war mit seiner strahlend weißen Fassade ein Blickfang in der Reihe. Neben dem Eingang stand ein überdimensionaler Strandkorb, in dem locker vier Personen nebeneinandersitzen konnten. Das hoteleigene Restaurant im Erdgeschoss war zur Ferienzeit der Renner, ohne Vorbestellung war hier fast nie ein Tisch zu kriegen.

Caro ging an dem großen Billardtisch vorbei zur Rezeption, die ganz in dunklem Holz gehalten war.

»Hallo. Ich würde gerne zu Herrn Oliver Kretsch«, sagte

sie zu dem jungen Mann hinterm Tresen, den sie noch nie zuvor gesehen hatte und der vermutlich zu den zahlreichen Saisonkräften gehörte, die im Moment auf der Insel arbeiteten.

»Ich schaue gerne für Sie nach«, sagte der Mann jovial und gab den Namen in seinen Computer ein. »Tut mir leid, ein Herr Kretsch ist leider nicht unter unseren Gästen.«

»Ach …«, Caro stellte sich dumm. »Aber ich habe ihn letzte Woche doch noch hier getroffen! Er wollte mir ein Angebot schicken, um unser Haus mit Solartechnik zu versorgen. Solar-Kretsch, so heißt seine Firma. Sind Sie sicher, dass er nicht mehr bei Ihnen ist?«

»Ich überprüfe das gerne noch mal für Sie«, sagte der Mann im professionellen Tonfall, der Caro jetzt schon signalisierte, dass sie hier nicht weiterkommen würde. Er tippte mehrfach auf seiner Tastatur und schüttelte dann bedauernd den Kopf. »Herr Kretsch war unser Gast«, sagte er dann. »Aber er ist leider bereits abgereist.«

»Können Sie mir sagen, wann?«

Der Mann sah sie professionell-bedauernd an. »Tut mir leid, aber wir geben keine persönlichen Informationen von unseren Gästen weiter.«

»Das kann ich gut verstehen. Aber …«

»Es tut mir leid«, unterbrach er sie. »Aber wir dürfen da keine Ausnahmen machen.«

»Verstehe.« Caro bedankte sich und rollte mit den Augen, als sie dem Mann den Rücken zudrehte. Manchmal ging ihr dieses Datenschutztheater gewaltig auf den Keks. War diese Geheimniskrämerei nicht völlig übertrieben? Sie wollte doch nur mit dem Mann sprechen! Andererseits könnte sie theoretisch natürlich auch eine Ex-Frau sein, die irre Forderungen an ihn stellen oder ihn umbringen wollte, so ganz ohne Grund waren die Datenschutzverordnungen ja nicht entstanden.

Caro schluckte ihren Ärger runter. Sie würde sich mal in den sozialen Netzwerken umschauen, die Leute posteten auf Facebook oder Instagram doch am laufenden Band, wo sie gerade im Urlaub waren und was sie da machten. Womöglich würde sie auf der Facebook-Seite von Oliver Kretsch sofort sehen, wo er gerade war und welchen Wein er trank. Und wenn sie ehrlich war, wäre sie ja auch ganz froh, dass sich jemand an die Datenschutzbestimmungen hielt, falls sich irgendein Krimineller mal nach ihr erkundigen würde.

Caro versuchte, es positiv zu sehen. Immerhin wusste sie jetzt, dass der Solar-Chef nicht mehr auf der Insel war. Oder zumindest war er nicht mehr Gast im Hotel Hohenzollern.

»Aber«, erzählte sie Jan wenig später, als sie einen freien Platz in der Piratenbude ergattert hatten, »laut Liste hatte er nur einen Hinflug. Ein Rückflug von Borkum nach Emden ist nicht verzeichnet.«

»Vielleicht ist er mit der Fähre zurück?«

»Aber warum?«, überlegte Caro laut. »Wenn ich einen Hinflug buche, dann buche ich doch eigentlich automatisch auch einen Rückflug dazu, oder etwa nicht?« Caro zog noch mal die Zettel von Inge aus ihrer Tasche und sah sich die Listen genau an. »Das sind allerdings nur die Verbindungen vom Festland nach Borkum und zurück. Olaf fliegt doch auch noch die anderen Inseln an, oder?«

Jan nickte. »Klar. Der fliegt dich im Prinzip überallhin.«

»Ich frage Inge noch mal nach den anderen Strecken. Vielleicht ist er nach Juist rüber oder sonst wohin.«

»Gut. Sag mal, hast du heute Abend noch was vor?«

Caro sah ihn erstaunt an. »Wieso?«

»Keine Sorge, ich will kein Date …«

»Hab ich auch nicht gedacht!«

»Ich muss gleich in den Inselkeller und habe mich gefragt, ob du nicht mitkommen willst.«

»Weil ich unbedingt mal wieder mit Zwanzigjährigen abfeiern will?«

Jan grinste. »Eine schöne Vorstellung. Nein, aber ich habe mich gefragt, was ich machen würde, wenn ich Dealer wäre und mein Boss mich nach Borkum geschickt hätte, um die verlorene Ware wiederzubeschaffen.«

»Du wärst natürlich als Erstes feiern gegangen.«

»Ich hätte die Nähe zu meiner Zielgruppe gesucht.«

»Du meinst …?«

»Wäre doch möglich. Es gibt auf jeden Fall den einen oder anderen Konsumenten unter den Gästen, da bin ich mir sicher. Vielleicht wäre es eine gute Idee, wenn du dich da mal ein bisschen umschaust?«

»Okay. Ich komme vorbei.«

»Zieh dir was Heißes an. Das schadet nie.«

Anstatt ihm zu antworten, rollte Caro nur mit den Augen.

Als sie eine gute Stunde später zu Hause vor ihrem Kleiderschrank stand, war sie zu ihrer eigenen Überraschung maßlos überfordert. Ihre Garderobe bestand fast nur noch aus praktischen Sachen; die schicken Kleider, die sie in Berlin in den Clubs getragen hatte, waren nicht mit nach Borkum gekommen. Was zog man am besten an, wenn man in einer Disco unter Zwanzigjährigen nicht auffallen wollte? Nicht, dass man sie am Ende dort noch für die Mutter von irgendwem hielt! Unschlüssig griff sie nach einer abgeschnittenen Jeans und hielt sie sich vor. Schließlich entschied sie sich für einen geblümten knielangen Sommerrock und ein eng anliegendes weißes T-Shirt.

Nachdenklich betrachtete sie sich im Spiegel. Dann wickelte sie den Bund zweimal um, damit der Rock kürzer wurde, begutachtete das Ergebnis einen Augenblick und entließ den Stoff doch wieder in seine normale Länge. Wenn Caro eines nicht wollte, dann verzweifelt wirken. Egal in welcher Situation.

Sie ging ins Bad, schminkte sich so, wie sie es früher getan hatte, und war überrascht, wie ungewohnt ihr der eigene Anblick plötzlich erschien.

Hinnerk und Justus staunten nicht schlecht, als sie in den einzigen hohen Schuhen, die sie noch hatte, die Treppe herunterkam.

»Wow. Hast du noch was vor?«, fragte Hinnerk.

»Nur ein paar Ermittlungen. Nichts Privates.«

»Schade. Ich hätte mich für dich gefreut.«

»Ich mich auch, Mama.«

Caro machte ein erstauntes Gesicht. »Du würdest dich freuen, wenn ich einen neuen Mann kennenlernen würde, Justus?«

Er zuckte mit den Schultern. »Ich glaub schon. Ich weiß ja, dass du dich mit Papa nicht mehr verträgst. Vincent und Charlotte bei mir aus der Klasse haben auch einen Stiefvater. Die meinten, das wäre okay.«

Caro war für einen Moment sprachlos. Dass Justus das

Scheitern ihrer Ehe relativ gut verdaut hatte, war ihr zwar bewusst, aber dass er so reflektiert darüber sprechen konnte, überraschte sie dann doch.

»Das ist gut, mein Schatz. Schön, dass du das so siehst. Aber heute gehe ich nur mit ein paar Freundinnen aus«, log sie, um ihren Sohn nicht zu beunruhigen.

Sie drückte ihm einen Kuss auf die Stirn und wischte danach den Lippenstift von seiner Haut.

»Wann kommst du wieder?«, fragte Justus.

»Ich hoffe, dass es nicht so spät wird. Ich bin jetzt schon hundemüde.«

Wenig später stand sie in der Schlange vorm Inselkeller und überlegte, woran sie eine auffällige Person überhaupt als solche erkennen sollte. Als ihr Blick auf die Besucherschar fiel, war ihr klar, dass das Alter in jedem Fall ein entscheidender Faktor sein würde. Caro fühlte sich erschreckend alt unter all den Jugendlichen, und sie ging davon aus, dass ein gestandener Drogendealer ebenfalls deutlich älter sein dürfte als die meisten anderen hier.

Am Eingang kontrollierte Jan die Gäste. Es war das erste Mal, dass sie ihn bei seiner Arbeit als Türsteher sah. Er wirkte ungewöhnlich souverän auf sie, allein durch seine Körpergröße und seine muskulöse Statur überragte er die überwiegend jugendlichen Besucher, wodurch er eine gewisse Dominanz ausstrahlte. Dabei war er nicht unfreundlich, winkte die meisten Leute durch, ließ sich aber von besonders jung aussehenden den Ausweis zeigen.

»Hab ich vergessen. Aber ich bin wirklich schon achtzehn!«, sagte der Bubi vor ihr mit hoher Stimme. Caro schätzte ihn auf höchstens vierzehn.

»Dann geh nach Hause und hol deinen Ausweis«, erwiderte Jan ruhig. »Wenn du wirklich achtzehn bist, kannst du natürlich auch rein.«

Maulend verließ der Junge die Schlange, und Caro war an der Reihe. Ernst musterte Jan sie von oben bis unten.

»Den Ausweis, bitte.«

»Soll das ein Witz sein?«

Jan grinste breit und machte ihr Platz.

»Ach, die darf ohne Ausweis rein?«, regte sich der Junge auf, der etwas abseits stand und sich eine Zigarette angezündet hatte. »Woher willst du denn wissen, dass die achtzehn ist?«

Caro drehte sich zu dem Jungen um und sah ihn verständnislos an. »Was denkst du denn, wie alt ich bin?«

»Keine Ahnung, es gibt doch jede Menge abgewrackte Sechzehnjährige, was weiß ich denn?! Aber es ist krass ungerecht, dass du deinen Ausweis nicht zeigen musst, und bei mir wird so'n Aufstand gemacht!«

Caro warf ihm einen mitleidigen Blick zu und ging kopfschüttelnd die Stufen zum Inselkeller hinunter. Abgewrackte Sechzehnjährige – das hatte ihr gerade noch gefehlt.

Als sie die Diskothek betrat, hatte sie sofort das Gefühl, auf einer Zeitreise zu sein. So müssen Diskotheken in den 80er-Jahren ausgesehen haben, dachte sie. Der düstere, fensterlose Raum war weiß gefliest und die Wände mit dunklem Holz verkleidet. Aus falschen Bugfenstern flackerte buntes Licht, das farblich mit der Lasershow abgestimmt war, die den ganzen Raum mit bunten Blitzen beschoss. Eine lange, ovale Theke grenzte an eine Tanzfläche, auf der sich die Leute dicht gedrängt zur Musik bewegten. Nein, über ihr Outfit hätte sie sich beim besten Willen keine Gedanken machen müssen, dachte Caro, als sie die nass geschwitzte Menge beobachtete.

Sie setzte sich auf einen Barhocker an den Tresen und bestellte sich eine Cola. Von Minute zu Minute wurde es voller in dem Laden und die Luft zum Atmen weniger. Die Stimmung war ausgelassen, und Caro hatte den Eindruck, dass sie die Einzige war, die keinen Alkohol trank.

In den nächsten zwei Stunden passierte nicht viel. Ein betrunkener Mann, den sie auf Anfang zwanzig schätzte, quatschte sie an, aber nachdem sie herausgefunden hatte, dass er außer Bier noch kein anderes Rauschmittel in seinem Leben angefasst hatte, hatte sie die Unterhaltung schnell beendet.

Gegen ein Uhr war sie so müde, dass sie sich kaum noch auf dem Hocker halten konnte. Sie hatte das Gefühl, dass alle Leute um sie herum komplett betrunken waren. Drogenkonsum oder zumindest ein Verhalten, das darauf hinweisen könnte, konnte sie aber nicht erkennen. Allerdings fragte sie sich auch, ob sie das in der dicht gedrängten Menge überhaupt mitbekommen würde.

Also zahlte sie ihre inzwischen sechste Cola und beschloss, nach Hause zu gehen, als plötzlich zwei Männer die Treppe zum Inselkeller hinunterkamen. Sie fielen ihr sofort auf, da sie deutlich älter waren als der Rest des Publikums. Die Dreißig dürften sie längst überschritten haben. Außerdem waren sie offensichtlich stocknüchtern und setzten sich allein dadurch von der Masse ab, die sich bierselig grölend in den Armen lag. Es waren kräftige Kerle mit ausrasiertem Nacken, die ihre muskulösen Oberarme wild tätowiert hatten. Caro kannte solche Typen aus Berlin, der klassische Borkumurlauber sah definitiv anders aus.

Aber da war noch etwas, wodurch die beiden ihre Aufmerksamkeit erregten. Ein durchtrainierter, etwas zu klein geratener Mann schien ihnen zu folgen. Er hatte kurz nach ihnen den Raum betreten, sich mit einigem Abstand hinter einen Pfeiler gestellt und ließ die beiden Männer offensichtlich nicht aus den Augen. Er wäre Caro vermutlich gar nicht aufgefallen, wenn sie ihn nicht sofort erkannt hätte. Es war kein anderer als Kommissar Bachmann.

Der wird die beiden ja nicht grundlos beobachten, dachte Caro und zückte ihr Handy. Sie tat so, als würde sie ein Selfie von sich machen, hatte die Kamera aber tatsächlich so eingestellt, dass sie ein Foto von den beiden Männern schießen konnte.

Für eine weitere Stunde beobachtete sie die beiden, die sich ebenfalls an die Theke gesetzt und ein Bier bestellt hatten. Aufmerksam ließen sie ihren Blick über die Tanzfläche schweifen.

Plötzlich bemerkte Caro, wie der eine Mann eine junge Frau fixierte, die ausgelassen tanzte. Sie schien seinen Blick zu bemerken und erwiderte ihn, wobei sie mit den Händen durch ihren langen, schwarzen Pferdeschwanz strich und den Kerl mit ihren dunkel geschminkten Augen anschmachtete. Sie trug eine hautenge Hotpants, die den Begriff Hose eigentlich nicht verdient hatte, da ihr halber Po sichtbar war. Caro musste allerdings zugeben, dass der jungen Frau die Hose deutlich besser stand als ihr selbst die abgeschnittene Jeans, die Caro ein paar Stunden zuvor vor dem Spiegel anprobiert hatte.

Vielleicht wirst du langsam spießig, dachte sie und konzentriere sich wieder auf die Situation vor ihr.

Lächelnd drehte sich die junge Frau im Kreis, wobei sie

die ganze Zeit Augenkontakt zu dem Kerl hielt. Der ließ sich nicht lange bitten. Grinsend erhob er sich von seinem Barhocker und ging mit federndem Gang auf das Mädchen zu, das ihn sofort begeistert antanzte.

Ihre gemeinsamen Drehungen wirkten daraufhin ein wenig merkwürdig. Während ihre Bewegungen fast wild anmuteten, beließ er es bei einem gemächlichen Schunkeln von links nach rechts. Dann beugte er sich zu ihr runter und flüsterte ihr etwas ins Ohr. Die Frau machte große Augen und schien für einen Moment etwas irritiert. Sie lachte verlegen und wollte weitertanzen, aber er legte den Arm um ihre Schultern und sprach erneut auf sie ein, wobei sein Gesicht eine Begeisterung zeigte, die offenbar ansteckend war. Nach einer kurzen Zeit nickte die Frau jedenfalls und verließ die Tanzfläche Richtung Toiletten. Der Mann blickte sich um, nickte seinem Kumpel kaum merklich zu und folgte ihr dann.

Alles klar, dachte Caro und stand auf. Dass die beiden nicht gemeinsam Pipi machen wollten, lag wohl auf der Hand.

Unauffällig blickte sie zu Bachmann und dem anderen Dealer herüber. Der Kommissar schien von der Szene auf der Tanzfläche nichts bemerkt zu haben und tippte auf seinem Handy herum. Oder er hatte die beiden beobachtet und forderte gerade Verstärkung an? Der andere Dealer saß an der Theke und bestellte ein weiteres Getränk.

Im gemächlichen Tempo, um bloß keine Aufmerksamkeit zu erregen, folgte Caro dem verdächtigen Paar Richtung Toiletten. Sie öffnete die Tür mit dem WC-Zeichen und betrat einen langen, dunklen Flur, an dessen Ende drei Türen abgingen. Aus zweien drang helles Neonlicht in den Gang, während die dritte offensichtlich nach draußen führte.

Caro warf einen Blick in die Damentoilette. Ein junges Mädchen mit roten Locken versuchte vor dem Spiegel, sich die Lippen nachzuziehen, wobei sie einige Koordinationsschwierigkeiten zeigte. Immer wieder schwankte sie zurück und musste sich am Waschbecken festhalten.

Caro ging kurz in die Hocke und warf einen Blick unter die drei Toilettenkabinen. Keine davon war besetzt.

»Du kannst dich nicht einfach auf den Boden hocken und hier strullern«, lallte das Mädchen und starrte sie fassungslos an. Ihr Lippenstift hatte sich inzwischen fast wie eine Clownsmaske um ihren Mund gelegt.

»Was?«

»Na, da vorne sind die Toiletten!« Sie zeigte auf die Kabinen.

»Sorry, klar, hast recht«, murmelte Caro leise. Auch wenn sie dem Mädchen am liebsten erklärt hätte, dass sie sich zum Pinkeln niemals in ihrem ganzen Leben *vor* eine Toilette hocken würde, vermied sie jede weitere Unterhaltung mit ihr. Gespräche mit Personen, die mehr als ein Promille hatten, waren ihr schon immer sinnlos erschienen.

Sie stand wieder auf und ging zur gegenüberliegenden Herrentoilette.

»Deshalb muss man ja nicht gleich zu den Kerlen rüber«, hörte sie das Mädchen noch lallen. »Du bist ja vielleicht mal strange …«

Caro warf einen Blick in die Herrentoilette. Zwei Männer standen an den Pissoirs, keiner davon war der Dealer. Auch die beiden hatten offensichtlich ordentlich getankt, jedenfalls registrierte sie, dass es um ihre Treffsicherheit nicht mehr zum Besten stand. Die einzige abschließbare Kabine war offen.

Also draußen, dachte Caro und wandte sich zum Hinterausgang. Sie öffnete die Tür. Die frische Nachtluft wehte ihr ins Gesicht und ließ sie reflexhaft einen tiefen Atemzug nehmen, als wären ihre Lungen froh, endlich etwas anderes als Ammoniak-, Alkohol- oder Schweißgeruch einzuatmen. Leise ließ sie die Tür hinter sich ins Schloss fallen und lauschte in die Dunkelheit.

Nur wenige Meter von ihr entfernt, zwischen Fahrradkeller und Vorratsschuppen, sah sie die beiden. Das Mädchen hatte sich an die Mauer gelehnt, während der deutlich größere Mann bedrohlich nah vor ihr stand.

Leise und geduckt schlich Caro heran.

»Du wirst es lieben, Süße. Ich sage dir, es gibt nichts Geileres als den Stoff.«

»Aber ich habe so was noch nie gemacht …« Die Stimme der jungen Frau klang so mädchenhaft, dass Caro sich fragte, wie alt sie wohl war. Optisch war zwischen achtzehn und fünfundzwanzig alles denkbar. Aber wie sie sprach, wie eingeschüchtert und verängstigt sie sich anhörte, könnte sie auch erst vierzehn sein.

»Einmal ist immer das erste Mal, das weißt du doch. Und du musst keine Angst haben, es kann nichts Schlimmes passieren. Ich bin doch bei dir.« Die Stimme des Mannes klang beschwörend. »Probier erst mal eine Line. Für einen Hunderter kriegst du dann das ganze Tütchen.«

»Ich hab gar nicht mehr so viel Bargeld …«

»Dann gehen wir zwei eben zur Sparkasse und ziehen was. Ist doch kein Problem. Los, mach schon.«

Caro dachte fieberhaft nach. Wie konnte sie verhindern, dass das Mädchen die Drogen ausprobierte? Sie konnte doch nicht einfach so tatenlos danebenstehen!

»Na komm, jetzt nimm schon was«, die Stimme des Mannes wurde immer fordernder. »Der alte Mann hat den Stoff extra am Strand eingesammelt, wäre doch schade, wenn seine ganze Mühe umsonst war.«

Caro wurde hellhörig. Sprach der Dealer gerade von Jo Hammert?

Doch bevor sie weiter darüber nachdenken konnte, schrillte das Klingeln ihres Handys durch die Nacht und ließ sie erschrocken zusammenzucken. Hektisch zog sie es aus ihrer Tasche und drückte den Anruf weg. Aber es war zu spät. Sie sah, wie der Mann sich von dem Mädchen löste und schnell auf sie zukam.

»Hey! Was soll das?«

Panisch drehte Caro sich um und eilte zurück zum Hintereingang vom Inselkeller, aber die Tür ließ sich von außen nicht öffnen. Verzweifelt und völlig sinnlos zerrte und rüttelte sie an dem Knauf.

In dem Moment war der Mann auch schon hinter ihr. Sie spürte seinen Atem in ihrem Nacken.

Caro versuchte, ihre Angst herunterzuschlucken. Sie setzte eine selbstbewusste Miene auf und drehte sich zu ihm um.

»Wollen Sie auch wieder rein? Ich befürchte, die Tür ist verschlossen«, sagte sie betont fröhlich.

Im Hintergrund sah sie das Mädchen davoneilen. Wenigstens etwas, dachte Caro. Immerhin ist sie jetzt in Sicherheit.

»Hör auf, mich zu verarschen.« Die Stimme des Mannes

klang kalt und gefährlich. Mit einer Hand fasste er Caros Hals und stieß sie gegen die Tür. »Hast du uns belauscht?«

»Was? Nein! Warum sollte ich das tun?« Sie versuchte, seinen Griff zu lösen, aber der Kerl drückte so fest zu, dass es ihr nicht gelang.

»Warum lungerst du hier rum?!«

Der Druck an ihrem Hals wurde immer stärker. Mit der anderen Hand packte der Mann sie an der Schulter und hielt sie fest. Langsam, aber sicher bekam Caro Probleme, richtig zu atmen. Verzweifelt versuchte sie, den Kerl wegzustoßen, aber er schien im Boden festzementiert zu sein.

»Jetzt lassen Sie mich schon los …!«

In dem Moment spürte Caro einen Stoß gegen ihren Hinterkopf. Bevor sie begriff, dass jemand mit Schwung die Tür hinter ihr aufgedrückt hatte, ging sie schon zu Boden. Der Dealer ließ im selben Augenblick von ihr ab, drehte sich auf dem Absatz um und verschwand in der Dunkelheit.

Die betrunkene Rothaarige stand mit wackeligen Beinen in der geöffneten Tür und blickte auf Caro, die versuchte, sich vom Boden wieder aufzurappeln.

»Warum gehst du nicht einfach aufs Klo?«, lallte das Mädchen kopfschüttelnd. »Anstatt dich überall hinzuhocken, kannst du doch einfach auf die Toilette gehen!«

»Klar.« Caro ließ ihren Blick vom Fahrradkeller bis zum Vorratsschuppen schweifen. Von dem Mann und auch von dem Mädchen fehlte jede Spur. »Danke fürs Türaufmachen«, sagte sie zu der Betrunkenen und verschwand wieder in dem miefigen Flur.

Unwillkürlich strich sie sich über den Hals. Die Situation war unangenehm gewesen, sehr sogar. Und sie hatte es nicht geschafft, sich daraus zu befreien. So etwas durfte ihr nicht noch mal passieren.

Als sie sich wieder ihren Weg über die Tanzfläche bahnte, war es bereits kurz vor drei Uhr, und der DJ kündigte den letzten Song an. Caro sah, dass der zweite Dealer immer noch auf seinem Platz an der Theke saß und von Kommissar Bachmann beobachtet wurde. Sie beschloss, den Laden noch vor den Männern zu verlassen. Zumal sie hier nicht mit Bachmann sprechen wollte. Sie konnte sich nur zu gut daran erinnern, dass er damals etwas pikiert gewesen war, als sie und Jan den Fall um den ermordeten Klinikchef gelöst hatten. Er mochte es nicht, wenn man in seinem Gebiet jagte, und wenn er jetzt erfahren würde, dass sie dem anderen Dealer gefolgt war, wäre er sicher alles andere als begeistert. Vielleicht würde sie ihn morgen anrufen. Denn ob der gefundene Finger wirklich von Jo Hammert war und die Polizei inzwischen nach ihm suchte, interessierte sie brennend. Ob sie ihm dabei etwas von ihrer Begegnung mit dem Dealer erzählen würde, wusste sie dagegen noch nicht. Sie konnte sich nur zu gut vorstellen, wie der Kommissar darauf reagieren würde, und auf eine seiner Standpauken hatte Caro nun wirklich keine Lust.

Im Vorbeigehen nickte sie Bachmann zu, der sie anstarrte, als hätte er einen Geist gesehen. Erst als sie draußen vor dem Inselkeller stand, spürte sie, wie müde sie war.

Jan dagegen wirkte so wach wie immer, als Caro ihm erzählte, was soeben passiert war.

»Hätte ich gewusst, dass du gerade einen Drogendealer observierst, hätte ich dich natürlich nicht angerufen«, sagte er zerknirscht.

»Ach, du warst das. Na, toll. War's wenigstens wichtig?«

»Nein. Ich wollte dich nur fragen, ob wir nach meinem Feierabend noch was zusammen trinken.«

Caro atmete hörbar aus. »Für einen Drink setzt du mein Leben aufs Spiel …«

»Ich hatte doch keine Ahnung!«

»Schon gut. Hier, ich hab die beiden Spackos fotografiert.« Sie zeigte ihm das Foto auf ihrem Handy.

»Der Kerl vom Flughafen ist jedenfalls nicht dabei«, sagte sie. »Dieser Oliver Kretsch ist viel älter. Und ein ganz anderer Typ. Nicht so asi … na ja, eher *anders* asi …«

»Was ist anders asi?«

»Teure Klamotten mit schlechtem Geschmack und von allem zu viel. Zu viel Gel, zu viel Gold, so einer eben.«

»Verstehe. Das sind eigentlich die schlimmsten Asis.«

Sie nickte.

»Und Bachmann beschattet die?«, fragte Jan.

»Ja, das sah eindeutig so aus. Der eine Typ ist weg, aber der andere sitzt noch unten. Es wäre bestimmt schlau, ihm zu folgen, wenn der Laden gleich dichtmacht.« Caro gähnte lautstark.

»Kein Problem, ich übernehme ab jetzt«, sagte Jan. »Ich hab ja eh Feierabend.«

»Danke. Ich falle jeden Moment um. Rufst du mich morgen an und erzählst mir alles?« Caro zog die Schuhe von ihren Füßen und stand nun barfuß vor ihm.

»Klar, mach ich. Schlaf gut, Caro.«

Anstatt ihm zu antworten, hob sie nur müde die Hand, gähnte noch einmal herzhaft und ging Richtung Bahnhof, wo sie ihr Fahrrad abgestellt hatte.

Als sie ihr Fahrrad in Hinnerks Garage schob, klingelte ihr Handy.

»Die wohnen im Haus Sonnenglück«, sagte Jan.

»Wie passend. Ist das diese Pension am Südstrand?«

»Ganz genau. Der Kerl ist direkt vom Inselkeller dahin gegangen. Morgen werde ich die beiden mal unauffällig begleiten.«

»Okay. Sei vorsichtig.«

»Machst du dir Sorgen um mich?« Jans Stimme bekam einen flirtenden Unterton.

Aber Caro war viel zu müde, um auf sein spaßiges Geplänkel einzugehen. »Warum sollte ich?«

»Weil ich dir wichtig bin.«

Caro seufzte. »Wenn sich Männer in deinem Alter noch das Knie aufschlagen, macht man sich ja automatisch Sorgen. Bin gespannt, wann das andere dran ist. Aber ehrlich gesagt wäre mir das jetzt auch egal.«

»Außerdem sollte ich mir wohl eher Sorgen um dich machen. Sieh zu, dass dir so was wie eben nicht noch mal passiert, Caro.«

»Mach ich. Jetzt muss ich dringend ins Bett, Jan. Gute Nacht.«

»Gute Nacht.«

Caro drückte das Handy aus und blieb noch einen Moment vor der Haustür stehen. Die Sonne ging langsam auf, und in gut drei Stunden würde bereits ihr Wecker klingeln. Eine Horrorvorstellung.

Sie steckte den Schlüssel ins Schloss, aber bevor sie die Tür aufschließen konnte, hielt sie plötzlich inne.

Was war das für ein Geräusch gewesen? Waren das Schritte?

Langsam drehte sie sich um und blickte die Straße hinunter, erst nach links und dann nach rechts. In der Dämmerung war nirgendwo eine Menschenseele zu sehen.

Da ist nichts. Höchstens vielleicht ein Karnickel. Oder ein Reh. Die Müdigkeit verwirrt deine Sinne, dachte Caro und schloss die Haustür auf.

Aber ein ungutes Gefühl blieb.

8

Kommissar Bachmann hatte erwartungsgemäß nicht mit Begeisterung reagiert, als Caro ihn am nächsten Tag anrief.

»Und ich hatte schon gehofft, ich hätte mich gestern getäuscht«, hatte er gestöhnt.

»Ich dagegen habe mich total gefreut, Sie im Inselkeller zu sehen, lieber Herr Bachmann«, hatte Caro mit zuckersüßer Stimme geantwortet und ihn für die Mittagspause zu einem Eiskaffee am Leuchtturm eingeladen. Etwas widerwillig hatte Bachmann schließlich eingewilligt.

Aber noch war sie am Flughafen und versuchte, einer Seniorengruppe alle Wünsche zu erfüllen.

»Haben Sie kein Piccolöchen?«, fragte eine reizende ältere Dame, die sich wie die anderen zu einem Rundflug angemeldet hatte. »Normalerweise trinke ich so etwas nicht. Aber es tut meinem Kreislauf ganz gut.«

Caro nickte. »Das kenne ich. Aber leider haben wir keinen Alkohol im Angebot.« Sie unterdrückte ein Gähnen. Die letzte Nacht steckte ihr ganz schön in den Knochen.

»Auch kein Kölsch?«, fragte ein älterer Herr nach, der durch seinen Dialekt eindeutig dem Rheinland zuzuordnen war.

Kölsch nicht für Alkohol zu halten war ein weitverbreitetes Phänomen in Caros alter Heimat. Sie war in Köln aufgewachsen und hatte die Domstadt erst verlassen, als sie

Nils kennengelernt hatte. Und so wie in Paris jeder Franzose ein Glas Rotwein zum Mittagessen trank, so trank in Köln jeder ein Kölsch. Bei den Franzosen blieb es allerdings meistens bei einem Glas, jedenfalls am helllichten Tag. Bei den Kölnern nicht unbedingt. Denn Kölsch war ja kein Alkohol.

»Wir haben leider auch kein Bier«, antwortete sie dem Mann.

»Kölsch ist doch kein Bier!«, sagte ein anderer und lachte.

»Möchten Sie vielleicht ein Mineralwasser?«

»Wasser ist zum Waschen da«, meinte der Kölsch-Liebhaber und machte sich auf den Weg Richtung Flugzeug.

Caros Handy klingelte. »Jan? Was ist los?«

»Ich stehe vor der Pension«, antwortete er mit gedämpfter Stimme. »Diese Typen von gestern, die haben Jos Jutesack.«

Caros Herz pochte. »Bist du dir sicher?«

»Klar. Hundertprozentig. Die haben ihn eben in den Kofferraum gepackt.«

Fieberhaft dachte sie nach. Was hatte das zu bedeuten? Vor allen Dingen: Was hatte das für Jo zu bedeuten? »Dann sind die also bei ihm eingebrochen.«

»Sieht so aus. Und jetzt wollen sie vermutlich verschwinden.«

»Kannst du dranbleiben?«

»Klar. Aber seit einer Viertelstunde sind die wieder zurück ins Haus. Keine Ahnung, was die da oben noch treiben, sobald sie wieder runterkommen, hefte ich mich an ihre Fersen.«

»Perfekt. Bis später.«

Caro drückte das Handy aus und blickte auf die Uhr. In einer halben Stunde musste sie los.

»Ich bin gleich kurz mal weg«, sagte sie zu Inge, der anzusehen war, dass ihr das nicht passte.

»Aha. Ich mache meine Mittagspause ja heute hier und esse nur ein Brötchen«, sagte sie mit einem leicht vorwurfsvollen Unterton in der Stimme. »Weil so viel los ist«, setzte sie noch bedeutungsvoll hinterher.

Caro seufzte. »Ich weiß, Inge. Ich bin auch nicht lange weg, versprochen.«

»Gleich kommen die Fallschirmspringer. Und du weißt, die wollen alle vorher was trinken.«

Caro zog eine Augenbraue hoch. »Die Springer kommen immer erst am Nachmittag.«

»Ist doch gleich.«

»Vor vier startet keiner, und ich bin spätestens um halb zwei zurück. Okay?«

Inge grummelte etwas in ihr Doppelkinn, und Caro ahnte, dass es kein guter Zeitpunkt war, um sie erneut um einen Gefallen zu bitten. Aber sie konnte auf die schlechte Laune ihrer Kollegin jetzt keine Rücksicht nehmen.

»Sag mal, könntest du mir noch einen kleinen Gefallen tun?«, bat Caro sie.

»Du meinst, abgesehen davon, dass ich für anderthalb Stunden deine Arbeit übernehme?« Die Empörung in Inges Stimme war nicht zu überhören.

»Ja.«

»Na toll.«

»Es ist nichts Aufwendiges. Ich bräuchte nur die Passagierlisten der Flüge, die zu den anderen Nordseeinseln gegangen sind. Mehr nicht.«

»Mehr nicht? Was du dauernd für Extrawünsche hast!«, empörte sich Inge.

»Tut mir leid. Kannst du sie trotzdem ausdrucken?«

Inge grummelte etwas vor sich hin, begann dann aber, in ihrem Computer nach den gewünschten Listen zu suchen.

»Ich bin dir wirklich dankbar«, versuchte Caro sie zu beschwichtigen. »Pass auf, wenn das hier alles vorbei ist, lade ich dich zum Essen ein und erzähle dir die ganze Geschichte, okay? In allen Details.«

»Über den mysteriösen Politiker?«, fragte Inge erkennbar neugierig.

»Äh … ja. Genau. Und was er hier wollte und so. Okay? Vielleicht hat er ja eine heimliche Geliebte.«

»Putin? Auf Borkum?«

Jetzt musste Caro lachen, und Inge stimmte ein. Sie schien wieder einigermaßen besänftigt zu sein. Nach einem Moment reichte sie Caro die ausgedruckten Listen.

»Danke, Inge. Ich weiß das zu schätzen.«

»Das will ich hoffen.«

Caro überflog die Listen in Windeseile und suchte nach dem Namen Kretsch. Tatsächlich war er am Dienstag nach Norderney geflogen. Einen Tag nachdem er Jo getroffen hatte. Und seit Dienstag hatte Jo seine Medikamente nicht mehr genommen. Stand das eine mit dem anderen in Zusammenhang?

»Kannst du auch herausfinden, wann er von Norderney wieder zum Festland geflogen ist?«

»Bin ich die verdammte NSA?«

»Natürlich. Ich dachte ja nur …«

Inge sah sie tadelnd an, griff dann zum Telefonhörer und

wählte eine Nummer. »Beeke? Moin. Ich bin's, Inge ... Ja nee, alles gut. Du, kannst du mir was über einen Passagier sagen? Ja, genau, hat hier was vergessen. Ein Herr ...?« Inge sah Caro fragend an.

»Oliver Kretsch.«

Inge nickte und wiederholte den Namen. »Danke, ich warte.«

»Also doch bei der NSA?«, fragte Caro grinsend.

Inge erwiderte ihr Grinsen. »Beeke macht auf Norderney denselben Job wie ich. Wir kennen uns aus alten Internatszeiten vom Festland ... Beeke? Ja, ich höre.« Inge lauschte ihrer alten Freundin und machte sich eine Notiz. »Das ist ja super. Danke. Tschüss!«

»Und?«, fragte Caro, nachdem Inge aufgelegt hatte. »Konnte sie was rausfinden?«

»Dein Spitzenpolitiker fliegt heute Abend mit der letzten Maschine zurück nach Bremen.«

»Und was hat er auf Norderney gemacht?«

Inge sah sie schief an. »NSA?«

»Stimmt. Vergessen. Du hast mir sehr geholfen. Danke, Inge. Bis später.«

»Bringst du mir ein Eis mit, wenn du zurückkommst? Drei Kugeln Zimt, bitte.«

»Dir ist schon klar, dass das zur Zimtsoße wird, bis ich wieder hier bin?«

»Auch lecker.«

Zwanzig Minuten später stellte Caro ihr Fahrrad am Leuchtturm ab. Es war ungewöhnlich leer auf dem Platz, was der enormen Hitze geschuldet war. Die meisten Urlauber verkrochen sich in der Mittagszeit in ihren Wohnungen oder Hotelzimmern und warteten, bis die Sonne sich wenigstens etwas verzogen hatte. Nur auf dem schmalen Stück zwischen Leuchtturm und Pizzeria, das im Schatten lag, tummelten sich die Menschen. Fast jeder hatte ein Eis in der Hand, und die Schlange vor der Eisdiele neben der Pizzeria war so lang wie nie.

Unter diesen Leuten fiel Kommissar Bachmann sofort auf. Er trug eine schmal geschnittene kurze Hose und ein eng anliegendes Shirt, auf dem nicht ein Schweißfleck zu sehen war, das seine trainierte Figur aber bestens zur Geltung brachte. Caro fand, dass er durchaus etwas Brad-Pitt-haftes hatte und fast als Mini-Me des Hollywoodstars durchgehen könnte.

»Frau Falk«, begrüßte er sie mit trockener Stimme und genauso trockenem Handschlag. Schweißproduktion schien bei diesem Mann nicht stattzufinden. »Warum wollen Sie mich zu einem Kaffee einladen?«, kam er ohne Umschweife auf den Punkt. »Sie wollen doch garantiert etwas von mir wissen.«

Caro lächelte ihn charmant an. »Eiskaffee, Herr Bachmann. Das ist ganz wichtig. Oder trinken Sie so etwas nicht? Von wegen Eis und Sahne und so?« Sie wies auf seinen trainierten Oberkörper.

Bachmann verzog das Gesicht. »Doch, trinke ich. Aber ich würde trotzdem ein Wasser vorziehen.«

Caro verkniff sich eine Bemerkung und versuchte sich nicht weiter vorzustellen, wie der Kommissar morgens im Fitnessstudio schuftete. Plötzlich sah sie ihn nicht nur an den Geräten Gewichte stemmen, sondern vor einem großen Spiegel Zumba tanzen …

»Also, warum wollten Sie mich treffen?«, riss Bachmann

sie aus ihren Gedanken, und Caro erzählte ihm, dass Jo Hammert seit einer Weile verschwunden war.

»Wer ist Jo Hammert?«, fragte Bachmann.

»Er lebt seit gut zwanzig Jahren auf Borkum und ist hier sehr engagiert im Tier- und Umweltschutz«, erklärte Caro.

»Solange keine offizielle Vermisstenmeldung vorliegt, sehe ich keinen Grund, hier aktiv zu werden«, antwortete Bachmann und blickte auf die Uhr. »Es ist Urlaubszeit, die Insel ist mit Gästen übervölkert. Ist es da nicht sehr wahrscheinlich, dass ein Einheimischer das Weite gesucht hat und selbst verreist ist?«

Caro schüttelte skeptisch den Kopf. »Und was ist mit dem Finger?«

Bachmann seufzte. »Natürlich wissen Sie auch davon.«

»Ich war dabei, als er gefunden wurde.«

»Das war so klar …«

»Sind Sie nicht deshalb hier?«, fragte Caro.

»Nein.«

»Hat Ihnen Ihr Kollege Fesse denn nichts von meinem Verdacht erzählt?«

»Ich bin nicht wegen des Fingers hier«, wiederholte Bachmann.

»Sondern wegen der Dealer, schon klar«, sagte Caro. »Aber das Verschwinden von Jo könnte doch in direktem Zusammenhang mit dem Auftauchen der Drogendealer stehen.«

Jetzt fiel Bachmann fast die Kinnlade runter. »Hören Sie den Polizeifunk ab? Haben Sie meine E-Mails gehackt? Hängen irgendwo Plakate, auf denen steht: Drogendealer auf Borkum angekommen?«

Caro lachte, und auch Bachmann brachte es immerhin zu einem schiefen Grinsen.

»Nein«, sagte sie. »Aber Sie können sich denken, dass so etwas hier nicht lange im Verborgenen bleibt.«

»Kann ich.«

»Aber wenn der Finger wirklich von Jo Hammert ist?«, nutzte Caro schnell die gute Stimmung, um weiter am Thema zu bleiben. »Vielleicht steckt Jo dann in Schwierigkeiten, oder ihm ist womöglich schon Schlimmeres passiert …«

Bachmann stöhnte. »Ich werde Ihnen keine Polizeiinterna verraten, haben Sie das verstanden?«, begann er ernst, und Caro nickte.

»Aber Sie wissen etwas über den Finger?«, hakte sie nach.

»Nicht viel. Laut Gerichtsmedizin ist er tatsächlich von einer Möwe abgetrennt worden. Vermutlich schwimmt da draußen irgendwo eine Wasserleiche herum, ein wahrer Leichenschmaus für Möwen und Fische.«

Caro musste schlucken. »Schöne Vorstellung«, sagte sie.

»Aber da wir die Reste von diesem Festmahl noch nicht gefunden haben, können wir nicht mehr zur Identität sagen …«

»Müssten Sie sich dann nicht auf die Suche nach dieser Wasserleiche machen?«

»Wie stellen Sie sich das vor?« Bachmann sah sie erstaunt an. »Sollen wir die ganze Nordsee absuchen?«

»Weiß ich nicht. Aber irgendwas muss man doch tun!«

Bachmann atmete hörbar aus. »Ich habe früher mal in der Nähe vom Bodensee gearbeitet.«

»Schön für Sie.«

»Am Grund des Bodensees liegen vermutlich rund 100 Leichen. Sie sind beim Baden verunglückt, mit dem Boot gekentert oder in ein Unwetter geraten – und buchstäblich nie wieder aufgetaucht. Die Polizei führt seit 1947 eine Übersichtsliste. Die Fälle sind alle genau dokumentiert. Eine Chance, diese Leichen zu finden, gibt es praktisch nicht.«

»Was wollen Sie mir damit sagen?«

»Was ist größer: der Bodensee oder die Nordsee?«

Caro verzog das Gesicht. »Verstehe.«

»Schön.«

In dem Moment klingelten fast zeitgleich Bachmanns und Caros Handys. Im Gegensatz zu ihr hatte der Kommissar sein Telefon sofort zu Händen, während Caro erst noch in ihrer Tasche herumwühlen musste. Lippenpflegestift, Sonnencreme, Taschentücher, Kaugummis, Tampons, Haargummi – alles bekam sie in die Finger. Nur ihr verdammtes Telefon nicht. Dafür konnte sie Bachmanns Aufregung hautnah miterleben.

»Wann? Gerade eben? Seht zu, dass die Urlauber da weg kommen … ja, alles absperren! Alles! Ich bin auf dem Weg!«

Bachmann sprang auf, murmelte ihr noch ein »Sorry, Notfall« zu und stürmte die Gasse hinunter Richtung Bahnhof und Taxistand.

Inzwischen hatte sie ihr Handy in der hintersten Ecke ihrer Tasche gefunden. Sie pustete den Sand vom Display und nahm den Anruf an.

»Hallo, Jan«, sagte Caro.

»Du musst sofort kommen!« Er klang aufgeregt, fast gehetzt.

»Was ist denn passiert?«

»Erklär ich dir später! Komm sofort zum Hafen!«

»Wo steckst du denn genau?«

»Am Ableger, bei den Fähren! Nimm ein Taxi!«

Kommissar Bachmann rollte mit den Augen, als Caro kurze Zeit später am Hafen auftauchte, zu dem er selbst nach dem Anruf offenbar geeilt war. Caro nickte ihm nur kurz zu und suchte dann unter den Schaulustigen nach Jan.

Der hintere Bereich des Hafens, in dem normalerweise der Katamaran anlegte, war mit gelbem Flatterband abgesperrt. Ein gutes Dutzend Urlauber stand mit Koffern und anderen Gepäckstücken beladen dahinter und starrte auf das Szenario, das sich ihnen bot. Viele hatten Handys in der Hand und versuchten Fotos und Videos zu machen. Einem Beamten wurde es zu bunt. Mit energischem Schritt ging er auf die Schaulustigen zu und ermahnte sie, nichts von alledem in Bild und Ton festzuhalten.

Was passiert war, konnte Caro nicht genau erkennen, sie sah nur, dass neben dem eigentlichen Anlegeplatz des Katamarans das Saugbaggerschiff stand, das die Fahrrinne für die Fähren ausbaggerte. Die Besatzung stand jetzt totenbleich an Land und wurde von Bachmann und seinen Kollegen befragt. Etwas weiter davon entfernt parkte der Wagen eines Bestattungsinstituts. Zwei Männer, die trotz der Hitze dunkle Anzüge trugen, schoben gerade einen Bleisarg in das Fahrzeug.

»Caro!«

Jan winkte ihr zu. Er stand etwas abseits der Schaulustigen, wirkte trotz der Hitze blass und irgendwie fahrig.

»Was ist denn hier passiert?«, fragte Caro, die eine dunkle Vorahnung hatte. »Und was machst du hier? Ich dachte, du observierst die Drogendealer.«

»Mach ich ja auch.« Jan wies auf die zwei bulligen Typen, die mit Handschellen gefesselt von einem Beamten in den Streifenwagen gesetzt wurden. »Ich hab sie den ganzen

Tag nicht aus den Augen gelassen, dann kam das Saugbaggerschiff. Die hatten wohl eine Störung.«

»Okay … Was hat das Schiff mit unserem Fall zu tun?«

Es kam Caro so vor, als würde Jan vor lauter Aufregung etwas wirr reden.

»Eines der Crewmitglieder ist in das Becken getaucht, um nachzusehen, was das Saugrohr verstopft hat.«

Caro sah einen Mann in einem kurzen Neoprenanzug, der blass und mitgenommen auf der Kielmauer saß.

»Offensichtlich war es nicht der Störtebeker-Schatz, der das Rohr verstopft hat«, sagte sie Böses ahnend.

»Nee. Eine Wasserleiche. Oder vielmehr das, was von dem Körper übrig geblieben ist.« Er knetete seine Hände, sie sahen dem Wagen nach, der sich langsam einen Weg durch die Menge bahnte.

»Die Leiche muss wohl schon eine Weile im Wasser getrieben sein«, vermutete Jan. »Wegen der Hitze und der vielen Beißspuren der Tiere war sie jedenfalls in einem fürchterlichen Zustand. Das Saugbaggerschiff hat das dann alles vermutlich noch verschlimmert … Den Anblick werde ich nie vergessen.« Mit zitternder Hand wischte er sich den Schweiß von der Stirn.

»War es Jo?«, fragte Caro leise.

»Weiß ich nicht. Ich habe nur einen kurzen Blick auf die Leiche werfen können.« Jan musste schlucken. »Die hatte keine Augen mehr, verstehst du? Dieser aufgeschwemmte und zerbissene Körper hatte keine Augen …«, flüsterte er entsetzt.

»Die holen sich die Möwen wahrscheinlich als Erstes«, meinte Caro nachdenklich und blickte an Jan vorbei, der sich angewidert von den Möwen abgewendet hatte, und sah, wie einer der Beamten einen Jutesack in Regenbogenfarben in den Kofferraum des Polizeiwagens packte.

»Ja, das ist Jos Sack«, murmelte sie.

Jan gab einen zustimmenden Laut von sich und wies in Richtung der Polizisten. »Sie haben ihn den Dealern abgenommen«, sagte er. »Ich war nicht der Einzige, der sie beschattet hat. Bachmanns Leute waren die ganze Zeit an ihnen dran.«

Caro kniff die Augen zusammen, um von der Sonne nicht so geblendet zu werden. »Und jetzt wollten sie mit der Fähre die Insel verlassen.«

»Genau. Die Polizei war gerade dabei, sie zu kontrollieren, als der Taucher das Dilemma am Saugbaggerschiff entdeckte.«

Kommissar Bachmann stand mit zufriedener Miene neben dem Polizeiwagen. Für ihn war das Ganze ein voller Fahndungserfolg, das konnte Caro in seinem Gesicht sehen.

»Ist gut für Bachmann gelaufen«, meinte Jan, »die Dealer wollten weg von der Insel, und seine Leute konnten sie kurz vorher festnehmen. Perfektes Timing.«

»Und was sagt er zu der Leiche?«

»Meinst du, das würde er ausgerechnet mir erzählen? Keine Ahnung, was er darüber denkt.«

»Vermutlich wird er erst mal die Obduktion abwarten, bevor er weiterermittelt.«

»Wenn der Tote wirklich Jo Hammert ist und die Dealer etwas damit zu tun haben, werden wir es bestimmt bald von Polizei oder Presse erfahren.«

»Ich werde Hinnerk bitten, sich bei seinen alten Kollegen mal umzuhören.«

Natürlich war ihre Mittagspause länger ausgefallen, als sie es Inge versprochen hatte, und das gewünschte Eis, in welcher Konsistenz auch immer, hatte sie nach den Ereignissen am Hafen vergessen. Als Caro endlich wieder zurückgekommen war, hatten schon zwei Gruppen Fallschirmspringer im Flughafengebäude gewartet und Inge mit ihren Getränkewünschen fast wahnsinnig gemacht. Nicht mal eine letzte, aufgeweichte Packung Schnapspralinen, die Caro hinter der Kasse versteckt hatte, konnte Inges Laune noch heben. In solchen Fällen war mit ihr nicht zu spaßen. Einmal in Rage kam ihre Kollegin nur schwer aus der Spirale wieder raus.

»So war Inge schon immer.«

Hinnerk schmunzelte, als Caro ihm am Abend von ihrer schlecht gelaunten Kollegin erzählte. Sie saßen auf der Terrasse und tranken einen eisgekühlten Sanddornlikör, mit dem Caro ihren anstrengenden Tag herunterspülen wollte. Nur Jan trank Wasser. Er war auf dem Weg zum Inselkeller noch bei ihnen vorbeigekommen und wollte einen klaren Kopf behalten, wenn seine Schicht in der Diskothek gleich begann. Während seiner Arbeit als Türsteher und Barkeeper trank er grundsätzlich keinen Tropfen Alkohol.

»Wart mal ab, morgen hat sie alles wieder vergessen. Inge hat halt das griechische Temperament ihrer Großmutter geerbt«, sagte Hinnerk.

Caro sah ihn groß an. »Inge hat griechische Wurzeln? Wie bitte?«

»Na ja, was heißt schon Wurzeln. Ihre Großmutter hatte sich in einen Seemann verliebt, der im Mittelmeer unterwegs war. Und mit dem ist sie dann nach Borkum. Sowohl ihr Vater als auch ihr Großvater waren Insulaner.«

»Daher hat sie wahrscheinlich ihren Sturkopp.«

»Nicht auszuschließen.« Hinnerk schenkte ihnen noch etwas von dem Likör nach. »Und ihr befürchtet, dass es sich bei der Wasserleiche um Jo handelt?« Auch davon hatten Caro und Jan ihm schon ausführlich berichtet.

»Ja. Vielleicht kannst du dich mal in der Redaktion umhören, ob die an dem Fall dran sind?«, fragte Caro.

»Journalisten haben doch ganz andere Kontakte als wir«, fügte Jan noch hinzu, »da ist doch bestimmt jemand dabei, der einen aus der Gerichtsmedizin kennt oder so.«

»Kann schon sein. Bei mir im Club wurde auch neulich über Jo getratscht«, sagte Hinnerk nachdenklich.

»Bist du immer noch in diesem Männerclub?«, fragte Jan und fügte schnell noch hinzu: »Finde ich toll. Ihr macht ja auch echt 'ne Menge für die Matrosenwitwen und so.«

Caro trat ihm unterm Tisch gegen das Schienbein. Sie wusste, dass Jan mit dem Inselclub nichts anfangen konnte, aber für Hinnerk war der Club eine gute Sache. So hatte er auch als verwitweter Rentner einen festen Termin in der Woche, wo er sich mit anderen Insulanern traf und austauschen konnte.

»Ich finde das *wirklich* toll!«, fügte Jan noch mit Blick auf Caro hinzu und rieb sich über das schmerzende Bein. Sie hatte ihn nur knapp unterhalb seiner Schürfwunde getroffen.

»Was wurde sich im Club denn über Jo erzählt?«, hakte Caro nach.

Bevor Hinnerk antworten konnte, kam Justus auf die Terrasse und klagte über Hunger. Nachdem sie ihm erlaubt hatte, sich noch ein Eis zu nehmen, verschwand der Junge wieder vor seine Playstation.

»Er soll immer verschrobener geworden sein«, sagte Hinnerk. »Bisschen merkwürdig war er natürlich schon immer, aber in letzter Zeit muss es wirklich auffällig gewesen sein. Einige spekulieren schon über eine psychische Erkrankung.«

»Warum?«, fragte Caro. »Sicher war er manchmal etwas schräg, aber auf mich wirkte er immer wie ein klar denkender Mann.«

»Eigentlich schon. Aber irgendwann hat er wohl so einen Tick entwickelt, ist tagein, tagaus ins Heimatmuseum gegangen und hat sich da stundenlang aufgehalten«, erklärte Hinnerk. »Und das über Wochen. Angeblich.«

Jan fand das merkwürdig. »Selbst die Hardcore-Borkumfans gehen nur einmal pro Urlaub dahin.«

Caro nickte. »Und die Einheimischen vermutlich noch seltener. Vielleicht gab es … jemanden, wegen dem er dahin gegangen ist?«

Hinnerk und Jan sahen sie an, als hätte sie etwas völlig Abwegiges gesagt.

»Eine Frau?«, fragte Jan. »Wer soll sich denn in so einen ungepflegten Öko verlieben?«

»Das meinte ich nicht. Mir ist schon klar, dass er kein Casanova ist. Aber vielleicht hatte irgendwer dieselben Interessen wie Jo? Ein anderer Umweltschützer, mit dem er befreundet ist?«

Jan wollte gerade etwas erwidern, da kam Hinnerk ihm zuvor. »Ich habe Jo in all den Jahren nie mit Freunden oder auch nur Bekannten gesehen. Er ist durch und durch ein Einsiedler. Und so bockig und unfreundlich, wie er in letzter Zeit war, kann ich mir auch kaum vorstellen, dass sich das geändert hat. Der Mann ist lungenkrank und lebt nur für den Umweltschutz. Mit Menschen hat der nicht viel am Hut.«

»Ja, da hast du vermutlich recht.« Caro schenkte sich noch einen Likör ein. Lauwarm und ohne Eiswürfel schmeckte er allerdings nur halb so gut. »Vielleicht sollten wir morgen einfach mal ins Heimatmuseum gehen und uns da umschauen«, sagte sie und trank ihren warm gewordenen Likör in einem Zug aus.

»Das klingt vernünftig.« Jan stand auf. »So, ich muss los, die heißeste Diskothek der Insel wartet auf mich.«

»Du meinst wohl: die einzige.«

»Das eine schließt das andere ja nicht aus.«

»Ich bringe dich zur Tür, Jan«, sagte Hinnerk und begleitete Jan nach draußen, nachdem er sich von Caro verabschiedet und für morgen verabredet hatte.

Caro blieb alleine auf der Terrasse zurück und ließ ihren Blick durch den Garten schweifen. Für die Beete hatte Hinnerk in den letzten Tagen einen Bewässerungsschlauch installiert, da er mit dem Gießen einfach nicht mehr nachkam. Seit fast einer Stunde wurden die Blumen nun bewässert, und in der Luft lag ein Geruch, der an frischen Regen erinnerte. Und an Caros Kindheit. Unwillkürlich zogen Bilder vor ihrem inneren Auge auf, von heißen Sommertagen und warmem Regen, von unbeschwertem Spielen am Rheinufer und von einer sorgenfreien Zeit. Es war schon komisch, dass man als Kind unbedingt groß werden wollte und die Vorzüge einer Kindheit nicht erkannte, die man später so sehr vermisste, dachte sie. Und es war nicht weniger komisch, dass man als Erwachsener diese Zeit verklärte und mystifizierte, die in Wirklichkeit ja alles andere als sorgenfrei gewesen war. Was heute Mobbing hieß, war früher Hänseln und nicht weniger schmerzhaft, wenn es einen betraf. Druck in der Schule, Angst vor der Zukunft, Ärger mit den Eltern und Hadern mit dem eigenen Aussehen waren auch früher schon die Zutaten gewesen, um einem Kind oder Teenager das Leben schwer zu machen. Allerdings hatte man damals seine Probleme mit sich ausgemacht und höchstens seiner besten Freundin davon erzählt, während man sie heute auf Social Media mit allen möglichen Leuten teilte.

»Papa ist am Telefon.«

Caro zuckte zusammen. »Gott, ich hab dich überhaupt nicht kommen hören!«

»Du kannst ruhig weiter Justus zu mir sagen.« Ihr Sohn grinste breit.

»Wo hast du denn den Spruch her?«

»Von Jan.«

»War klar.«

Müde stemmte sich Caro aus dem Gartenstuhl hoch und ging langsam ins Haus. Obwohl sie die allerschlimmsten Streitigkeiten eigentlich hinter sich gelassen hatten und sich ihr Umgangston wieder einigermaßen normalisiert hatte, wurde ihr doch immer noch mulmig zumute, wenn sie mit Nils sprechen musste. Sein Betrug und sein Verhalten danach hatten sie tief verletzt. Auch ein Jahr danach waren die Wunden noch nicht vollständig verheilt. Vielleicht würden sie das auch nie.

»Nils?« Caro schluckte den Kloß in ihrem Hals herunter. »Was ist?«

»Es geht um den Urlaub«, begann ihr Noch-Ehemann.

»Du willst ihn doch nicht absagen?«

Jetzt wurde ihr wirklich flau im Magen. Justus freute sich so sehr auf die zwei gemeinsamen Wochen mit seinem Vater. Nils hatte schon oft Verabredungen nicht eingehalten, auch früher war er nicht der Zuverlässigste gewesen, wenn es um familiäre Termine ging. Warum das im Umgang mit ihr so gewesen war, wusste sie heute – es war halt immer eine andere Frau dazwischengekommen, im wahrsten Sinne des Wortes. Aber wie konnte er seinem Sohn ein solches Verhalten nur zumuten? Jedes Mal war Justus enttäuscht gewesen, oft hatte es Tränen gegeben, und sie hatte das Gefühl, dass er das Vertrauen in seinen Vater verloren hatte.

»Natürlich will ich ihn nicht absagen.« Caro fiel ein Stein vom Herzen. »Aber es ist für mich ein ziemlicher Ritt, an einem Tag von Berlin nach Borkum und wieder zurück zu fahren.«

Also doch, dachte sie. Und sagte es dann auch.

»Nein, Caro, es bleibt dabei, Justus und ich fahren zwei Wochen nach Malle. Ich wollte dich nur fragen, ob ich vielleicht eine Nacht bei euch schlafen kann. Die Insel ist ausgebucht, und ich komme sonst nirgendwo unter.«

»Ich weiß nicht …«

»Ehrlich gesagt ist es schon ganz schön nett von mir, dass ich dich überhaupt frage. Die Hütte gehört immerhin mir.«

»Wir haben Wohnrecht.«

»Mein dickköpfiger Vater hat Wohnrecht.«

»Und wir sind seine Gäste.«

»Wie auch immer, ist mir jetzt auch scheißegal. Es ist mir einfach nur zu stressig, an einem Tag hin- und wieder zurückzufahren. Dann müsste ich die Fähre in Emden um acht Uhr nehmen, spätestens um zehn.«

»Und?«

»Weißt du, wann ich dann in Berlin losfahren muss?«

»Ja.«

Sie hörte ihn ausatmen. »Okay, klar, ist dir jetzt natürlich piepegal, ob ich mir eine Nacht um die Ohren schlagen muss. Ich gebe allerdings zu bedenken, dass ich übermüdet ein extrem schlechter Fahrer bin. Wenn ich mit Justus verunglücke, ist das einzig und allein deine Schuld.«

Nun war es Caro, die hörbar ausatmete. »Okay«, sagte sie dann nach einem Moment des Nachdenkens.

»Okay, es ist deine Schuld, wenn wir verunglücken?«

»Du kannst eine Nacht hierbleiben.«

»Danke, Caro.«

»Aber nur eine einzige!«

Damit legte sie auf.

9

Zum Glück hatte Caro am nächsten Tag frei. Sie war ganz froh, Inge heute nicht zu sehen, auch wenn Hinnerk bestimmt recht hatte und ihre Kollegin sich längst wieder beruhigt haben dürfte. Bevor Caro mit Jan ins Heimatmuseum gehen wollte, hatte sie sich noch mit Tine zum Frühstücken am alten Leuchtturm verabredet. Ihre Freundin saß schon bei einem Milchkaffee auf der Terrasse und wartete auf sie.

Caro begrüßte sie herzlich und setzte sich zu ihr. Sie bestellten sich beide ein kleines Frühstück, und Caro nahm noch einen frisch gepressten Orangensaft dazu.

Tine musterte sie neugierig. »Sag mal, sind das da blaue Flecken an deinem Hals?«

Unwillkürlich versuchte Caro, den Kragen ihres T-Shirts hochzuziehen. Interessiert beugte sich Tine näher zu ihr.

»Sind das etwa Knutschflecke?«

»Um Himmels willen, nein!«

Schlagartig veränderte sich Tines Gesichtsausdruck. Besorgt legte sie die Stirn in Falten. »Caro, was ist passiert? Du hast doch keine Probleme? Hinnerk? Justus?«

»Bist du wahnsinnig?« Lachend schüttelte sie den Kopf. »Quatsch! Das ist beim Spazierengehen mit Aila passiert. Die Leine hat sich blöd verheddert.«

»Um deinen Hals?« Ihre Freundin sah sie ungläubig an. »Wie ist das denn passiert?«

Caro überlegte, ob sie Tine von der Auseinandersetzung am Inselkeller erzählen sollte. Entschied sich dann aber dagegen. Sie wollte sie nicht unnötig beunruhigen.

»Ich lag am Strand und hatte Aila an der Leine neben mir. Plötzlich springt die über mich hinweg und rast hinter einer Möwe her. Dabei hat sie mich am Hals erwischt. Alles ganz harmlos.«

»Aha.« Tines Stimme war anzuhören, dass sie der Geschichte nicht ganz traute. »In der Kulturinsel wird in der Sommersaison ein Selbstverteidigungskurs angeboten. Vielleicht solltest du den mal besuchen. Ich wollte ihn mir auf jeden Fall anschauen.«

Caro dachte einen kurzen Moment nach. Ein Selbstverteidigungskurs war genau das, was sie nach dem Vorfall brauchte.

»Ich weiß zwar nicht, was das mit Aila zu tun hat, aber warum nicht?«, sagte sie.

Tine sah sie skeptisch an, lächelte dann aber. Sie schien zu wissen, dass Caro log, akzeptierte es aber offensichtlich. »Kann doch nicht schaden, oder?«

»Stimmt.« Die Kellnerin brachte die Sachen und Caro nahm einen großen Schluck von ihrem Orangensaft. »Sag mal, du bist doch mit dem Heimatmuseum quasi aufgewachsen, oder?«

Tine nickte und biss in ihr Brötchen. »Kann man so sagen. Ich kenn die Ausstellung jedenfalls in- und auswendig.«

»Hast du eine Ahnung, warum Jo Hammert in letzter Zeit Dauergast dort gewesen sein könnte?«

»War er das?«

»Hat Hinnerk gesagt.«

Ihre Freundin zuckte mit den Achseln. »Das Museum ist doch eine Institution auf der Insel.«

»Na ja. Als Kölner hockst du auch nicht den ganzen Tag im Dom«, gab Caro zu bedenken. »Und der ist nun wahrlich eine Institution in der Stadt.«

»Aber im Museum kannst du dich über die Flora und Fauna informieren«, entgegnete Tine. »Du kannst da eine Menge über die Insel erfahren. Wo Schutzgebiete sind und wo früher mal welche waren, welche Tiere ausgestorben sind und warum es sie dahingerafft hat. All so'n Kram. Und wenn so was einen interessiert, dann doch wohl Jo ... Vielleicht war er deshalb gerne dort.«

»Guten Morgen, die Damen.« Jan stand plötzlich vor ihnen und setzte sich ungefragt an ihren Tisch.

»Willst du dich setzen, Akkermann?«, fragte Tine ironisch. »Vielleicht dürfen wir dich auch noch zum Frühstück einladen?«

»Danke, aber ich hatte schon.« Jan schnappte sich das halbe Brötchen, das auf Caros Teller lag, und biss hinein.

Tine machte ein empörtes Gesicht. »Du hast noch genauso gute Manieren wie früher!«

Jan grinste sie breit an. »Ja, schön, oder?« Dann wandte er sich zu Caro. »Sie war drei Stufen unter mir. Und wir Älteren wurden natürlich immer angehimmelt.«

»Träum weiter«, sagte Tine spöttisch, und Caro lachte.

»Ich bin eben kurz am Heimatmuseum vorbeigegangen«, sagte Jan.

»Ich dachte, wir wollten zusammen dahin!«

»Jaja. Ich bin ja auch nur vorbeigegangen. Ich glaube, die haben eine neue Saisonkraft eingestellt. Jedenfalls hat eine wahnsinnig attraktive junge Frau die Einfahrt gefegt.«

Tine rollte mit den Augen, Caro sah ihn ratlos an. »Und? Was willst du mir damit sagen?«

»Dass es vielleicht besser ist, wenn ich alleine hingehe.«

»Warum?«

»Bei dem Wetter ist es da ziemlich leer«, erklärte Jan. »Deshalb wird es schwierig für dich, unauffällig im Hintergrund zu bleiben. Du wirst dich vermutlich nicht zwischen anderen Besuchern verstecken können.«

»Wovon spricht der Mann?«, fragte Tine.

»Ich habe keine Ahnung.« Caro zog die Augenbrauen hoch. »Du willst nicht, dass ich mitkomme?«

»Schön, dass du mich verstanden hast. Es ist ja schließlich klar, dass ich mich mit jungen, attraktiven Frauen besser unterhalten kann als du.«

»Warum?«

»Weil du stutenbissig bist.«

Caro schnappte nach Luft. »Das ist eine dreiste Unterstellung! Ich habe nicht das geringste Problem mit irgendwelchen Möchtegern-Supermodels!«

»Siehst du? Allein schon, wie du sie nennst. Allein darin liegt schon eine Wertung. Ich dagegen bin völlig unvoreingenommen. Aber du wirst immer von deiner Schicksenvergangenheit eingeholt, in der es völlig normal war, Frauen zu hassen, die jünger und schöner sind.«

»Was für ein unfassbarer Schwachsinn!«

»Überhaupt nicht. Außerdem kann ich meinen Charme einsetzen. Das funktioniert ohne dich auch besser.«

Caro seufzte. In dem Punkt hatte Jan allerdings recht. Er war ein guter Flirter, nicht immer, aber oft genug fanden Frauen seine Art durchaus ansprechend.

»Und warum müssen wir unbedingt die Frau befragen?«

»Weil die Alternative der dicke Chef des Museums ist. Mit dem kann keiner von uns flirten.«

»Ich komme trotzdem mit«, sagte Caro bestimmt. »Aber meinetwegen halte ich mich im Hintergrund.«

»Na bitte. Geht doch.«

»Versau es nicht«, sagte sie zähneknirschend.

»Mach ich nie.«

»Ich weiß nicht, wie du es mit Mister Stringer aushältst«, meinte Tine kopfschüttelnd. »Weitere fünf Minuten mit ihm und ich würde mich mit meinen eigenen Fäusten erschlagen.«

»Wer ist Mister Stringer?«, fragte Jan.

Tine stöhnte auf und winkte der Kellnerin. »Zahlen!«

Nachdem sie sich von Tine verabschiedet hatten, gingen sie die wenigen Meter gemeinsam zum Heimatmuseum. Caro blieb einen Moment auf der Straße stehen, während Jan den Aufgang zu dem unscheinbaren Haus nahm, in dem sich das Museum befand. Als sie sah, dass er bei dem untersetzten, kahlköpfigen Mann an der Kasse ein Ticket gekauft hatte, folgte sie ihm.

Der Kassenbereich mündete direkt in den Hauptausstellungsraum des Museums, in dem ein komplettes Walskelett hing und der legendäre Walpenis in einer Vitrine schwamm. Ausgerechnet davor stand Jan und unterhielt sich mit einer bildhübschen jungen Frau.

Unauffällig näherte Caro sich den beiden, während sie scheinbar interessiert den Inhalt der verschiedenen Vitrinen studierte. Dabei versuchte sie, Jan und die Frau im Blick zu behalten.

Sie kam Caro bekannt vor, ja, sie war sich fast sicher,

die Frau schon mal irgendwo gesehen zu haben. Aber wo? Es wollte ihr nicht einfallen. Sie war wirklich außergewöhnlich hübsch, das musste Caro ihr lassen, und ob sie wollte oder nicht, tatsächlich regte sich in ihr so etwas wie Neid. Die langen blonden Haare trug sie zu einem lockeren Pferdeschwanz gebunden, ihre Haut war leicht gebräunt, aber ohne einen Leberfleck oder eine Sommersprosse, und ihre blauen Augen waren von langen, dichten Wimpern umrahmt, die auch noch echt waren, wie Caro zu erkennen glaubte. So jung und so schlank wäre – ach, hör auf!, schimpfte sie sich sofort in Gedanken selbst. Wer anfing, die Jugend und Schönheit anderer zu beneiden, der konnte nur unglücklich werden, hatte ihre Mutter immer gesagt. Am Kiosk ihrer Eltern in Köln-Mülheim tummelten sich früher häufig junge Frauen, die als Stripperinnen oder sonst wie im Milieu unterwegs waren und die berufsbedingt über eine ausgesprochen knackige Figur verfügten. Und teilweise auch über ein attraktives Gesicht, das konnte Caro nie so richtig einschätzen, da es meistens durch mehrere Lagen Schminke verdeckt wurde.

›Wenn ich meinen Pöter mit deren Knackarsch vergleiche, kann ich doch nur den Kürzeren ziehen‹, sie hatte die Stimme ihrer Mutter förmlich im Ohr, ›vergleich dich nie, mein Kind, stresst einen nur.‹

Wie recht ihre Mutter damit doch hatte. Und normalerweise war Caro auch gar nicht der Typ, der sich mit anderen verglich. Und nein, stutenbissig war sie auch nicht. Sie hatte eigentlich noch nie ein Problem mit anderen Frauen gehabt, auch nicht mit jüngeren und hübscheren. Warum überkam sie ausgerechnet jetzt dieses Gefühl?

»Sie arbeiten also als Saisonkraft?«

Inzwischen war Caro nah genug an die beiden herangekommen, um verstehen zu können, worüber sie sprachen. »Ich hatte mich schon gefragt, was so eine attraktive junge Dame wie Sie nach Borkum verschlägt …«

Der flirtende Unterton in Jans Stimme war so übertrieben, dass Caro sich nicht vorstellen konnte, dass die junge Frau darauf einging. Aber die Art, wie sie lachte und ihren blonden Zopf über die Schulter warf, wie sie den Kopf leicht zur Seite legte und Jan in bester Prinzessin-Diana-Manier von unten anschaute, bewies, dass die Frau ihm voll auf den Leim gegangen war.

»Danke für das Kompliment«, sagte sie lächelnd. »Dasselbe könnte ich über so einen attraktiven Mann wie Sie allerdings auch sagen …«

Caro rollte mit den Augen. Was ging denn hier ab? Rissen sich die beiden gleich die Klamotten vom Leib und fielen hier unter dem Walskelett übereinander her? Es würde sie nicht überraschen.

Sie versuchte, ihren Blick auf das Namensschild der Frau zu fokussieren und zu verdrängen, dass es sie wurmte, wie Jan mit ihr flirtete. Nicht die Tatsache, *dass* er es tat, störte sie, sondern die Art, *wie* er es tat. Er wirkte ja fast verliebt!

Frida Gutloff stand auf dem Namensschild geschrieben, und ganz offensichtlich war diese Frida der Flirterei auch nicht abgeneigt.

»Kennen Sie eigentlich Jo Hammert?«, fragte Jan die Frau urplötzlich und ohne jede Überleitung von den gegenseitigen Komplimenten. Caro staunte, wie abrupt er die Sprache auf ihn brachte, obwohl er immer noch mit einem flirtenden Unterton sprach.

Frida Gutloff zog nachdenklich die Stirn kraus.

»Jo Hammert … Nein, der Name sagt mir nichts.«

Jan kramte ein Stück Papier aus seiner Hosentasche. Es sah so aus wie eine herausgerissene Seite aus einem Magazin. »Schauen Sie, hier ist ein Foto von ihm«, sagte er und strich das Papier glatt. »Erkennen Sie ihn vielleicht?«

Aufmerksam studierte Frida Gutloff das Bild und zuckte dann ratlos mit den Schultern, als der untersetzte Kahlkopf von der Kasse auf sie zukam.

»Die Postkarten müssen noch eingeräumt werden. Frau Gutloff?«

»Ja, ich komme sofort, Chef.« Die junge Frau blickte noch mal auf das Foto. »Warten Sie … Das Gesicht kommt mir irgendwie bekannt vor. Das ist doch dieser schräge Typ, der sich oft stundenlang in der Vogelhalle aufhält. Der war total verrückt nach diesen Eulen … Ja, ich glaube, das ist er.«

»Wo genau ist noch mal die Vogelhalle?«

»Der Nebenraum dahinten, gegenüber vom Strandrettungsboot. Dort sind seltene Vögel ausgestellt. Weit über zweihundert, alle von der Insel. Außerdem Sandproben aus aller Herren Länder. Der Mann liebt diesen Raum.«

»Wann war Jo Hammert denn das letzte Mal hier?«

»Vor vielleicht zwei Wochen, schätze ich«, sagte Frida Gutloff. »Seitdem habe ich ihn jedenfalls nicht mehr gesehen.«

»Und wie oft kam er vorher? Jeden Tag?«

»Nein … aber vielleicht jeden zweiten.«

»Sind Sie mal mit ihm ins Gespräch gekommen?«

»Eigentlich nicht. Vielleicht mal kurz über das Wetter. Warum interessieren Sie sich eigentlich so für den Mann? Ist irgendwas mit ihm?«

Mit seinem charmantesten Lächeln schaute Jan die Frau an. »Entschuldigen Sie. Das hätte ich natürlich erklären müssen. Er ist ein enger Freund von mir, und ich habe schon seit einer ganzen Weile nichts mehr von ihm gehört. Ehrlich gesagt, mache ich mir ganz schön Sorgen um ihn.«

»Das tut mir leid. Vielleicht ist er verreist?«

»Nein, das wüsste ich.«

»Verstehe. Soll ich ihm was ausrichten, wenn er mal wieder vorbeikommt?«

»Das wäre nett. Sagen Sie ihm einfach, er möge sich doch bitte dringend bei Jan Akkermann melden.«

»Jan Akkermann. Das richte ich gerne aus. Tut mir leid, dass ich Ihnen nicht helfen konnte.« Mit diesen Worten drehte sich Frida Gutloff um und ging in Richtung Treppe, die in die erste Etage der Ausstellungsräume führte. Als sie an der Kasse vorbeikam, nickte sie ihrem Chef noch einmal zu, sagte »Postkarten, ich weiß!« und eilte die Stufen hinauf.

»Er war also wirklich dauernd hier«, raunte Caro ihm zu, als sie die Vitrine neben ihm betrachtete. »Aber wir wissen immer noch nicht, warum.«

»Er ist ein riesengroßer Vogelnarr und hat immer in der Vogelhalle gesessen. Es muss also irgendetwas mit den Viechern zu tun haben.«

»Aber was? Warum würdest du stundenlang auf ausgestopfte Tiere starren?«

Jan zuckte mit den Schultern. »Vielleicht, weil mir etwas aufgefallen ist, was ich bei den lebenden Tieren nicht beobachten konnte?«

Caro nickte. »Wir sollten uns ein Foto von Jos Eulenwand holen und die Tiere miteinander vergleichen. Vielleicht fällt uns dann ja irgendetwas auf.«

10

Als sie am späten Nachmittag wieder zu Hause war, setzte Caro sich mit einer Tasse Eistee auf die Terrasse.

Sie nahm ihr Portemonnaie aus der Tasche und zog die Visitenkarte heraus, die ihr Leif Hooge, der Taxifahrer vom Flughafen, gegeben hatte. Dann wählte sie die Nummer von Oliver Kretsch und hoffte, dass sie ihn zu diesem Zeitpunkt noch in der Firma erwischen würde.

Erneut hatte sie die nicht sonderlich sympathische Sekretärin am Apparat, die sie jetzt aber mit Oliver Kretsch verbinden konnte.

»Caro Falk. Guten Abend, Herr Kretsch.«

»Ja?«

»Herr Kretsch, ich bin eine Mitarbeiterin von Jo Hammert«, log Caro drauflos. »Herr Hammert versucht seit Tagen, Sie zu erreichen.«

Am anderen Ende der Leitung herrschte für einen Moment Schweigen, und Caro bekam das mulmige Gefühl, dass sie sich besser eine andere Strategie überlegt hätte.

»Ach ja?«, kam es dann auch misstrauisch von Oliver Kretsch. »Jo Hammert hat eine Mitarbeiterin? Das ist mir völlig neu. Was will er denn?«

»Er möchte gerne noch mal mit Ihnen über Ihr gemeinsames Projekt sprechen.«

Caro war immer wieder erstaunt, wie leicht ihr das Lügen

fiel. Eigentlich war sie eine ehrliche Haut und hatte auch als Kind nie viel gelogen. Aber sie hatte sich immer gerne fantasievolle Geschichten ausgedacht, und auch wenn sie nicht mehr das verträumte Mädchen von damals war, so kam es ihr in Momenten wie diesem doch so vor, als wäre sie in einer ähnlichen Traumwelt, als spiele sie eine Rolle, so wie früher. Damals waren es eher Drachentöterinnen und Superheldinnen, und heute eben alles, was für ihre Ermittlungen notwendig war. Und dabei musste sie eben manchmal lügen.

»Dann sagen Sie Jo, dass er mich anrufen soll. Er hat meine private Handynummer, er kann sich gerne melden.«

»Das werde ich ihm ausrichten. Können Sie mir an dieser Stelle vielleicht schon sagen, welche Maßnahmen Sie nun als Nächstes planen?« Jetzt redete Caro völlig ins Blaue hinein.

Wieder war am anderen Ende der Leitung nur Stille zu hören. »Hören Sie«, sagte Oliver Kretsch schließlich, »ich kenne Sie überhaupt nicht. Ich werde Ihnen doch wohl kaum meine geschäftlichen Strategien verraten. Wir werden Solaranlagen in Fertighausbauteile einbauen können, das ist Fakt. Und alles andere werde ich nicht mit einer mir unbekannten Person am Telefon besprechen. Herr Hammert und ich haben nächste Woche den Termin bei Herrn Bienert, dann sehen wir weiter.«

»Wer ist Herr Bienert?«

Wieder herrschte am anderen Ende der Leitung Schweigen.

»Sie kennen Dr. Bienert nicht?«, fragte Herr Kretsch dann.

»Ähm … doch, natürlich … Aber vielleicht helfen Sie mir kurz auf die Sprünge?«

»Wiederhören«, sagte Herr Kretsch nur noch übellaunig. Damit war das Gespräch beendet.

Nachdenklich starrte Caro ins Nichts. Der Mann baute also Solaranlagen in Fertighäuser oder wollte das vielmehr tun. Warum traf er sich deshalb mit Jo Hammert? Wollte er einen ökologischen Rat von dem Umweltschützer? Und wer war dieser Dr. Bienert?

Caro klappte ihren Laptop auf, tippte sich ins Internet und gab Dr. Bienert in die Suchmaske ein.

Es gab wie zu erwarten jede Menge Ärzte mit diesem Nachnamen, einen Psychologen, einen Notar, einen Tierheilpraktiker, mehrere Rechtsanwälte und andere Juristen, und sogar eine Gesichtscreme, die diesen Namen trug.

»Vielleicht im Zusammenhang mit Jo und diesem Kretsch«, murmelte sie und kombinierte die drei Namen in der Suchmaske.

Sofort erschienen zahlreiche Artikel über Jo Hammert, die meisten aus der Borkumer Zeitung, die über sein Engagement in verschiedenen Umweltangelegenheiten berichtete. Besonders die Sumpfohreule hatte es ihm angetan, aber das war für Caro jetzt auch keine Neuigkeit mehr. Zu Solaranlagen hatte er sich zwar einige Male geäußert, stellte Caro fest, fand aber in keinem der Artikel den Namen Oliver Kretsch in Verbindung mit Jo Hammert oder diesem Dr. Bienert. Dafür gab es noch zahlreiche Fotos von einem Schauspieler mit dem Namen Johan Hammert, der in irgendeiner Soap mitspielte, einen Artikel über eine reiche Unternehmerfamilie, in dem sich eine Asta Hammert in der Überschrift über den Fachkräftemangel in Deutschland beklagte, und einen Blog von einem Jaques Hammert, der von seinen Erfahrungen als Hundezüchter berichtete. Caro klickte sich kurz durch die niedlichen Welpenfotos, bevor sie die Seite wie die anderen schloss. Für ihren Fall schienen sie nicht relevant zu sein.

Hinnerk kam aus seiner Einliegerwohnung zu ihr auf die Terrasse. Seufzend setzte er sich ihr gegenüber.

»Alles in Ordnung?«, fragte Caro.

»Andi hat mich gerade angerufen«, sagte Hinnerk und seine Stimme klang belegt. »Du weißt schon, mein Nachfolger bei der Zeitung.«

Caro hatte den neuen Chefredakteur Andi Linsmann auf einem Sommerfest im letzten Jahr kennengelernt. »Ja. Netter Kerl. Was wollte er denn?«

»Ich hatte ihn doch gebeten, ein bisschen seine Fühler auszustrecken.«

»Richtig. Als Chefredakteur hat er doch sicherlich jede Menge Informanten bei der Polizei. Und?«

»Der Tote vom Hafen …« Hinnerk seufzte erneut. »Es ist Jo Hammert.«

Für einen Moment saßen sie beide schweigend da. Caro hatte damit gerechnet, dass sie diese Nachricht früher oder später bekommen würde, aber dennoch war sie erschüttert. Jo Hammert war wirklich tot. Auch wenn sie ihn nicht gut gekannt hatte, hatte sie den alten Kauz doch gemocht, und es tat ihr leid, dass er so ein Ende nehmen musste.

»Wie ist er gestorben?«, fragte sie leise.

Hinnerk zuckte mit den Schultern. Auch er wirkte traurig.

»Der Leichnam ist wohl in einem katastrophalen Zustand, sodass man über die Todesursache noch nichts sagen kann.«

Caro nickte langsam und dachte an diesen ungewöhnlichen Mann, der jeden Morgen am Strand Müll eingesammelt hatte, der sich mit Leib und Seele für den Erhalt der seltenen Sumpfohreule einsetzte und dem der Naturschutz wichtiger gewesen war als alles andere.

Es gab ihn nicht mehr.

Und Caro trauerte um ihn.

Ich habe nicht damit gerechnet, dass sie ihn irgendwann finden werden. Die Nordsee ist so groß, es müsste unzählige Menschen geben, die niemals wieder aufgetaucht sind. Und schon gar nicht an einem Stück. Die See hat so viele Geheimnisse, aber ausgerechnet ihn musste sie wieder ausspucken.

Dabei war ich mir so sicher, dass es funktionieren würde. Dass es genau so laufen würde, wie es in den Artikeln beschrieben war, die ich über Vancouver Island gelesen hatte. Dort wurden in den letzten zehn Jahren insgesamt dreizehn abgetrennte menschliche Füße an die Strände gespült. Bei allen steckten die Knochen in einer Socke und einem so gut wie unbeschädigten Laufschuh. Viele gingen davon aus, dass die Knochen Opfern von Flugzeugabstürzen oder Bootsunfällen gehörten. Andere wiederum waren der Überzeugung, dass ein Serienkiller seine Opfer im Meer verschwinden ließ; auch die Mafia wurde zum Gegenstand der Gerüchte. Genau geklärt werden konnten die Umstände nie. Als am wahrscheinlichsten gilt, dass die Füße Personen gehörten, die entweder Selbstmord begangen haben oder durch einen Unfall ums Leben gekommen sind. Die Füße verwesten nicht, sie waren von den Laufschuhen zu gut geschützt. Aufgrund der Wasserbewegungen des Ozeans wurden sie dann an dieser immer selben Stelle angeschwemmt.

Die Geschichte hatte mich fasziniert – und mir klargemacht, dass das Meer seine Toten niemals als Ganzes wieder freigibt. Genau so sollte es auch jetzt passieren. Vielleicht würden sie einen Fuß finden, in ein paar Jahren irgendwo im Ausland.

Aber ausgerechnet jetzt musste es anders laufen.

11

Als Caro am nächsten Morgen mit Jan und Aila durch die Greune Stee spazierte, war die Stimmung gedrückt.

»Irgendwie hatte man es ja geahnt«, sagte Jan. »Aber wenn man dann wirklich Gewissheit bekommt, trifft es einen doch noch mal.«

»Geht mir genauso«, gab Caro ihm recht. »Irgendwie habe ich immer noch gehofft, dass er wiederauftaucht.«

»Tja. Tagelang sitzt er in der Vogelhalle und starrt ausgestopfte Eulen an, und plötzlich ist er einfach weg.«

»Mir ist immer noch nicht klar, was er ständig in dem Museum wollte«, sagte Caro.

Jan wirkte nachdenklich. Er schien über irgendetwas zu grübeln. Schweigend gingen sie weiter, und jeder hing seinen eigenen Gedanken nach.

»Ich habe gestern übrigens noch mit Oliver Kretsch telefoniert«, sagte Caro nach einer Weile und erzählte ihm von dem Telefonat mit dem Solarunternehmer. »Leider konnte ich nicht herausfinden, wer dieser Dr. Bienert ist.«

»Hm.«

Grübelnd setzte Jan sich auf eine Bank und starrte in das Birkenwäldchen, das vor ihm lag.

»Sag mal, hörst du mir überhaupt zu?« Caro winkte mit einer Hand vor seinem Gesicht. »Hallo? Jan? Jemand zu Hause?«

»Ja, sorry. Mir geht da was nicht aus dem Kopf …«

Da Aila sich auch schon lang auf den Boden ausgestreckt hatte, setzte sich Caro neben ihn und sah ihn erwartungsvoll an. »Wenn du mir sagst, was es ist, kann ich vielleicht helfen.«

Jan fuhr sich mit den Händen durchs Gesicht. »Es will mir einfach nicht einfallen … diese Frida Gutloff. Ich bin mir sicher, dass ich sie irgendwo schon mal gesehen habe.«

»Vielleicht im Inselkeller?«

»Nee, nee. Dachte ich auch erst. Aber da war es nicht. Hm.«

»Mal gucken, ob ich Netz habe«, sagte Caro und zog ihr Handy aus der Tasche. Kurz darauf klickte sie sich ins Internet und gab den Namen von Frida Gutloff bei Google ein. »Vielleicht finde ich ja irgendwas über sie, was deinen Hirnzellen auf die Sprünge hilft.«

Jan beugte sich zu ihr, um einen Blick auf das Display erhaschen zu können. Zu ihrer Überraschung fanden sie kaum Informationen über die Frau. Caro stieß lediglich auf einen privaten Instagram-Account, der aber nur erahnen ließ, dass er zu ihr gehören könnte. Weder das Profilbild noch der Name F.ridA.Gutloff95 gaben überzeugend Auskunft.

»Komisch, dass es überhaupt nichts zu ihr gibt. Die ist doch höchstens Mitte zwanzig. Normalerweise müsste es im Netz doch jede Menge Hinweise auf sie geben.«

»Stimmt. Die meisten in dem Alter posten fleißig. Und ausgerechnet Frida Gutloff gehört nicht dazu?«

»Scheint so.«

Als erschwerend erwies sich, dass die Suchmaschine glaubte, Caro habe sich verschrieben, und ihr deshalb in erster Linie Treffer zum Untergang der *Gustloff* lieferte, die 1945 versenkt wurde und bis zu neuntausend Menschen in den Tod riss.

Plötzlich schlug Jan ihr mit einem lauten Klatschen auf den Oberschenkel. »Warte mal!«, rief er aufgeregt.

»Aua. Ich bin ja hier.«

»Ich glaube, ich weiß, woher ich die kenne!«

»Musst du mich deshalb schlagen?« Caro fuhr sich mit der Hand über den Oberschenkel.

»Als wir bei Jos Haus waren, weißt du noch? Da kam uns doch eine Frau entgegen! Das war doch die Gutloff!«

Caro nickte langsam. »Ja. Du hast recht. Das könnte tatsächlich dieselbe Frau gewesen sein.«

»Sie war es, Caro. Hundertprozentig. Wenn ich eine schöne Frau einmal sehe, vergesse ich sie nicht mehr.«

»Meinst du, sie ist bei Jo eingebrochen?«

»Möglich. Jedenfalls war sie an seinem Haus. Also kannte sie ihn.«

»Und hat dich angelogen.«

»Angelogen ist gut«, sagte Jan grimmig. »Das war doch oscarreif! Warum spielt die so ein Theater, wenn sie ihn in Wirklichkeit gut kannte? Immerhin war sie bei ihm zu Hause!«

»Weil sie nicht wollte, dass wir das wissen.«

»Und warum nicht? Weil sie etwas mit seinem Verschwinden zu tun hat«, sagte Jan. »Ich werde sie mir noch mal vornehmen.«

»Auf gar keinen Fall.«

»Wieso?«

»Allein schon dieses Wort!«

»Hä?«

»Vornehmen! Das sagt doch alles«, meinte Caro. »Dir fehlt jedes Feingefühl, um etwas aus der Frau herauszubekommen.«

»Du glaubst gar nicht, wie viel Feingefühl ich bei Frauen haben kann …«, meinte Jan in zweideutigem Ton.

»Ich werde mit ihr sprechen.«

»Auf gar keinen Fall!«

»Das habe *ich* gerade gesagt.« Caro atmete tief durch. »Du hattest deinen Versuch. Jetzt bin ich dran.«

Jan war anzusehen, dass ihm das nicht passte, aber er verkniff sich einen weiteren Kommentar.

»Bitte, dann versuch du es halt«, gab er schließlich nach. »Ich werde mich in der Zeit mal mit Andi Linsmann unterhalten. Vielleicht weiß er noch was Neues.«

Heute Morgen hatte die Borkumer Zeitung groß über den Leichenfund berichtet. Hinnerk hatte ihr gesagt, dass Andi Linsmann an einem Nachruf arbeiten würde, der in den nächsten Tagen erscheinen sollte. Deshalb war es eine gute Idee, wenn Jan sich mit dem Chefredakteur unterhielt, dachte Caro.

»Lass uns später telefonieren, okay? Ich ruf dich an, wenn ich auf dem Rückweg vom Museum bin.«

»In Ordnung.«

Gemeinsam mit Justus betrat sie wenig später das Heimatmuseum. Zum einen ging Justus gerne in das Museum, zum anderen war er natürlich auch eine gute Tarnung, da in den Sommerferien fast nur Familien mit Kindern hier waren.

Wie immer stürmte Justus als Erstes zum Walpenis, um wie immer lautstark sein Erstaunen über die Größe des amputierten Genitals kundzutun. Daran würde sich vermutlich nie etwas ändern, dachte Caro. Irgendetwas musste er ja von Nils geerbt haben.

Da das Wetter heute nicht ganz so schön war wie an den vorherigen Tagen, waren deutlich mehr Besucher im Museum. Frida Gutloff staubte das Walskelett ab, und zu Caros Erleichterung schien sie Justus und sie gar nicht zu bemerken, geschweige denn wiederzuerkennen. Sie schien völlig in Gedanken versunken, wirkte irgendwie bedrückt und mitgenommen. Ob das etwas mit Jo Hammerts Tod zu tun haben konnte?

Langsam schlenderte sie in den nächsten Ausstellungsraum, in dem das Strandrettungsboot aufgebaut war. Von dort ging es in die kleine Vogelhalle, in der sich Jo nach Aussage von Frida Gutloff regelmäßig aufgehalten hatte. Da Caro noch nicht genau wusste, wie sie mit der Frau am besten ins Gespräch kommen sollte, folgte sie Justus in den Raum. Interessiert, aber auch von einem sichtbaren Schauder ergriffen, sah sich der Junge die ausgestopften Tiere an.

»Ist irgendwie fast 'ne Leichenhalle«, meinte er, als er eine Möwe genau betrachtete. »Stell dir mal, so was würde man mit Menschen machen.«

Caro setzte sich auf die Bank. »Du kommst ja auf Ideen! Das ist gruselig!«

»Aber tote Tiere mit Stroh auszustopfen und in einen Raum zu stellen doch auch!«

Sie nickte. »Irgendwie schon. Aber so kannst du sie dir genau anschauen. Das könntest du sonst nicht. Und vielleicht sind sie ja alle eines natürlichen Todes gestorben.«

Justus warf ihr einen zweifelnden Blick zu. »Ach, Mama«, sagte er fast mitleidig und genau in dem Tonfall, in dem sie schon zigmal »Ach, Justus« gesagt hatte. Dann widmete er seine Aufmerksamkeit dem nächsten Vogel, der neben der Sammlung unzähliger Sandproben von allen Stränden der Welt stand.

»Ich weiß«, hörte sie in dem Moment Frida Gutloff sagen, »ich weiß, dass mein Vertrag noch bis zum Ende der Saison geht.«

Unauffällig drehte Caro sich um und sah, wie die Frau nun das Strandrettungsboot abstaubte und dabei mit ihrem Chef diskutierte, der eben noch an der Kasse gesessen hatte. Er atmete schwer, hatte ein rotes Gesicht und wirkte verärgert.

»Dann erfüll ihn gefälligst auch!«

»Das würde ich ja gerne machen. Aber es gibt leider keine andere Möglichkeit. Ich muss abreisen.«

»Kannst du deine privaten Angelegenheiten nicht regeln und dann zurückkommen?«, fragte der Mann mürrisch. »Es ist Hauptsaison, die Insel quillt über von Gästen, da kannst du mich doch nicht einfach so hängen lassen.«

»Die Leute sind bei dem Wetter doch eh alle am Strand.«

»Kann jederzeit regnen.«

»Es tut mir leid, aber ich muss wirklich zurück. Meine Mutter ist schwer krank, ich kann sie jetzt nicht im Stich lassen.«

Caro beobachtete die Szene unauffällig. Frida Gutloff sah den Mann geradeheraus an und hob dann mit einem bedauernden Gesichtsausdruck die Schultern.

»Es tut mir wirklich leid. Aber es ist leider nicht zu ändern.«

»So ein Mist«, schimpfte der Mann. »Wie soll ich denn alleine klarkommen?«

»Sie schaffen das schon. Sorry.«

Die Frau lächelte ihm zu und verschwand dann in Richtung des Hauptausstellungsraumes. Ihr Chef grummelte noch verärgert etwas vor sich hin, wovon Caro nur Brocken wie »unzuverlässige Jugend« oder etwas Ähnliches verstand.

Frida Gutloff wollte Borkum also verlassen. Unplanmäßig und übereilt, obwohl sie noch Wochen hier arbeiten könnte. Und das alles, kurz nachdem man die Leiche von Jo Hammert gefunden hat, den die junge Frau angeblich nicht kannte, aber trotzdem zu Hause aufgesucht hatte. Das war nicht nur ungewöhnlich, das war verdächtig.

Wer war diese Frida nur, über die im Internet nichts zu finden war? Caro konnte sie nicht einschätzen. Sie versuchte sich davon freizumachen, ihr einen brutalen Mord nicht zuzutrauen, nur weil sie so entzückend war. Sich vom Äußeren ablenken zu lassen, war einer der größten Fehler, die man als Ermittler machen konnte. Unwillkürlich musste Caro an Ted Bundy denken, den attraktivsten Serienmörder, den es vermutlich jemals gegeben hatte. Ausgesprochen gut aussehend, charmant, intelligent und einnehmend, hatte er über dreißig Frauen umgebracht. Und keiner hatte sich vorstellen können, dass so ein dufter Typ zu solchen Taten fähig war – weshalb er erst viel zu spät geschnappt worden war.

Während Caro über Frida Gutloff grübelte, bemerkte sie plötzlich die Gestalt, die von außen durch das Fenster in die Vogelhalle blickte. Der Mann, der seinen Sommerhut tief ins Gesicht gezogen hatte, sah sie direkt an. In dem Moment, in dem sich ihre Blicke trafen, hörte sie Justus' Stimme.

»Warum hat die Sumpfohreule einen USB-Stick im Schnabel?«, fragte er neugierig.

»Was?« Mit einer ruckartigen Bewegung verschwand der Mann. Caro eilte zum Fenster und versuchte hinauszuspähen. Sie sah noch, wie der Mann eilig auf die Straße lief und dann in Richtung des alten Leuchtturms verschwand.

»Wer war das?«, murmelte Caro. Viel hatte sie von dem Mann nicht gesehen, er war recht groß und wirkte korpulent, dabei aber durchaus beweglich und schnell. Kein dicker Mann, der Chips essender Weise Stunden vor dem Fernseher verbrachte. Eher einer von den durchtrainierten Dicken, die unter ihrer Fettschicht eine ganze Menge Muskeln versteckten.

»Hörst du mir überhaupt zu?« Justus' Stimme klang empört. »Die Eule hat einen USB-Stick im Schnabel. Findest du das nicht komisch?«

»Entschuldige, Schatz«, murmelte Caro. »Vielleicht verwechselst du es mit einem ausgestopften Beutetier.« Nachdenklich wandte sie sich zu ihm.

Justus rollte mit den Augen. »Mama! Ich weiß doch, wie ein USB-Stick aussieht.«

Jetzt stand Caro neben ihm und fokussierte den Schnabel des Tieres, das relativ versteckt in der Ecke des Raumes platziert war und auf das Justus mit ausgestrecktem Arm zeigte.

»Jetzt guck doch mal! Das ist doch kein Beutetier!«

»Sieht wirklich wie ein USB-Stick aus …«, meinte sie, während ihr Sohn sich bereits auf Zehenspitzen stellte und versuchte, dem ausgestopften Tier den Stick aus dem Schnabel zu ziehen. Dabei geriet die Eule gefährlich ins

Schwanken und Caro sah schon die ganze Vogelschar wie Dominosteine zusammenfallen.

»Lass mich mal versuchen«, sagte sie zu Justus.

»Ich bin schon fast so groß wie du«, ächzte ihr Sohn.

»Noch habe ich die entscheidenden zehn Zentimeter mehr«, meinte Caro und schob ihn sanft zur Seite. Sie musste sich zwar etwas strecken, kam aber viel besser an den Stick heran als Justus. Das Ding steckte allerdings recht tief im Schnabel und ließ sich nicht so leicht herausziehen. Schließlich hatte sie es geschafft.

»Meinst du, der kam erst da rein, nachdem die Eule tot war?« Justus klang aufrichtig besorgt.

Caro lächelte ihren Sohn liebevoll an. »Ja. Keine Sorge. Ich glaube nicht, dass sie daran erstickt ist oder so. Nein. Ich bin mir ziemlich sicher, dass er erst später hier versteckt wurde.«

»Auf jeden Fall ist es ein ziemlich gutes Versteck«, meinte Justus. »Mir ist der nur aufgefallen, weil ich die Schnäbel der Vögel vergleichen wollte.«

»Du interessierst dich für Vogelschnäbel?« Caro war überrascht.

»Ja. Die sind spannend. Jeder Schnabel ist anders.«

Caro musste lächeln. Noch vor einem Jahr interessierte sich Justus fast ausschließlich für Fortnite und andere Computerspiele. Dass er nun auch eine Leidenschaft für die Vogelwelt entdeckt hatte, hätte sie sich niemals träumen lassen.

»Hat Hinnerk dir das alles erklärt?«

Justus nickte. »Opa weiß wirklich alles.«

»Das glaube ich.« Sie wuschelte ihm durch die blonden Haare. »Komm, wir gehen nach Hause.«

»Aber wir haben doch noch gar nicht alles gesehen!«

»Willst du nicht wissen, was auf dem USB-Stick ist?«

»Willst du ihn etwa mitnehmen? Gehört er nicht dem Museum?«

Die Ehrlichkeit hatte er vermutlich auch von Hinnerk. Nachdem er sie Nils nicht vererbt hatte, hatte wenigstens sein Enkel eine ordentliche Portion davon mitbekommen.

»Du hast recht, Justus. Ich bringe ihn danach sofort wieder zurück, okay?« Log sie gerade ihren Sohn an? Caro räusperte sich. »Jedenfalls bringe ich ihn zurück. Versprochen.«

Ob sie es sofort tun würde, wusste sie jetzt noch nicht. Das hing davon ab, was auf dem Stick zu sehen war.

Als sie die Vogelhalle verließen, blickte sich Caro noch mal nach Frida Gutloff um. Aber die war nirgendwo zu sehen. Sie ging extra noch mal mit Justus durch die obere Etage des Museums, aber auch hier war von der Mitarbeiterin keine Spur. Vielleicht hielt sie sich in den Büroräumen auf, dachte Caro und hoffte, dass sie nicht schon dabei war, die Insel zu verlassen.

»Darf ich eine Münze?«, bettelte Justus, der sich gerade auf die altertümliche Personenwaage im Eingangsbereich des Museums gestellt hatte, die gegen eine Gebühr das Gewicht verriet.

Caro seufzte und ging zu dem Mann an der Kasse, bei dem man sich für einen Euro eine nachgemachte Münze kaufen konnte, die in die über 100 Jahre alte Waage passte.

»Ist Frau Gutloff schon gegangen?«, fragte Caro, als sie den Euro auf den Tresen legte. »Eigentlich wollten wir noch einen Kaffee trinken«, fügte sie leise hinzu, so als würde sie es nur zu sich sagen.

Der Mann schien keinen Zweifel daran zu haben, dass Caro die junge Frau gut kannte.

»Jau, die ist nach Hause. Kommt auch nicht wieder, müssen Sie man nicht glauben.«

»Hat sie gekündigt?«, gab Caro sich erstaunt.

»Jau. Tolle Arbeitsmoral haben diese jungen Leute. Angeblich ist die Mutter krank. Aber die hat keine Lust mehr, das ist doch alles. Und jetzt haut sie ab von Borkum und lässt mich hängen.«

Caro machte ein betroffenes Gesicht. »Davon hat sie mir gar nichts erzählt! Und was macht sie mit ihrer Wohnung?«

»Ist doch nur das Zimmer im Dornkiekerhaus. Das kriegen die jetzt zur Hauptsaison über Nacht neu vermietet. Aber wer hilft mir hier im Museum? Braucht doch nur das Wetter schlechter zu werden, dann ist hier die Hölle los.«

Caro warf dem Mann noch mal einen bedauernden Blick zu, dann ging sie zu Justus und gab ihm die Münze. Strahlend steckte er sie in den Schlitz, und kurz darauf spuckte die riesige Waage einen kleinen Papierstreifen aus, auf dem sein Gewicht stand.

»41 Kilo! Ich werde immer dicker!«

Caro lachte und strich ihm über den Rücken. »Quatschnase.«

Als sie das Museum verlassen hatten, drehte Caro sich noch mal um. Wenige Meter links neben der Eingangstür musste das Fenster sein, von dem der Mann in die Vogelhalle geschaut hatte. Vielleicht war es nur ein Urlauber gewesen, der von außen erst mal nachschauen wollte, ob das Museum überhaupt interessant für ihn war? Manchmal gab es ja die einfachsten Erklärungen für merkwürdige Vorfälle, auch wenn Caro in diesem Fall nicht daran glauben mochte.

Auch auf dem Heimweg wurde sie das Gefühl nicht los, beobachtet zu werden.

Du bist kein kleines Mädchen mehr, dachte sie, deine Fantasie spielt dir normalerweise keinen Streich mehr. Aber auf dein Bauchgefühl kannst du dich verlassen.

Sie ließ ihren Blick über die Passanten schweifen. Es wimmelte nur so von Urlaubern, wobei Familien mit kleinen Kindern eindeutig in der Überzahl waren. An jeder Ecke wurde Eis geschleckt, im Schatten pausiert, geheult und gelacht, geschimpft und gescherzt. Den großen korpulenten Mann mit Sonnenhut sah sie nicht.

Während Justus ihr gerade erstaunlich detailliert den Unterschied zwischen einem Fischfresser-Schnabel mit Haken und einem Stoßtaucherschnabel erklärte, überlegte Caro, warum sie überhaupt jemand beobachten sollte. Wusste irgendwer vielleicht von dem USB-Stick und war deshalb zum Museum gekommen? Um ihn sich selbst zu holen? Dann wusste diese Person jetzt auch, dass Caro den Stick entdeckt hatte. Das war nicht gut. Vielleicht war sie ihr deshalb jetzt auf den Fersen.

Dir ist niemand auf den Fersen, beschwichtigte sie sich selbst, jetzt bleib ruhig!

Aber ein ungutes Gefühl hatte sie trotzdem.

Justus holte sich noch ein Eis, und während er in fast gestresstem Zustand permanent um seine drei Kugeln schlecken musste, die sich wie im Zeitraffer in Soße verwandelten und herunterzutropfen drohten, rief Caro Jan an. Nachdem sie ihm erzählt hatte, dass Frida Gutloff die Insel verlassen wollte und ihm versprochen hatte, sofort Bescheid zu sagen, wenn sie wusste, was auf dem USB-Stick zu sehen war, erzählte er ihr von seinem Treffen mit Andi Linsmann.

»Ich glaube, so richtig hat er mit seinen Recherchen für den Nachruf noch gar nicht angefangen«, sagte Jan, »aber ein bisschen was Neues hatte er schon für mich. Jo hatte offenbar Familie.«

»Er war verheiratet?«

»Ja. Und die Ehe ging in die Brüche.«

»Kinder?«

»Davon wusste Andi nichts. Aber es gibt wohl eine Schwester. Jedenfalls meinte Andi, dass Jo ihm mal von ihr erzählt hat.«

»Hat er schon einen Namen?«

»Nein, leider nicht.«

»Wusste er noch was von seinen Kripo-Kontakten? Etwas zur Todesursache?«

»Das dauert. Die Leiche war ja nicht nur wegen der Möwen in einer schlechten Verfassung. Insgesamt bekommt es so einem toten Körper nicht besonders gut, wenn er so lange im Wasser herumliegt.«

»Was will er über Jo noch schreiben? Hat er was über sein Leben vor Borkum erwähnt?«

»Ein bisschen. Zum einen die Geschichte mit seiner gescheiterten Ehe. Und eine Sache war noch ganz interessant.«

»Ich höre.«

»Jo kam ja damals als Patient nach Borkum.«

»Wegen seiner Lungenkrankheit, ich weiß.«

»Genau. Abgesehen von ein paar Touren, die er als Wattführer gegeben hat, hat er nicht mehr gearbeitet, seitdem er hier ist.«

»Er wirkte auch nicht gerade wie jemand, der viel Geld hat«, meinte Caro und dachte an die verfilzten Sachen, die Jo immer getragen hatte.

»Und genau das ist der Punkt. Die Hütte, in der er gelebt hat, hat er kurz nach seiner Ankunft damals gekauft.«

»Die Immobilienpreise waren vor zwanzig Jahren noch nicht so verrückt wie heute, und das Haus ist wirklich klein.«

»Aber es steht auf einem zweitausend Quadratmeter großen Grundstück, und ganz ehrlich, Caro, auch vor zwanzig Jahren hat man dafür auf Borkum schon eine halbe Million hingelegt. Obwohl er gerade eine Scheidung hinter sich hatte, konnte er sich das Haus sofort leisten.«

»Und da er nie wieder gearbeitet hat …«, überlegte Caro laut.

»… muss er das Geld so gehabt haben«, vollendete Jan ihren Satz. »Vielleicht war unser Jo gar nicht so mittellos, wie wir immer dachten?«

Sie waren fast an Hinnerks Haus angekommen, und Aila bellte zur Begrüßung bereits lautstark hinterm Gartenzaun. Justus war inzwischen komplett mit Eis eingeschmiert und sah aus wie ein Dreijähriger nach seinem ersten Schleckversuch.

»Ich muss Schluss machen, Jan, wir sprechen später noch mal«, sagte Caro, als Aila einen Satz über den Zaun machte und schwanzwedelnd auf sie zukam. Einen Augenblick später lag Justus lachend am Boden und ließ sich von der Hündin das klebrige Gesicht ablecken.

»Dieses Kind ist definitiv ein Fall für die Badewanne«, befand Caro.

»Meinst du mich?«, giggelte Justus und wälzte sich mit Aila die Einfahrt hoch.

Für die nächsten paar Stunden verschwand der Fall fast aus Caros Kopf. Badewanne, eincremen, Abendessen, über die Playstationzeit streiten und dabei noch eine Waschmaschine ausräumen, das verlangte ihre Aufmerksamkeit.

Es war inzwischen spät am Abend, Justus und Hinnerk schliefen bereits, als Caro sich in den Wintergarten setzte und ihren Laptop einschaltete. Sie brannte vor Neugier, die Dateien auf dem Stick zu sichten. Vielleicht hatten sie etwas mit ihrem Fall zu tun. Jo hatte sich immer stundenlang in der Vogelhalle des Museums aufgehalten und sich besonders für den Schutz der Sumpfohreule eingesetzt. Und genau im Schnabel von diesem Tier fand sich nun der USB-Stick. Zufall? Caro konnte nicht daran glauben.

»Vielleicht hast du ihn selbst dort versteckt«, sagte sie leise und dachte dabei an Jo.

Nachdenklich betrachtete sie den Stick, während der Laptop hochfuhr. Falls es wirklich Jo war, der den Stick in den Schnabel gesteckt hatte, dann hatte er sich dafür ein extrem gutes Versteck ausgesucht. Wenn Justus sich die ausgestopften Tiere nicht so haargenau angeschaut hätte, wäre er auch ihm niemals aufgefallen, so tief hatte der Stick im Schnabel der Eule gesessen.

Aber warum so ein Versteck? Warum hatte Jo den Stick nicht in seinem Haus gelassen?

Vielleicht weil er wusste, dass er dort nicht sicher wäre, weil er ahnte, dass man dort danach suchen würde. War deshalb bei ihm eingebrochen worden? Es musste etwas extrem Wichtiges auf dem Stick abgespeichert sein, davon war Caro inzwischen fest überzeugt.

Sie steckte ihn in die dafür vorgesehene Öffnung, und es dauerte nicht lange, bis auf ihrem Bildschirm unzählige Fotos von Vögeln auftauchten. Sie erkannte die Bilder sofort wieder. Es waren dieselben, die auch ausgedruckt bei Jo Hammert an der Pinnwand in seinem Haus über dem Schreibtisch hingen.

Aber solche Vogelfotos konnten doch kaum der Grund sein, warum Jo den Datenträger so aufwendig versteckt hatte.

Sie scrollte sich durch die zahlreichen Aufnahmen, eine JPEG-Datei folgte der anderen. Plötzlich stockte sie.

»Na bitte«, murmelte sie. »Das sieht mir doch nach einem anständigen Ordner aus.«

Sie öffnete den Ordner, der aus mehreren Textdokumenten bestand, und überflog das erste Schriftstück. Es handelte sich um ein Anschreiben an einen Dr. Bienert in Emden.

»Anbei finden Sie den Vertragsentwurf mit der Bitte um Prüfung«, überflog Caro murmelnd die Zeilen. Offenbar bezog sich das Schreiben auf eines der anderen Dokumente. Caro öffnete ein weiteres, das den Namen *Gutach_neu* trug, und erkannte mit einem Blick, dass sich der Inhalt erneut um die Sumpfohreule drehte, schloss es wieder und öffnete *Kauf_neu*. Sie spürte, wie ihr Herz schneller schlug.

»Vertrag zwischen Johannes Hammert und Oliver Kretsch«, las sie die Überschrift.

Aila jaulte und fiepte, und mit einem Blick stellte Caro fest, dass die Hündin offensichtlich noch mal in den Garten musste. Mit ihren schwarzen Augen sah sie Caro auffordernd an.

»Hinnerk hasst es, wenn du in den Garten machst«, sagte sie leise und blickte dann wieder auf das Dokument. »… über eine Kaufsumme von fünf Millionen Euro …«, las Caro weiter. »Wow.« Sorgfältig begann sie, den Kaufvertrag von Anfang an durchzugehen.

Sie hatte gerade den ersten Absatz gelesen, als Ailas Winseln immer dringender wurde.

»Na schön, Madame«, sagte sie leise, »aber nur Pipi, klar?«

Aila warf ihr einen fast spöttischen Blick zu. Seufzend stand Caro auf und öffnete die Tür des Wintergartens. Wie ein Blitz schoss die Hündin nach draußen und verschwand hinter den Büschen.

Morgen früh würde sie den Haufen suchen müssen, dachte Caro, sonst griff Hinnerk bei der Gartenarbeit womöglich hinein, und sie wusste, wie sehr ihr Schwiegervater das hasste. Logisch. Kein Mensch fasste gerne in Hundekacke.

Sie setzte sich wieder an den Tisch und blickte auf das Dokument. Für fünf Millionen Euro wollte Jo die Anteile einer Firma, die er offensichtlich besaß, an Oliver Kretsch verkaufen.

»Soforthaus«, murmelte Caro, als sie den Namen der Firma las. Hatte dieser Kretsch am Telefon nicht etwas davon gesagt, dass er Solaranlagen in Fertighäuser bauen könnte?

Plötzlich hörte sie Aila laut im Garten aufjaulen. Es war nicht das aufgeregte Jaulen, das sie von ihrer Hündin kannte, wenn die eine Maus oder einen Maulwurf entdeckt hatte. Nein, diese Geräusche machte Aila nur aus einem Grund: wenn sie Schmerzen hatte.

Caro sprang auf und eilte in den dunklen Garten.

»Aila? Aila! Wo steckst du?«, rief sie im Flüsterton, um die anderen nicht aufzuwecken. Sie wusste, dass Hinnerks Nachbarn manchmal Mausefallen im Gebüsch aufstellten, wenn es mit den kleinen Vierbeinern zu viel wurde. Aber um sich dort zu verletzen, hätte Aila über den Zaun springen müssen, der die beiden Grundstücke voneinander trennte. Dass sie das schaffen würde, war keine Frage, aber normalerweise musste nebenan schon gegrillt werden, bevor sie sich zu so sportlichen Aktivitäten hinreißen ließ. Ein grundloser Sprung bei dieser Dunkelheit war sehr unwahrscheinlich.

»Aila?«

Wieder hörte sie ein Jaulen, diesmal aber leiser, kraftloser, kaum wahrnehmbar. Es kam aus der hintersten Ecke des Gartens. Im Laufschritt eilte sie dort hin und fand ihre Hündin schließlich unter dem Kirschlorbeer auf dem Boden liegen. Jetzt war sie ganz still, und ihre Zunge hing ihr schlapp aus dem Maul.

»Mausi! Nein! Was ist passiert?« Bestürzt kniete Caro sich auf den Boden und streichelte dem bewusstlosen Tier über den Kopf. »Aila … Komm her, ich bring dich rein …«

Mit äußerster Vorsicht nahm sie die Hündin auf den Arm und trug sie langsam und behutsam ins Haus. Als sie Aila auf das Sofa bettete, hob sie zu Caros Erleichterung schon wieder leicht den Kopf.

»Da bist du ja wieder, Süße«, flüsterte Caro und streichelte Aila beruhigend über das Fell. Dann nahm sie ihr Handy und wählte die Nummer von Dr. Frenzen, dem

Tierarzt von Borkum. Zum Glück wohnte er nicht weit von ihr und war noch wach, als sie ihn erreichte.

»Ich komm schnell rüber«, sagte er, »kein Problem.«

»Danke«, sagte Caro, als Dr. Frenzen keine zehn Minuten später bei ihr im Wohnzimmer stand. »So was wäre in Berlin nicht möglich gewesen.«

»Zum Glück sind wir auf Borkum. Was ist denn passiert?«

Caro schilderte ihm, was in der letzten halben Stunde vorgefallen war, und Dr. Frenzen begann vorsichtig, die Hündin zu untersuchen. Aila fiepte vor Schmerzen, wenn er über eine Stelle an ihrer rechten Seite strich.

»Jemand muss ihr einen Tritt versetzt haben«, mutmaßte er. »Die Rippen sind geprellt, aber nicht gebrochen.« Vorsichtig tastete er ihren Bauch ab. »Hier scheint auch alles in Ordnung zu sein.«

»Aber wer soll sie denn getreten haben?«, grübelte Caro geschockt.

»Keine Ahnung. Habt ihr Ärger mit den Nachbarn?«

»Nein.«

»Hm.« Er drückte noch mal vorsichtig auf Ailas Bauch, kontrollierte ihre Augen und hörte sie ab. »Okay. Wenn sie heute Nacht normal schläft und morgen wieder was frisst, braucht sie nur ein bisschen Ruhe, dann ist sie wieder die Alte. Ruf mich sofort an, wenn sie Blut spucken oder sich übergeben sollte. Dann müssen wir sie zum Röntgen aufs Festland bringen. Ich hab leider kein Gerät in der Praxis.«

Dr. Frenzen hatte sie immer geduzt, obwohl Caro noch beim offiziellen Sie war. Von Anfang an war ihr der alteingesessene Borkumer sympathisch gewesen, weil er nie lange um den heißen Brei herumredete, sondern die Dinge immer direkt anpackte.

Jetzt kramte er eine Packung Medikamente aus seiner Tasche. »Hiervon gibst du ihr nachher eine, am besten mit ein bisschen Leberwurst, dann schluckt sie das auch.«

»Schmerzmittel?«

»Ja. Mach dir man keine Sorgen«, fügte er noch hinzu, als sie Aila besorgt über das Fell strich. »Die ist zäh, so schnell tritt die keiner wech. Morgen früh gibst du ihr noch eine, zwei am Tag kann sie vertragen.«

»Soll ich morgen in der Praxis vorbeikommen?«

»Wenn du Sorgen hast, kannst du immer vorbeikommen. Wenn sie sich aber einigermaßen normal benimmt, ist es eigentlich nicht nötig. Der Lütte soll morgen nicht so viel mit ihr toben.«

»Werde ich Justus ausrichten.«

»Gut.« Er nickte ihr noch mal aufmunternd zu und verabschiedete sich dann.

Caro ging in die Küche und nahm mit einem Esslöffel eine ordentliche Portion Leberwurst aus der Packung, drückte die Tablette hinein und ging dann zurück zum Sofa. Noch etwas mitgenommen, aber schon wieder gefräßig wie immer, schlang Aila die Leberwurst hinunter. Danach rollte sie sich auf dem Sofa ein und war nach einem kurzen Moment eingeschlafen.

Caro strich ihr noch mal liebevoll über den Kopf. Dann ging sie leise zurück in den Wintergarten und schloss die Tür sorgfältig ab. Durch die Scheiben blickte sie in den dunklen Garten, der nur schwach vom Mondlicht erhellt wurde. Nichts war zu sehen: kein Karnickel, keine Möwe und erst recht kein Mensch, der ihren Hund getreten haben könnte. Die Vorstellung, dass so jemand vorhin in ihrem Garten gewesen sein könnte, versetzte sie immer noch in Sorge, und sie überlegte, die Polizei anzurufen. Vermutlich würden die jetzt allerdings auch niemanden mehr finden.

Nachdenklich setzte sie sich wieder an den Tisch und fuhr mit dem Finger über das Mousepad, um den Bildschirm wieder zu aktivieren.

Datenträger entfernt, stand dort in roter Schrift vor weißem Hintergrund.

Caro merkte, wie sich ihr Magen zusammenzog.

Der USB-Stick war verschwunden.

12

Jan gähnte herzhaft und versuchte noch nicht mal, seine Müdigkeit zu verstecken.

»Danke, dass du gekommen bist«, sagte Caro, während Hinnerk ihm einen Kaffee reichte. Ihr Schwiegervater sah nicht weniger müde aus, er trug seinen braunen Bademantel und rieb sich über die Augen, die allerdings hellwach wirkten.

Nachdem Caro klar geworden war, dass jemand gezielt nach ihrem Hund getreten hatte, um sie aus dem Wintergarten zu locken und in der Zeit den USB-Stick zu stehlen, hatte sie sofort Hinnerk geweckt und Jan angerufen.

»Ist doch selbstverständlich«, antwortete Jan. »Kann doch wohl nicht sein, dass jemand unsere hübsche Aila wegtritt und dich dann auch noch ausraubt.«

»Es fehlt nur der Stick.«

»Das macht es nicht besser.«

»Erzähl uns genau, was du auf dem Stick gesehen hast«, sagte Hinnerk. »Jedes Detail.« Er nahm sich einen Stift und einen Block und sah sie aufmerksam an.

Caro versuchte, den beiden so genau wie nur möglich von den Dateien zu berichten.

»Wie heißt die Firma?«, fragte Hinnerk nach, als Caro den Kaufvertrag erwähnt hatte.

»Soforthaus.«

Caro gab den Namen bei Google ein, Hinnerk und Jan

traten hinter sie, und gemeinsam lasen sie sich die Informationen durch.

»Geschäftsführerin ist eine Asta Hammert«, las Caro vor. »Vermutlich Jos Schwester.«

»Lass mich mal kurz«, meinte Hinnerk und tippte auf Caros Tastatur. Nach wenigen Augenblicken hatte er den Handelsregistereintrag geöffnet. »Johannes Hammert ist Gesellschafter von Soforthaus. Und hält zwei Drittel der Anteile.«

Grübelnd blickten sich die drei an.

»Unser Super-Öko war also nicht nur leicht vermögend, sondern ein Millionen schwerer Unternehmer«, sagte Jan.

»Jedenfalls stammt er aus einer schwerreichen Familie«, stimmte Hinnerk ihm zu. »Als Unternehmer hat er ja offensichtlich nicht mehr gearbeitet.«

»Und jetzt wollte er seine Anteile an diesen Kretsch verkaufen«, dachte Caro laut weiter. »Und aus den Fertighäusern würden dann welche mit Solarstrom werden.«

»Vielleicht hat das nicht jedem gepasst?«, mutmaßte Jan. »Asta Hammert zum Beispiel?«

»Warte mal«, Caro fiel etwas ein, und sie fuhr mit dem Finger über das Mousepad. »Auf die bin ich neulich schon mal gestoßen, als ich Jos Namen recherchiert habe«, erinnerte sie sich. »Hier.«

Sie öffnete den Artikel über den Fachkräftemangel, den sie vor Kurzem nur überflogen hatte.

»Schwester. Nicht Ex-Frau oder so«, sagte Jan schließlich laut, als er die Passage gelesen hatte, in der beschrieben wurde, dass Asta und Johannes Hammert das Unternehmen nach dem Tod ihrer Eltern geerbt hatten.

»Hat ihren Mädchennamen behalten. Führt das Unternehmen als Familienbetrieb weiter. Ihr Mann Paul Gutloff arbeitet als Produktmanager in der Firma«, las Caro laut weiter und blickte auf. »Frida Gutloff ist Jos …«

»Sie ist die verdammte Nichte!«, unterbrach Jan sie überrascht.

»Und gaukelt uns vor, dass sie ihn nur vom Sehen aus dem Museum kennt?!« Caro verzog das Gesicht.

Hinnerk blickte weiter grübelnd auf den Bildschirm. »Jo hatte keine Kinder. Im Falle seines Todes erben seine Schwester und seine Nichte die Firmenanteile …«

»Die er jetzt allerdings verkaufen wollte.« Jan kratzte sich nachdenklich am Hinterkopf. »Was hatte er wohl mit den fünf Millionen vor?«

»Wie ich Jo kenne, wollte der sich damit jedenfalls keine Villa kaufen«, meinte Hinnerk. »Garantiert hätte er das Geld in irgendeine Umweltkampagne gesteckt.«

Caro runzelte die Stirn. »Die Fotos auf dem Stick. Er war ja völlig vernarrt in diese Sumpfohreule. Würde mich nicht wundern, wenn er ein großes Naturschutzprojekt geplant hatte. Das würde jedenfalls die ausgiebige Fotodokumentation erklären.«

»Und damit wäre das schöne Erbe futsch gewesen«, sagte Jan. »Fünf Millionen sind auf jeden Fall ein hübsches Motiv. Aber über eine Sache haben wir uns noch gar keine Gedanken gemacht.«

Caro nickte zustimmend. »Wie hat Frida Gutloff das alles angestellt?«

»Sie muss sich mit Jo unter einem Vorwand irgendwo getroffen haben«, überlegte Hinnerk laut.

»Und dann?«, fragte Caro. »Glaubst du, sie hat ihn irgendwo niedergeschlagen und die Leiche ins Meer geschafft?«

»Dafür ist sie viel zu zierlich«, meinte Jan kopfschüttelnd.

»Jo war ein passionierter Wattgänger. Der hat regelmäßig Wattführungen gemacht, war oft draußen«, entgegnete Hinnerk. »Wenn sie ihm da eins über den Schädel gezogen hat, brauchte sie nur zu warten, bis sich das Meer seine Leiche holt.«

»Wäre gut, wenn wir an den Obduktionsbericht kämen«, meinte Caro und sah Hinnerk auffordernd an. Der seufzte.

»Ihr stellt euch das immer so einfach vor.«

»Gar nicht«, meinte Caro schmunzelnd. »Aber als Top-Journalist müsstest du das doch hinkriegen.«

»Top-Journalist im Ruhestand.«

»Das sind die besten.«

Hinnerk grinste schief. Dann wurde Caro wieder ernst. Nachdenklich blickte sie auf ihre weiße Hündin, die immer noch auf dem Sofa schlief.

»Glaubt ihr, dass Frida Gutloff Aila getreten hat?«

»Schwer einzuschätzen«, meinte Jan. »Wenn ich jetzt sage, ich würde das einem so hübschen Mädchen nicht zutrauen, ist das vermutlich sexistisch.«

»Auch hübsche und zierliche Mädchen können Arschlöcher sein.«

»Wenn sie es war, dann hat sie auf jeden Fall auch den Stick gestohlen«, warf Hinnerk ein.

»Wenn sie überhaupt alleine unterwegs war. Vielleicht haben wir es auch mit zwei Kriminellen zu tun.«

»Stimmt. Der eine startet das Ablenkungsmanöver und schaltet Aila aus, während der andere den Stick klaut.«

»Möglich wäre es. Morgen früh werde ich versuchen, etwas von dem Notar zu erfahren«, sagte Caro. »Diesem Dr. Bienert.«

»Wenn es schon einen unterschriebenen Vertrag bei ihm gibt, dann nutzt ihr der Stick gar nichts«, sagte Hinnerk. »Da ist ja nur der Entwurf drauf.«

»Ganz genau.« Grübelnd sah Caro die beiden an. »Als ich heute im Museum war …«, sagte sie. »Ich hätte schwören können, dass mich da jemand beobachtet hat.«

Sie erzählte ihnen von der Gestalt, die von außen durch das Fenster in die Vogelhalle geschaut hatte und sofort verschwunden war, nachdem Justus den Stick entdeckt hatte.

»Kannst du ihn irgendwie beschreiben?«, fragte Hinnerk.

Caro schüttelte langsam den Kopf. »Nicht wirklich. Er hatte so einen Schlapphut auf, wie ihn viele Urlauber am Strand tragen, war ziemlich groß und korpulent.«

»Farbe?«

»Du meinst Hautfarbe?«

»Nein. Farbe vom Hut.«

»Beige, würde ich sagen. Total unauffällig. Alles an dem war unauffällig. Außer, dass er mich durch das Fenster beobachtet hat.«

13

Am nächsten Morgen ging es der Hündin zum Glück schon viel besser. Sie fraß und trank wieder etwas, vielleicht weniger als normal, aber insgesamt schien sie in einer viel besseren Verfassung zu sein. Justus hielt sich an das Spiel- und Tobeverbot und kümmerte sich rührend um Aila, brachte ihr immer wieder Leckerlies und trug sie ganz vorsichtig in den Garten, obwohl sie den Weg eigentlich längst wieder alleine laufen konnte.

»Opa, darf Aila in deinen Garten machen?«

»Groß oder klein?«

»Opa! Sie hat nur knapp überlebt!«

»In Ordnung, meen Jung. Lass sie machen.«

»Danke, Hinnerk«, sagte Caro. »Ich mach es gleich weg.

»Schon gut.«

Caro blickte Justus nach, der die Hündin vorsichtig auf den Rasen setzte. Heute Morgen hatte sie kurz überlegt, ob sie ihm die Wahrheit über den Vorfall in der letzten Nacht sagen oder ihm lieber einen ausgedachten Grund für Ailas Verletzungen auftischen sollte. Sie hatte sich dann entschlossen, nicht zu lügen, auch weil sie davon überzeugt war, dass es nicht schaden konnte, wenn Justus ein wenig wachsam war. Sie wollte ihm keine Angst einjagen, aber ihn durchaus dafür sensibilisieren, dass jemand Fremdes auf ihrem Grundstück gewesen war. Der Junge war erwartungsgemäß entsetzt über die Vorfälle und schwor Rache für seine Hündin. Die beiden waren unzertrennlich, und die Vorstellung, dass Aila irgendwann nicht mehr an Justus' Seite sein würde, war Caro jetzt schon ein Gräuel.

Während er sich rührend um das verletzte Tier kümmerte, zog sich Caro in die Küche zurück und wählte die Nummer des Notars Dr. Bienert, die sie im Internet recherchiert hatte. Sie musste mehrere Minuten mit der Assistentin des Mannes diskutieren, bevor sie sie schließlich widerwillig durchstellte. Wie Caro es schon fast befürchtet hatte, brachte sie das Gespräch keinen Deut weiter.

»Selbstverständlich gebe ich keinerlei Auskunft zu möglichen Mandanten«, sagte der Mann kurz angebunden und beendete das Gespräch nach einigen floskelhaften Bemerkungen.

Kurzerhand wählte sie daraufhin die Nummer von Oliver Kretsch. Nachdem sie sich auch an seiner Assistentin vorbeiargumentiert hatte, entschloss sich Caro, den direkten Weg zu gehen: »Ich will offen und ehrlich zu Ihnen sein, Herr Kretsch. Sie haben sicherlich schon gehört, dass Herr Hammert verstorben ist?«

Am anderen Ende der Leitung herrschte Schweigen. »Nein«, antwortete der Mann dann tonlos. »Was ist passiert?«

»Das wissen wir leider noch nicht. Aber wir haben in seinem Nachlass einen Vertrag gefunden.«

Oliver Kretsch brauchte offensichtlich einen Moment, um sich zu fassen.

»Einen Kaufvertrag zwischen Ihnen und Herrn Hammert.«

Caro konnte den Mann schwer atmen hören.

»Ja. Ich warte immer noch darauf, dass der mir schriftlich zugestellt wird. Ich hatte mich mit Hammert getroffen, um die Details zu besprechen. Er wollte einen Entwurf des Vertrags zu seinem Notar schicken, zur Prüfung. Bisher ist aber nichts bei mir angekommen.«

»Das heißt, Sie haben noch keinen Kaufvertrag unterschrieben?«

»Ich habe ihn noch nicht mal zu Gesicht bekommen.« Der Mann seufzte. »Er ist wirklich tot?«

»Ja.«

»Scheiße.«

»Besonders für ihn.«

»Klar. Na ja, er war keine dreißig mehr. Aber – ehrlich gesagt … Ich habe schon alles vorbereitet. Wir arbeiten an einem besonderen Verfahren, um Solarmodule für die Fertighausproduktion kostengünstiger herzustellen. Das ist jetzt ja alles hinfällig …«

Was natürlich viel schlimmer ist, als sein Leben zu verlieren, dachte Caro, sparte sich die Bemerkung dann aber. Oliver Kretsch wirkte aufrichtig schockiert.

»Hatten Sie eigentlich auch mit der Schwester von Jo Hammert zu tun? Der Geschäftsführerin von *Soforthaus*?«

»Nein. Zum Glück nicht. Die soll ja ein ziemlicher Besen sein.«

»Warum?«

»Jo Hammert hat immer gesagt, dass wir seine Schwester da raushalten müssen. Ein Fertighaus mit Solarmodulen ist natürlich teurer als ein normales. Und diese Asta ist wohl dafür bekannt, dass sie das Geld gerne zusammenhält. Neue Investitionen sind nicht gerade ihr Ding.« Wieder hörte man Oliver Kretsch seufzen. »Ich muss jetzt Schluss machen. Ich muss das erst mal sacken lassen und … die geplanten Investitionen stoppen. Mann, das kann doch echt alles nicht wahr sein …«

»Nur noch eine Frage, Herr Kretsch. Kennen Sie Frida Gutloff? Die Nichte von Herrn Hammert?«

»Nein. Nie gehört. Auf Wiederhören.«

Nachdenklich steckte Caro das Handy in die Tasche und packte ihre Sachen zusammen. Vor dem Haus traf sie Hinnerk, der die Blumenkübel goss.

»Ich muss los. Denkt daran, wenn Aila sich übergeben muss …«

»… gehen wir sofort zum Arzt«, brachte Hinnerk ihren Satz zu Ende. »Mach dir keine Sorgen. Wir passen gut auf sie auf.«

Als Caro mit dem Fahrrad zum Flughafen fuhr und die Jogger und Spaziergänger sah, die ihre Hunde Gassi führten, dachte sie darüber nach, wie sehr sie die finnische Lapphündin inzwischen ins Herz geschlossen hatte. Als sie noch keine Hundebesitzerin war, hatte sie den Spruch »das letzte Kind trägt Fell« immer albern gefunden, und die Vorstellung, einen Vierbeiner so zu lieben wie sein eigenes Kind, war ihr geradezu absurd vorgekommen. Und auch heute empfand sie für Aila natürlich nicht dasselbe wie für Justus, aber sehr weit entfernt war die weiße Hündin davon nicht. Caro konnte den Schmerz fast fühlen, wenn sie daran dachte, dass dem armen Tier letzte Nacht jemand mit voller Wucht in den Bauch getreten hatte. Ganz schön viel kriminelle Energie für jemanden, der nur einen USB-Stick klauen will.

Sie hielt es inzwischen für gänzlich unwahrscheinlich, dass Frida Gutloff den Stick gestohlen hatte. Nicht deshalb, weil die Frau zierlich und hübsch war, sondern weil es keinen rechten Sinn ergeben mochte. Sie war nicht mehr im Museum gewesen, als Caro mit Justus und dem Stick gegangen war, und die Gestalt am Fenster war sie definitiv auch nicht gewesen. Könnte Frida Gutloff mit dem unbekannten Mann unter einer Decke stecken? Oder war es vielleicht gar nicht Caro, die er durch das Fenster beobachten wollte, sondern Frida Gutloff? Vielleicht wusste der Mann, dass der Stick irgendwo im Museum versteckt war, und hoffte, durch die Observierung der jungen Frau das Versteck zu finden?

Nachdenklich stellte Caro ihr Fahrrad vorm Flughafen ab. Mit lautem Getöse landete gerade eine Propellermaschine, und Caro dachte, dass sich so viel auf dem Flughafen gar nicht verändert hatte, seit er 1927 errichtet worden war. Hinnerk hatte ihr mal erzählt, dass er früher als Zwischenlandeplatz für die Flüge von Amsterdam nach Stockholm diente. Heute konnte man sich nicht mehr vorstellen, dass solche Strecken damals nur mit Zwischenstopp zu fliegen waren. Mit der Aufrüstung des nationalsozialistischen Staates wurde der Flugplatz dann von der Luftwaffe der Wehrmacht übernommen, die eine Fliegerhorst-Kommandantur einrichtete. Caro fand es immer wieder erstaunlich, wie viele Puzzleteilchen aus der militärischen Vergangenheit Borkums noch auf der Insel zu finden waren, die einst eine waffenstarrende Festung im Meer gewesen war. Neben diversen Bunker- und Artilleriestellungen waren am nordwestlichsten Außenposten Deutschlands in beiden Weltkriegen auch Seeflieger und bis 1996 die Bundesmarine stationiert. Von Hinnerk wusste sie, dass das Gelände des Neuen Hafens für den Seefliegerhorst mit 1,5

Millionen Kubikmeter Sand aus dem Wattenmeer aufgespült worden war. Von Saugbaggern hineingepumpt, die heute nur noch die Fahrrinnen der Urlauberfähren freimachten. Und ab und zu eine Leiche an die Wasseroberfläche beförderten.

»Guten Morgen«, grüßte Caro, als sie das Flughafengebäude betrat und Inge am Ticketschalter sitzen sah. Sie saß über die Zeitung gebeugt und wirkte geradezu mitgenommen.

»So ein schöner Nachruf«, sagte sie gerührt. »Ich kannte den Jo ja nicht gut ... dass er so ein feines Herz hatte ...« Inge unterdrückte ein Schluchzen.

Caro schloss den Kiosk auf. »Was schreiben sie denn?«

»Er hat ein Leben in der Natur gewählt und dafür auf Wohlstand und Luxus verzichtet, der ihm von Geburt an in die Wiege gelegt worden war«, las Inge ihr vor. »Wusstest du, dass er so reich war?«

»Nein. Was noch?«

»Er war eine streitbare Persönlichkeit«, las Inge weiter. »Nicht nur die bauende Industrie geriet öfter mal mit ihm aneinander, auch unser Bürgermeister könnte von den Auseinandersetzungen mit Jo Hammert sicherlich ein Lied singen. Aber dabei ging es dem Naturschützer immer um die Sache. Geld und Macht waren ihm egal.«

Caro nickte zustimmend. »Ja, das glaube ich sofort. Es gibt nicht viele Leute, die dem ganzen Konsumwahnsinn so den Rücken zukehren, obwohl sie eigentlich sorglos mittendrin sitzen könnten.«

»Aber offensichtlich war er ja nicht immer so«, gab Inge zu bedenken. »Er ist ja erst vor zwanzig Jahren nach Borkum gekommen. Das heißt, bis er Mitte dreißig war, hat er das Luxusleben genossen. Würde mich ja mal interessieren, wie es zu dem Sinneswandel kam.«

»Vielleicht wegen seiner Erkrankung?«, überlegte Caro laut.

Inge lachte spöttisch. »Nee, das glaube ich bestimmt nicht. Ich hab schon so viele Lungenkranke auf Borkum gesehen, von denen wäre fast ausnahmslos jeder froh gewesen, wenn er keine Geldsorgen gehabt hätte. Das ist ja das Fatale daran, wenn du so krank bist. Meistens geht dir dann auch irgendwann die Kohle flöten. Und ganz ehrlich: Krank und arm zu sein ist noch um ein Vielfaches beschissener als krank und reich zu sein.«

Da konnte Caro ihr nur recht geben. Während sie ihre Kasse aufschloss und das Wechselgeld einsortierte, dachte sie über Inges Worte nach. Es stimmte, seine Krankheit schien kein plausibler Grund zu sein, warum Jo sich gegen ein Leben im Wohlstand entschieden hatte. Im Gegenteil. Sie wäre eher ein Verstärker gewesen, das sorglose Leben besser nicht aufzugeben. Caro dachte an Jos gescheiterte Ehe.

»Vielleicht steckt die Trennung von seiner Frau dahinter«, sagte sie zu Inge.

Die zuckte mit den Achseln, wobei ihre Augen vor Neugierde blitzten.

»Ich wusste gar nicht, dass er verheiratet war, davon steht hier nichts. Aber die Liebe ist doch der Grund für die meisten Veränderungen im Leben. Vielleicht hat sie ihn ja damals verlassen, er ist mit gebrochenem Herzen nach Borkum gezogen und hat nicht nur der Liebe, sondern auch dem Luxus abgeschworen? Kann ich mir alles vorstellen.«

Seine Ex-Frau, dachte Caro. War das denkbar? Aber

warum sollte sie nach so vielen Jahren wieder Kontakt zu ihm aufnehmen, um ihn dann umzubringen? Frida Gutloff hätte ein Motiv, den Stick an sich zu nehmen und Jo aus der Welt zu schaffen. Wenn der Vertragsentwurf verschwunden war und noch keine Version beim Notar vorlag, dann würde niemand etwas von dem Deal zwischen Jo und *Solar-Kretsch* erfahren. Dann könnte Oliver Kretsch auch nicht auf eine mündliche Vereinbarung pochen, und Frida Gutloffs Erbe wäre sicher gewesen. Aber vielleicht hatte nicht nur die junge Frida ein Motiv, vielleicht hatten noch ganz andere Leute ein Interesse daran, dass Jo seine Firmenanteile nicht verkaufte. Seine Schwester Asta gehörte bestimmt dazu, sie hielt nur ein Drittel der Anteile und hätte sich in Zukunft in allen Dingen mit Kretsch abstimmen müssen. Aber womöglich war auch die Ex-Frau mit im Spiel oder gar ein Kind, von dem hier niemand etwas ahnte. Denn eins war Caro inzwischen klar geworden: Das, was sie und die Borkumer über Jo Hammert wussten, war nur ein Bruchteil von dem, was diesen Mann wirklich ausmachte. Es schien, als hätte er zwei Leben gehabt. Das erste endete mit seinem Umzug nach Borkum, so viel war sicher. Aber wie dieses erste Leben genau ausgesehen hatte, war bisher reine Spekulation.

Nachdem sie die Passagiere eines ankommenden Flugzeugs mit Eis und Getränken versorgt hatte, rief sie bei Hinnerk an.

»Aila geht es gut«, sagte ihr Schwiegervater anstatt einer Begrüßung. »Die rennt schon wieder über den Rasen. Bisschen langsamer als sonst, aber eigentlich ganz munter.«

»Schön. Ich ruf aber noch wegen einer anderen Sache an.«

»Schieß los.«

»Heute ist ja der Nachruf von Jo in der Zeitung. Jan hat gestern mit Andi Linsmann darüber gesprochen, aber eigentlich nur wenig Neues von ihm erfahren. Mich würde interessieren, wie Jo vor seinem Umzug nach Borkum gelebt hat. Was ist aus seiner Ex-Frau geworden? Und gibt es vielleicht ein gemeinsames Kind? Irgendwas, das sie nicht abdrucken wollten?«

»Du willst, dass ich Andi aushorche?«

»Na, was heißt schon aushorchen. Ich könnte mir vorstellen, dass Jan in seiner bekannt undiplomatischen Art vielleicht nicht so viel rausgekriegt hat. Du bist da doch ganz anders.«

»Das ist allerdings wahr.«

»Fragst du ihn?«

»Mach ich.«

Caro hatte ihr Handy gerade ausgeschaltet, als es sofort wieder zu brummen anfing. Es war Jan.

»Ich stehe gerade vor der Pension, in der Frida Gutloff ein Zimmer hat. Die Dame hat vor einer halben Stunde ausgecheckt und befindet sich auf dem Weg zum Hafen.«

»Ich bin in ein paar Minuten da.«

Inge hatte ihre Worte offensichtlich mitbekommen und warf ihr einen missbilligenden Blick zu, während Caro hektisch ihre Sachen zusammenpackte.

»Es ist noch nicht mal zehn«, sagte sie.

»Ich weiß. Es tut mir auch wirklich leid, Inge. Könntest du ausnahmsweise …?«

Bittend sah sie ihre Kollegin an. Die seufzte theatralisch.

»Ich hab ja lange genug beides gemacht«, sagte sie schließlich. »Dann werde ich das für einen Tag auch noch hinkriegen.«

»Danke, Inge. Ich weiß das zu schätzen. Es ist wirklich wichtig.«

»Denkst du wirklich, dass Jo ermordet worden ist?«

»Ich weiß es nicht. Aber ich weiß, dass hier irgendetwas gewaltig stinkt.«

Jan war bereits am Hafen, als Caro Hinnerks Auto auf dem Parkplatz abstellte. Normalerweise fuhr sie nie mit dem Wagen, zumal es nur wenige Zonen auf der Insel gab, die man während der Ferienzeit überhaupt befahren durfte. Das gesamte Zentrum war in der Hauptsaison autofrei, die Urlauber durften nur bis zu ihrem Feriendomizil vorfahren und mussten ihr Auto dann auf einem der großen Parkplätze abstellen. Aber auch die meisten Einheimischen ließen ihren Wagen eigentlich fast immer stehen. Zum einen konnte man alles wunderbar mit dem Rad erledigen, und zum anderen war es bei der Flut an Urlaubern nicht ungefährlich, mit dem Auto über die Straßen zu fahren, die jetzt von Spaziergängern und Radfahrern übersät waren.

Aber diesmal musste es schnell gehen, und da Hinnerks Haus nicht weit vom Flughafen entfernt lag, hatte sie ihr Rad schnell zu Hause abgestellt und seinen Wagen genommen.

Schon von Weitem sah sie, wie Jan mit Frida Gutloff sprach. Zahlreiche Urlauber strömten gerade von der Fähre und bestiegen die Bimmelbahn, die darauf wartete, sie in den Ort zu fahren. In einem normalen Reisejahr wurden im Schnitt zweieinhalb Millionen Übernachtungen auf der Insel gezählt, verteilt auf das Jahr, aber doch konzentriert auf die Hauptsaison. Manchmal fragte sich

Caro, wie die Insel diesen Urlauberansturm auf Dauer aushalten sollte.

Nur wenige wollten heute die Fähre zurück zum Festland nehmen und warteten darauf, dass sie an Bord gehen konnten. Frida Gutloff stand am Rand dieser Schlange und hatte einen großen Koffer in der Hand, den Jan ihr gerade freundlich lächelnd abnahm. Einen Augenblick später war Caro bei ihnen.

Frida Gutloff wirkte gestresst und mit den Nerven am Ende. »Jetzt lassen Sie meinen Koffer in Ruhe. Was wollen Sie denn von mir?«

»Wir möchten mit Ihnen reden, Frau Gutloff«, sagte Caro ruhig.

»Wer sind Sie überhaupt?«

Caro stellte sich und Jan vor. »Mit meinem Kollegen hatten Sie ja im Museum schon gesprochen.«

»Kollegen?«, fragte Frida Gutloff nach, und auch Jan sah Caro erwartungsvoll an. »Sind Sie etwa von der Polizei?«

»Nein. Wir sind Privatdetektive.« Caro war selbst überrascht, dass sie diesen Satz sagte, und sie sah Jan an, dass es ihm genauso ging.

Aber es stimmte doch, dachte Caro, das waren sie nun mal, und wenn sie ehrlich war, dann fühlte es sich gut an, es auszusprechen und dazu zu stehen. Sie taten ja nichts Verbotenes, im Gegenteil, sie gehörten zu den Guten. Warum sollten sie das verheimlichen?

»Sie haben eine eigene Privatdetektei? Hier auf Borkum?«, Frida Gutloff machte ein ungläubiges Gesicht.

»Nun …«

Privatdetektei war natürlich völlig übertrieben. Sie hatten weder Büroräume noch Kundendateien, im Prinzip hatten sie noch gar nichts dafür getan, um die Sache ein wenig zu professionalisieren. Vielleicht war es an der Zeit, das als Nächstes anzugehen?

»Wir wissen, dass Sie Jos Nichte sind«, ging Jan dazwischen.

»Na und? Ich glaube kaum, dass das verboten ist.«

»Warum haben Sie dann so getan, als würden Sie ihn nicht kennen?«

»Habe ich nicht. Das müssen Sie falsch verstanden haben.« Die ersten Passagiere konnten nun das Schiff besteigen. »Geben Sie mir meinen Koffer wieder. Ich verpasse noch die Fähre …«

»Ist es Ihnen lieber, wenn wir die Polizei rufen?«

Frida Gutloff wurde blass, riss sich aber im nächsten Augenblick sichtbar zusammen. »Warum wollen Sie die Polizei rufen? Ich habe nichts getan.«

»Nein? Sie haben nicht zufälligerweise Ihren Onkel umgebracht?« Jans Stimme klang nun ziemlich streng.

Frida Gutloff sah ihn erschrocken an. »Ich? Onkel Jo? Um Himmels willen! Warum sollte ich denn so was tun?«

»Um sich das Erbe zu sichern«, sagte Caro. »Um zu verhindern, dass Jo die Firmenanteile verkauft.«

»Sie werden doch irgendwann einmal die Alleinerbin des Unternehmens sein, oder?«, hakte Jan nach.

Die Reisenden, die an ihnen vorbei auf das Schiff gingen, machten neugierige Gesichter und versuchten gar nicht erst, ihr Interesse an der Unterhaltung zu verbergen.

»Wie wäre es, wenn Sie das nächste Schiff nehmen«, sagte Caro und zog die blasse Frau zur Seite. »Das Ticket ist doch flexibel.«

Frida Gutloff seufzte und folgte Caro dann zu einer Bank. Mit zitternden Knien setzte sie sich und begann, ihre Hände zu kneten. »Sie haben einen völlig falschen Eindruck von mir«, sagte sie leise.

»Gut möglich«, meinte Caro und setzte sich neben sie. »Umso wichtiger ist es deshalb, dass Sie mit uns reden. Wie war Ihr Verhältnis zu Ihrem Onkel?«

Frida Gutloff atmete tief durch. »Als junges Mädchen hatte ich immer einen engen Kontakt zu ihm«, sagte sie leise. »Ich habe ihn sehr gemocht, er war mein Lieblingsonkel, auch wenn meine Mutter das nicht so gerne gesehen hat.«

»Wieso? Hatten die beiden ein schlechtes Verhältnis?«

Frida Gutloff machte ein abwägendes Gesicht. »Na ja. Früher ging es, glaub ich, aber richtig gut war es nie. Und als meine Großeltern pflegebedürftig wurden, war es komplett im Eimer.«

»Warum?«, fragte Jan.

»Das waren diese üblichen Streitereien. Du kümmerst dich zu wenig, ich mache alles, dieser Kram halt.«

»Kümmerte Jo sich nicht um seine Eltern?«

»Doch, sehr intensiv sogar. Aber meine Mutter …« Sie stockte. »Meine Großmutter und sie hatten eine schwierige Beziehung. Ich glaube, Jo war immer Omas Liebling, worunter meine Mutter ganz schön gelitten hat. Als sie ihm dann noch den größeren Anteil von der Firma vermacht hatte, war der Ofen ganz aus.«

Eifersucht unter Geschwistern, dachte Caro, die sich nach dem Tod der Eltern in Hass verwandelt hatte. Das kam nicht so selten vor.

»Warum sind Sie nach Borkum gekommen?«, fragte Jan.

Frida Gutloff zögerte und blickte auf ihre Hände, die sie immer noch systematisch durchwalkte.

»Ich … Durch den Streit mit meiner Mutter hatten Jo und ich uns ein bisschen aus den Augen verloren. Das wollte ich wieder einrenken.«

»Sie wollten also wieder mehr mit Ihrem Onkel zu tun haben?«, fragte Caro.

»Ja. Das Verhältnis zwischen meiner Mutter und ihm war total kaputt. Aber ich wollte mich in diese Streitigkeiten nicht mit reinziehen lassen, ich hatte doch schließlich nichts damit zu tun.«

»Na ja, immerhin stand Ihr Erbe auf dem Spiel«, sagte Jan, und seine Stimme ließ keinen Zweifel daran, dass er der Frau nicht traute. »Ich verstehe immer noch nicht, warum Sie mir vorgespielt haben, dass Ihr lieber Onkel Jo ein Unbekannter ist.«

Sie seufzte. »Wie hätten Sie denn reagiert, wenn Sie plötzlich ein wildfremder Kerl nach Ihrer Familie ausfragt? Die ganze Situation zwischen mir und Jo war schließlich nicht einfach.«

»Sie haben sich nicht mehr mit ihm ausgesprochen?«, fragte Caro.

Frida Gutloff schüttelte traurig den Kopf. »Nein. Es wurde immer komplizierter. Als ich das erste Mal mit ihm essen war, da war es richtig nett. Aber dann wurde er misstrauisch und kam ständig zu mir ins Museum, um mir Vorwürfe zu machen. Er glaubte, dass ich ihn nur treffen wollte, um den Verkauf der Firmenanteile zu verhindern.«

»Und hatte er damit nicht auch ein bisschen recht?« Caro versuchte, sich so einfühlsam wie möglich zu geben.

Sie wollte das Vertrauen der jungen Frau gewinnen. Die seufzte schließlich.

»Vielleicht ein bisschen«, gab sie zögernd zu. »Meine Eltern meinten, dass er damit nicht nur einen großen Teil meines Erbes verschleudert, sondern das Unternehmen auch insgesamt gefährden würde. Sie haben mich gebeten, ihm noch mal ins Gewissen zu reden.«

»Was hatte er mit dem Geld denn vor?«, fragte Caro.

»Er wollte es für den Naturschutz ausgeben, er selbst hat sich ja nie was aus Geld gemacht«, antwortete Frida Gutloff. »Im Gegenteil. Er hat seinen alten Lebensstil ja schon lange hinter sich gelassen.«

»Okay.« Caro überlegte. »Dann waren Sie es also, die in sein Haus eingebrochen ist?«

Die junge Frau zögerte. »Eingebrochen … Ich weiß nicht, ob ich es so nennen würde. Als ich Wind davon bekommen habe, dass er bereits einen Vertrag aufgesetzt hat, bin ich zu ihm, um noch mal mit ihm zu reden. Er war nicht da, aber seine Terrassentür stand offen. Und als ich das Laptop gesehen habe …«

»… haben Sie es einfach mitgenommen«, brachte Caro den Satz zu Ende, und Frida Gutloff nickte.

»Ich weiß, dass das falsch war. Aber irgendwie dachte ich, wenn dieser Vertrag aus der Welt ist, dann einigen wir uns vielleicht doch noch alle. Und verstehen uns wieder so wie früher.« Sie senkte traurig den Blick und starrte wieder auf ihre Hände.

»Aber er hätte den Vertrag doch jederzeit neu aufsetzen lassen können«, meinte Jan.

»Wie gesagt, Jo war der Liebling meiner Großeltern und kümmerte sich besonders um Oma, nachdem mein Opa gestorben war. In der Zeit war Jo immer für sie da, und wir vermuten, dass er damals extrem viel mit ihr über seine Pläne gesprochen hat. Jedenfalls hatte sie ihm in ihrem Testament eine Frist eingeräumt und ihm eine Bedenkzeit von drei Monaten gegeben. Sollte er in der Zeit seine Anteile nicht verkauft haben, würde das Erbe an meine Mutter gehen, falls Jo es nicht doch selbst antreten wollte. So wollte meine Oma verhindern, dass er jahrelang herumeierte, wie es sonst durchaus seine Art war. Sie kannte ihren Liebling ja.«

Caro sah sie skeptisch an. »Aber Ihnen muss doch klar gewesen sein, dass Jo den Diebstahl seines Laptops bemerken würde.«

Frida Gutloffs Unterlippe begann zu zittern. Sie presste eine Hand vor den Mund und versuchte, ein Schluchzen zu unterdrücken. »Ich weiß ... Das war alles nicht so richtig durchdacht von mir ... Ich hatte das ja auch nicht geplant ...« Ihr liefen die Tränen über das Gesicht, und sie war nicht in der Lage, weiterzusprechen.

Jan warf Caro einen Blick zu. »Eine spontane Überreaktion also.« Er zog skeptisch eine Augenbraue hoch, und Caro wusste genau, was er dachte. Erst durch Jos Tod ergab die ganze Aktion Sinn.

»Ja ...« Frida Gutloff schluchzte laut auf. »Ich weiß auch nicht, was mich da geritten hat ... Ich würde es so gerne wiedergutmachen und Jo erklären, wie alles passiert ist ... aber jetzt ... Jetzt kann ich ihm nichts mehr erklären ... Ich kann gar nicht fassen, dass er nicht mehr ...« Sie presste sich eine Hand vor den Mund und weinte nun hemmungslos.

Caro wartete einen Moment, bis sie sich etwas beruhigt hatte. »Sie werden verstehen, dass wir durchaus ein paar

Zweifel an Ihrer Geschichte haben. Der Tod Ihres Onkels macht Sie schlagartig reich.«

Frida Gutloff wurde ganz still. Langsam hob sie ihren Kopf und sah Caro mit tränenverschleierten Augen an. »Er macht mich reich?«, wiederholte sie fassungslos. »Glauben Sie ernsthaft, dass sein Geld mir wichtiger ist als sein Leben?«

Caro versuchte, ihr schlechtes Gewissen zu verdrängen. Vielleicht war diese Frau wirklich nur eine Nichte, die um ihren Onkel trauerte?

»Beruhigen Sie sich. Wir glauben Ihnen ja«, sagte Caro und ignorierte Jans erstaunten Blick. »Gibt es jemanden, der ein Motiv haben könnte, ihn umzubringen? Abgesehen von Ihrer Mutter natürlich.«

»Meine Mutter?« Frida Gutloff schüttelte den Kopf. »Was denken Sie sich. Meine Eltern waren schon ewig nicht mehr auf Borkum, meine Mutter hat eine Sonnenallergie, die hält es hier überhaupt nicht aus. Ich habe fast jeden Tag mit ihr telefoniert. Sie war ganz normal zu Hause und in ihrer Firma in Meppen. Ich bin mir sicher, dass es dafür zig Zeugen gibt.«

»Was ist mit Jos Ex-Frau?«, fragte Caro.

»Ich war damals noch ein Kind und kann mich gar nicht mehr an die Frau erinnern. Soviel ich weiß, hatten sie nach der Scheidung keinerlei Kontakt mehr. Es hieß immer, die Trennung hätte ihm das Herz gebrochen. Ich glaube, seitdem standen ihm Tiere näher als Menschen.«

»Hatte er irgendwelche Feinde?«

»Ich weiß nicht …« Frida Gutloff schien nachzudenken. »Natürlich gefiel es nicht allen, wie er sich für Natur und Umwelt einsetzte. Aber richtige Feinde? Ich hatte eher den

Eindruck, dass die meisten Leute ihn ein bisschen belächelten. Allerdings hat er mir kurz vor seinem Verschwinden gesagt, dass er sich bedroht fühlt …«

»Von wem?«, fragte Jan.

»Er hat sich da irgendwie kryptisch ausgedrückt. Es hörte sich so an, als würde es sich um mehrere Personen handeln«, erklärte Frida Gutloff nachdenklich. »Ich hab ihn gefragt, wer, aber er wollte mir die Namen nicht sagen. Er meinte, es wäre besser, wenn ich das nicht weiß.«

Inzwischen hatten die letzten Passagiere das Schiff betreten, das von den Mitarbeitern zur Abreise vorbereitet wurde.

»Kann ich jetzt noch aufs Schiff?« Die Stimme der jungen Frau klang bittend. »Ich habe Ihnen alles gesagt, was ich weiß.«

»Natürlich«, antwortete Caro. »Fahren Sie ruhig. Aber es wäre gut, wenn Sie für uns erreichbar wären.«

»Meppen ist nur anderthalb Stunden entfernt. Sie können mich dort jederzeit anrufen oder meinetwegen auch vorbeikommen.« Sie reichte Caro eine moderne Visitenkarte aus einem plastikähnlichen Material.

»Produktmanagerin«, las Caro. »Sie sind also auch schon im Unternehmen?« Frida Gutloff nickte. »Das heißt, der Job im Heimatmuseum war nur dafür da, um in Jos Nähe zu kommen?«

»Ja«, gab sie kleinlaut zu. »Er wusste noch gar nicht, dass ich mein Studium schon fertig habe, und dachte, es wäre ein Job während der Semesterferien.« Sie atmete tief durch und wischte sich die Tränen aus den Augen. »Aber trotz allem sind wir uns vielleicht doch ein kleines Stückchen nähergekommen«, sagte sie leise. »Vielleicht hätten wir irgendwann die Familienstreitigkeiten hinter uns lassen können. Im Prinzip hatte unsere Beziehung ja nie was damit zu tun gehabt. Es macht mich so traurig, dass er ausgerechnet jetzt gehen musste … bevor wir alles klären konnten …« Die Augen der jungen Frau füllten sich erneut mit Tränen, und sie setzte sich ihre Sonnenbrille auf.

»Wo ist Jos Laptop?«, fragte Caro.

Frida Gutloff zog den Reißverschluss der Außentasche ihres Koffers auf und zog ein dickes, schweres Laptop heraus.

»Ich habe versucht, es anzuschalten, aber es ist passwortgeschützt. Vielleicht haben Sie ja mehr Glück.«

Sie reichte Caro das Laptop, nahm ihren Koffer und sprang im letzten Moment auf die Fähre, bevor die Männer die Gangway herunterziehen konnten.

Für eine Weile blickten Caro und Jan dem Schiff nach, das eine dunkle Abgaswolke aus seinem Schornstein stieß und dann Fahrt Richtung Emden aufnahm.

»Denkst du, sie lügt?«, fragte Jan.

»Ich weiß nicht. Sie wirkte aufrichtig erschüttert über Jos Tod.«

»Fand ich auch. Versuchst du dich an dem Laptop? Ich kenn mich mit Technik leider nicht besonders gut aus.«

»Hört man auch nicht oft von einem Mann.«

»Ich finde, ich hab allein schon aus emanzipatorischen Gründen das Recht, mich nicht mit Technik auszukennen.«

Caro grinste. »Das hast du. Ich nehm das alte Ding mit. Mal sehen, was ich rausfinden kann.«

14

Vom Hafen war Caro so schnell wie möglich zurück zum Flughafen gefahren, hatte Hinnerks Wagen vor der Tür abgestellt, obwohl es dort keinen offiziellen Parkplatz gab, blitzschnell Inge von ihrer Doppelschicht erlöst und noch den ganzen Nachmittag bei drückender Hitze im Kiosk Erfrischungen verkauft. Als sie am Abend in das Auto stieg und nach Hause fahren wollte, hatte sie tatsächlich ein Knöllchen kassiert, was sie dann doch überraschte. Gab es auf Borkum etwa Politessen? Das war ihr völlig neu. Vielleicht war sie auch angeschwärzt worden, das konnte sie nicht ausschließen. Es gab genug Leute mit einer gewissen Blockwartattitüde.

Als sie den Wagen in der heimischen Einfahrt parkte, kam Hinnerk ihr mit besorgter Miene aus dem Haus entgegen.

»Ach, du warst damit unterwegs! Ich dachte schon, der wäre geklaut worden!«

»Auf Borkum gibt es keine Autodiebe. Aber entschuldige, du hast natürlich recht, ich hätte dir Bescheid sagen sollen. Es war eine kurzfristige Aktion. Tut mir leid.«

»Kein Thema. Andi wohnt zwar ganz am anderen Ende des Südstrands, und mit dem Fahrrad dauert es fast eine Stunde dahin, aber bei 35 Grad im Schatten gibt es ja eigentlich nichts Schöneres.«

Caro biss sich auf die Lippen. »Sorry. Echt. Komm, setz dich auf die Terrasse, ich mache uns eine Sanddornschorle.«

Hinnerk schien ihr schnell verziehen zu haben, und zu Caros Freude machte auch Aila wieder einen guten Eindruck.

»Ich würde mich ja zu gerne mal mit Jos Ex-Frau unterhalten«, sagte sie, nachdem sie das erste Glas Schorle mit einem Satz hinuntergekippt hatte.

Hinnerk nickte. »Andi hat versucht, mit ihr Kontakt aufzunehmen, was auf die Schnelle aber nicht geklappt hat. Das Ganze war wohl eine relativ kurze und wilde Romanze damals, so hat es jedenfalls Jos Schwester beschrieben.«

»Asta Hammert konnte Jo nicht ausstehen.«

»Mag sein. Aber deshalb kann ihr Eindruck von der Beziehung ja trotzdem richtig gewesen sein. Jedenfalls ist Jos Frau nach der Trennung direkt nach Südamerika gegangen. Arbeitet wohl als Yoga-Lehrerin in Costa Rica oder so.«

»Hast du einen Namen?«

Hinnerk nickte. »Sie hat neu geheiratet und heißt jetzt Elke de Santos.«

»Wie klangvoll. Hatten die beiden Kinder?«

»Davon wusste Andi nichts. Asta Hammert konnte dazu wohl nichts sagen. Laut Andi hörte es sich aber so an, als wenn sie Jo grundsätzlich einen Haufen Kinder zutrauen würde, uneheliche wie eheliche.«

Caro schüttelte den Kopf. »Jo war das komplette Gegenteil von einem Frauenliebling, das kann höchstens in seinem alten Leben so gewesen sein. Seitdem er nach Borkum gezogen war, war er außerdem ganz schön krank. Ich weiß gar nicht, ob der überhaupt noch die Puste dafür hatte.«

Hinnerk zog eine Augenbraue hoch. »Es gibt ja vielleicht auch noch was dazwischen. Wenn er ein oder zwei Kinder mit irgendjemandem gezeugt haben sollte, ist er ja noch lange nicht der Stecher vom Hooge Hörn.«

»Was ist ein Stecher?« Justus stand plötzlich hinter ihnen.

»Das ist ein Wort, das man eigentlich nicht benutzt«, sagte Caro.

»So ein altes Opa-Wort?«, fragte Justus interessiert nach. »So was wie *Schlafittchen* oder *Penntüte*? Das sagst du doch auch manchmal, Opa.«

»So haben wir früher nun mal gesprochen«, grummelte Hinnerk. »Komm, Junge, wir wässern den Rasen.«

Caro sah den beiden zu, wie sie sich mit Gartenschlauch und Gießkannen an die Arbeit machten, und überlegte, ob es eine Möglichkeit gab, Kontakt zu dieser Elke de Santos aufzunehmen. Wenn sie Costa Rica nicht verlassen hatte, war es relativ unwahrscheinlich, dass sie etwas mit Jos Tod zu tun hatte. Auch ein mögliches Kind von Jo hätte als potenzieller Erbe nur dann etwas von seinem Tod, wenn er sich als Nachkomme zu erkennen geben oder im Testament erwähnt werden würde. Caro schrieb Inge eine Nachricht und bat sie, die Passagierlisten am Flughafen auf den Namen Elke de Santos hin zu überprüfen.

»Soll ich die Kollegen am Hafen auch gleich fragen? Vielleicht kam sie ja mit der Fähre«, schrieb Inge ihr zurück.

»Gerne. Vielen Dank!«, antwortete Caro.

Nachdem sie sich noch etwas zu trinken geholt hatte, setzte sie sich mit Jos altem Laptop in den offenen Wintergarten. Es dauerte mehrere Minuten, bis der Computer hochgefahren war. Ratlos blickte Caro auf das leere Eingabefeld, das auf das richtige Passwort wartete.

»Sumpfohreule«, sagte sie laut, während sie das Wort

eingab. Sie versuchte es in mehreren Schreibweisen, schrieb verschiedene Buchstaben groß, aber sie bekam trotzdem nur Fehlermeldungen. Danach versuchte sie es mit »Elke« und »Frida«, mit »Borkum« und »Naturschutz«, und gab zum Schluss sogar noch »Passwort« ein, alles ohne Erfolg.

»Es müssen Buchstaben und Zahlen sein«, sagte Hinnerk, der aus dem Garten gekommen war und ihr über die Schulter blickte. »Das ist dasselbe Model wie mein altes. Mein Passwort braucht Buchstaben und Zahlen.«

»Okay. Weißt du das Geburtsdatum von Jo?«

»Warte kurz …« Hinnerk nahm sein Handy, das auf dem Tisch lag, und klickte sich ins Internet. »20.6.1965«, sagte er dann.

Caro variierte das Geburtsdatum mit Jos Namen, aber jede Kombination, die sie eingab, hatte eine Fehlermeldung zur Folge.

Seufzend klappte sie den Laptop zu. »Ich kann heute nicht mehr denken«, sagte sie. »Es war eindeutig zu heiß.«

»Ich gehe auch ins Bett«, Hinnerk gähnte. »Gute Nacht, Caro.«

»Nacht, Hinnerk.«

Caro spürte, wie müde und erschöpft sie von dem heißen und anstrengenden Tag war. Sie rief Justus ins Haus und schickte ihn ins Bad. Bevor sie selbst noch mal kalt duschen und ins Bett gehen wollte, schrieb sie eine Nachricht an Kommissar Bachmann.

»Habe wichtige Informationen. Können wir uns morgen früh treffen?«, tippte sie auf ihr Handy. Kurz darauf bekam sie als Antwort ein Smiley, das die Augen verdrehte und zu stöhnen schien.

15

Tine stand im pinken Jogginganzug und langärmeligem Shirt unter dem Vordach der *Kulturinsel.* Das große weiße Gebäude, das an das *Gezeitenland* grenzte, wurde für Veranstaltungen aller Art genutzt. Lesungen, Theateraufführungen, Konzerte und eben auch Selbstverteidigungskurse fanden hier statt.

»Wird dir das nicht zu warm?«, fragte Caro, die sich selbst für eine kurze Sporthose und ein ärmelloses Top entschieden hatte.

»Kann schon sein. Aber wir machen Selbstverteidigung. Das heißt, dich packt permanent einer an. Irgendwie fühle ich mich da mit ein bisschen Stoff am Körper wohler.«

»Da könntest du allerdings recht haben.«

Gemeinsam gingen sie durch die große Eingangshalle, in der Informationstafeln über Borkum und das Wattenmeer aufgestellt waren. Den Treppenaufgang, der zum Saal in der ersten Etage führte, in der früher auch das Kino gewesen war, ließen sie rechts liegen und betraten einen der Seminarräume, die im hinteren Teil des Gebäudes untergebracht waren. Ungefähr ein Dutzend Frauen befanden sich in dem Raum, und Caro schätzte, dass von zwanzig bis sechzig Jahren alle Altersklassen vertreten waren. Es wunderte sie, dass Selbstverteidigungskurse auf Borkum so stark besucht wurden.

»Das sind in erster Linie Urlauberinnen«, raunte Tine ihr zu. »Deshalb werden die Kurse immer im Sommer angeboten. Da ist die Resonanz am größten.«

»Und man findet eher die Zeit für so was.«

»Ganz genau. Aber ein paar Gesichter kommen mir auch bekannt vor.« Tine nickte zwei Frauen zu, die am anderen Ende des Raumes standen.

»Warum auch nicht?«, meinte Caro. »Auch auf Borkum kannst du Selbstverteidigungstechniken brauchen.«

»Ja. Und ob du es glaubst oder nicht: Ab und zu verlässt ein Borkumer auch mal seine Insel und wagt sich aufs gefährliche Festland.«

Caro grinste.

Eine drahtige Frau mit schlohweißen Haaren betrat den Raum. »Moin!«, rief sie mit einer erstaunlich lauten Stimme. »Ich bin Vera, und wir duzen uns hier. Oder hat eine was dagegen?«

Ein allgemeines »Hallo Vera«-Gemurmel erfüllte den Raum.

»Ist ja wie bei den Anonymen Alkoholikern«, sagte Caro leise, und Tine hielt sich die Hand vor den Mund, um ein Lachen zu unterdrücken.

»Schön. Um gleich allen Spekulationen den Wind aus den Segeln zu nehmen: Ich bin achtundsechzig. Und wer jetzt meint, die Omma könnte ihm nichts mehr beibringen, der darf sich gleich als Freiwillige hier vorne melden. Ich werde nämlich immer mal wieder eine von euch brauchen, um zu zeigen, wie welche Griffe genau funktionieren. Also?«

Auffordernd sah sie in die Runde, aber fast alle Frauen wichen ihrem Blick aus. Die Atmosphäre erinnerte Caro an ihre Schulzeit, als ihre strenge Lateinlehrerin nach einem ersten Opfer suchte, das sie vorne an der Tafel auseinandernehmen konnte. Sie war verblüfft, wie schnell man auch als Erwachsene in diese Du-siehst-mich-nicht-Haltung verfallen konnte und dem Irrglauben erlag, dass man selbst nicht gesehen wurde, solange man den anderen nicht anschaute.

»Nicht so schüchtern bitte, ja?« Veras Stimme wurde immer strenger. »Wer kommt jetzt nach vorne?«

»Die hat aber Haare auf den Zähnen«, flüsterte Caro.

»Psst«, machte Tine. »Sonst bemerkt sie uns noch.«

Caro lachte. Die Vorstellung, sich vor der Trainerin eines Kurses zu verstecken, den man gebucht und bezahlt hatte, erschien ihr dann doch absurd.

»Ah, dahinten wird gelacht!«, rief Vera und zeigte auf Caro. »Dann komm du doch am besten gleich mal zu mir. Name?«

»Caro Falk«, antwortete sie und ging durch die Gruppe nach vorne. Sie spürte die mitfühlenden Blicke der anderen Frauen und fühlte sich plötzlich wie eine Gefangene, die zur Hinrichtung schritt.

»Schön, Caro Falk.« Vera nickte ihr zu und wandte sich dann wieder an die Gruppe. »Grundsätzlich gilt: Es gibt so viele Selbstverteidigungstechniken wie Selbstverteidigungsarten. Seien es Griffe, Nahkampftechniken, tödliche Techniken oder nur einfache Hebelgriffe.«

»Tödliche Techniken?« Caro sah Vera erstaunt an.

»Selbstverständlich. Hast du Probleme damit?«

»Äh … ja? Wenn mir jemand die Handtasche raubt, will ich ihn doch nicht gleich töten! Ich bin doch keine Killermaschine.«

»Ob du es glaubst oder nicht: Ich bringe auch nicht jeden Taschendieb um.«

»Da bin ich froh.«

Ein Kichern ging durch den Raum, das sofort wieder verstummte, als Veras strenger Blick die Teilnehmerinnen traf.

»Welche Kampftechniken die richtigen sind, hängt vom jeweiligen Verwendungszweck ab«, fuhr Vera fort. »Das ist doch wohl klar. Gerade aus den Kampfsportarten wie beispielsweise dem Boxen, Kickboxen oder Mixed Martial Arts …«

»Du kannst Mixed Martial Arts?« Caro kam aus dem Staunen nicht mehr raus. Vor ihrem inneren Auge sah sie die weißhaarige Vera mit einem riesigen Kerl in einem Käfig kämpfen, das Blut spritzte gegen die Gitterstäbe, und die johlende Menge, die sich um die Arena versammelt hatte, rastete völlig aus.

»Die Grundtechniken beherrsche ich, ja«, antwortete Vera nicht ohne Stolz. »Auch wenn das in erster Linie Angriffsportarten sind, können sie in lebensbedrohlichen Situationen sehr hilfreich sein. Vor allem wir Frauen punkten mit diesen Selbstverteidigungstechniken enorm, da wir männlichen Angreifern körperlich unterlegen sind.«

»Ich habe nicht den Eindruck, dass du irgendjemandem unterlegen bist.«

Vera lächelte, aber ihr war anzusehen, dass ihr Caros Bemerkungen langsam auf den Keks gingen. »Eines könnt ihr euch auf jeden Fall hinter die Ohren schreiben: Solltet ihr, was ich nicht hoffe, jemals in die Situation kommen, dass ihr euch gegen eine Vergewaltigung wehren müsst, dann zieht ihr alle Register: treten, schlagen, beißen, schreien, kratzen. Und vor allen Dingen: Versucht, ihm die Daumen in die Augen zu drücken. Ich werde das mal eben demonstrieren.«

Sie ging einen Schritt auf Caro zu, die sofort reflexhaft zurückwich.

»Daumen in die Augen? Nicht dein Ernst, oder?«

Vera seufzte. »Okay. Vielleicht gehst du doch wieder zurück an deinen Platz. Ist jemand anderes hier, bei dem ich den Griff einmal demonstrieren kann? Und keine Sorge: Natürlich verletzte ich hier niemandem die Augen! Das sollte doch wohl klar sein!«

Eine pummelige junge Frau trat selbstbewusst nach vorne, und Caro ging achselzuckend zurück an ihren Platz neben Tine.

»Memme«, raunte ihre Freundin ihr grinsend zu.

»Kannst dich ja als Freiwillige melden«, flüsterte Caro zurück. »Mir ist Rambo-Vera nicht ganz geheuer. Ich will noch ein bisschen leben!«

Vera demonstrierte an ihrer neuen Probandin, wie man blitzschnell einem Angreifer in die Augen stechen konnte. Sie erklärte diese Technik aus verschiedenen Positionen heraus, und Caro staunte, wie geschickt und flink ihre Finger den Weg zu den Augen fanden, selbst wenn die Frau in einer festen Umklammerung steckte.

Alle Kursteilnehmerinnen mussten sich eine Partnerin suchen und diese Technik nun mit ihr üben. Es dauerte nicht lange, und der ganze Raum war von lautem Stöhnen und Lachen erfüllt.

»Den Griff werde ich bei Freddy heute Abend mal anwenden«, sagte Tine kichernd, als Caro sie in den Schwitzkasten nahm. Verzweifelt versuchte sie, an ihre Augen heranzukommen, aber Caro konnte ihren Händen immer wieder geschickt ausweichen. »Ich muss mal Luft holen!«, brachte Tine japsend hervor.

Caro ließ ihre Freundin los, und beide lagen schnaufend auf dem Rücken.

»Ich finde es toll, wie lange du und Freddy es schon miteinander aushaltet«, sagte Caro und wischte sich über die Stirn. Auch ihre Arme und Beine glänzten inzwischen, und es war ihr ein bisschen unangenehm, dass Tine bei den Übungen direkten Kontakt mit ihrem Schweiß bekam. Die lange Sportkleidung ihrer Freundin war wirklich die bessere Wahl gewesen.

»Ja. Er ist ja auch echt ein Schatz. Manchmal ein bisschen zu gutmütig, aber im Großen und Ganzen ein Goldstück.«

»*Zu* gutmütig?« Caro verzog das Gesicht. »Na, das ist ja mal ein gewaltiger Fehler«, meinte sie spöttisch. »Ist er vielleicht auch noch *zu* nett? Oder *zu* großzügig?«

Tine grinste. »Ich weiß, ist ein bisschen Jammern auf hohem Niveau. Aber gerade im Job lässt er sich manchmal wirklich zu viel gefallen, finde ich.«

»Er arbeitet noch bei Fahndruck, oder?«

»Ja. Und der kann manchmal echt ein Arsch sein. Und nicht nur den Mitarbeitern gegenüber.«

Caro setzte sich auf und blickte nach vorne, wo Vera die nächste Übung demonstrierte. Die pummelige junge Frau stand ihr immer noch gegenüber, aber inzwischen war ihr anzusehen, dass sie es bereute, sich zur Verfügung gestellt zu haben. Ihr Kopf war hochrot, der Schweiß lief ihr über die Stirn, und sie wirkte jetzt schon erschöpft. Während Vera vorführte, wie man sich aus einer Umklammerung befreien konnte, unterhielten sich Caro und Tine leise weiter.

»Mir kam Fahndruck immer recht jovial vor«, meinte Caro.

»Ja, nach außen macht der immer einen auf Bürgermeister …«

»Vielleicht will er mal antreten?«

»Kann schon sein«, sagte Tine. »Aber gewählt wird der niemals. Dafür hat sein Ruf schon zu sehr gelitten.«

»Was meinst du?«

Tine blickte sich um, als wollte sie sichergehen, dass niemand sie hören konnte. Dann fuhr sie noch leiser als zuvor fort.

»Vor ein paar Jahren war er scharf auf das Grundstück einer alten Dame. Die wohnte am Südstrand, mit Meerblick, so was gibt es eigentlich gar nicht mehr. Fahndruck wollte dort ein schickes Hotel bauen.«

»Und die alte Dame wollte nicht verkaufen«, mutmaßte Caro.

»Ganz genau. Fahndruck bot ihr einen Haufen Geld an, aber sie wollte trotzdem nicht. Und dann griff er wohl zu *anderen* Methoden …« Tine warf ihr einen bedeutungsvollen Blick zu.

»Was soll das heißen? Hat er Ratten oder Kakerlaken in ihrem Keller ausgesetzt?« Caro hatte gehört, dass es solche Fälle in Berlin gegeben hatte, um unliebsame Mieter aus dem Haus zu ekeln.

»Das wohl nicht. Aber er hat die arme Frau total unter Druck gesetzt, hat sie psychisch so terrorisiert, dass sie irgendwann nicht mehr konnte.«

»Und verkauft hat?«

Tine presste die Lippen zusammen und schüttelte den Kopf. »Sie ist irgendwann auf den Dachboden gegangen und hat sich erhängt.«

»Was?«, rief Caro entsetzt und genau in dem Moment, in dem Vera gerade mit einer Erklärung fertig geworden war.

»Ich wiederhole die Grundregel gerne noch mal für dich«, sagte Vera mit einem strengen Blick Richtung Caro. »Je größer die gesundheitsschädlichen und lebensbedrohlichen Gefahren sind, denen du dich ausgesetzt fühlst, desto aggressiver müssen deine Selbstverteidigungstechniken sein. Als Lehrerin in einer Schule im Problembezirk musst du was anderes draufhaben, als wenn du als Soldatin nach Afghanistan gehst. Jetzt verstanden?«

»Ja, ja, klar, sorry«, antwortete Caro, der die ständigen Maßregelungen langsam auf die Nerven gingen.

Tine beugte sich zu ihr herüber. »Lass uns später weiterreden. Sonst muss eine von uns noch nach vorne.«

Sie übten noch, wie man einen Angreifer zu Boden warf, wie man sich auch gegen zwei Täter erfolgreich durchsetzen konnte und wie man sein Knie am besten in den Kronjuwelen des Aggressors versenkte.

Nach anderthalb Stunden waren Caros Arme und Beine mit roten Flecken übersät, die morgen vermutlich alle blau sein würden. Endlich rief Vera die erlösenden Worte: »Danke, das war's! Wer mag, kann nächste Woche gerne wieder vorbeischauen!«

»Gott sei Dank«, stöhnte Tine, als sie ihre Sachen zusammenpackte. »Ich stehe kurz vorm Zusammenbruch.«

»Ich auch«, sagte Caro. Sie konnte jeden Knochen und Muskel in ihrem Körper spüren. »Die Frau hat mich echt fertiggemacht.«

»Allerdings. Aber ich hab das Gefühl, dass es was gebracht hat.«

Caro nickte. Das fand sie auch. Jetzt wusste sie jedenfalls, wie sie sich verhalten musste, wenn ihr noch mal jemand die Kehle zudrücken wollte.

»Anstrengend war's trotzdem«, sagte sie.

»Das ist ja wohl untertrieben«, stöhnte Tine. »Ich bin völlig im Arsch.«

»Wollen wir noch was trinken gehen?«

Tine schüttelte den Kopf. »Bett. Bett. Bett. Das ist alles, was ich noch will.«

Sie konnten ein Stück des Heimwegs gemeinsam zurücklegen und gingen in gemächlichem Tempo über die Bismarckstraße auf den Neuen Leuchtturm zu.

»Mir geht das nicht aus dem Kopf, was du über Fahndruck gesagt hast«, griff Caro das Thema noch einmal auf. »Wie konnte er die alte Dame denn so fertigmachen, dass sie sich das Leben genommen hat?«

»Das muss richtig fies gewesen sein. Jeden Tag tauchte wohl einer seiner Leute bei der Frau auf und beschimpfte sie aufs Übelste.«

»Auch Freddy?«

Tine schüttelte den Kopf. »Nein, zum Glück nicht. Das hätte er auch nicht gemacht. Fahndruck hat für solche Jobs bestimmte Leute. Freddy hat manchmal den Eindruck, dass es im Unternehmen Mitarbeiter gibt, die für nichts anders da sind, als *Probleme* zu lösen.« Sie warf Caro einen vielsagenden Blick zu.

»Also Leute unter Druck zu setzen, die nicht so wollen wie er?«

»Ganz genau. Er achtet natürlich immer genau darauf,

dass alles im Rahmen der Legalität bleibt. Aber die Sache mit der alten Frau … Das war damals schon Thema auf der Insel. Das haben ihm viele übel genommen.« Tine erzählte ihr, dass Fahndrucks Schergen auch mitten in der Nacht bei der Frau geklingelt hatten. »Keiner weiß genau, was sie ihr dann an den Kopf geworfen haben. Aber es gab so Gerüchte …«

»Welche?«

»Ihr verstorbener Mann kam aus der DDR, und es hieß, er sei früher ein dickes Tier bei der Stasi gewesen, was die beiden natürlich immer geheim gehalten haben. Kannst dir ja vorstellen, wie die Borkumer das fänden, wenn so 'n Ex-Spitzel hier wohnen würde.«

»Klar. Das hätte natürlich für eine Menge Gerede gesorgt.«

»Ganz genau. Es hieß dann, dass Fahndruck ihr gedroht habe, alles öffentlich zu machen. Und tatsächlich hat die alte Frau sich genau an dem Tag aufgehängt, an dem ein Artikel in der Borkumer Zeitung über ihren Mann erschien.«

»Schlimm.«

»Absolut. Nach ihrem Tod war es für Fahndruck ein Leichtes, das Grundstück von den Erben zu kaufen. Und heute steht da das Hotel Fernblick. Tja.« Tine verzog angewidert das Gesicht. »Und irgendwie hat Freddy das alles natürlich auch gewusst. Aber er hat nichts gemacht.«

»Er ist einfach nicht der Typ, der sich mit seinem Chef anlegt und den Aufstand probt.«

»Das ist sicherlich ein Grund«, sagte Tine kryptisch.

Caro musterte sie von der Seite. Sie spürte, dass Tine noch etwas auf der Seele lag. Aber als sie gerade nachhaken wollte, verabschiedete sich ihre Freundin und bog in eine Nebenstraße ab.

Caro blickte ihr noch eine Weile nach. Wenn es stimmte, was Tine ihr erzählt hatte, dann war Fahndruck ein skrupelloser Geschäftsmann, der bereit war, über Leichen zu gehen, und Caro fragte sich, ob sie das bei dem Bauunternehmer wörtlich nehmen sollte.

16

Am nächsten Tag fuhr Caro nach der Arbeit zur Piratenbude. Kommissar Bachmann wirkte nicht gerade begeistert, dass sie ihn um das Treffen am Strand gebeten hatte. Er betonte, wie viel er zu arbeiten und dass er beim besten Willen nicht die Zeit habe, zwischendurch in Ruhe Kaffee zu trinken.

»Und warum ausgerechnet hier?«, fragte er sie dementsprechend schlecht gelaunt und wies auf die lange Schlange vor der Bude.

»Ich bin mir nicht sicher, ob ich beobachtet werde«, sagte Caro leise, nachdem sie ihn ein bisschen von der Menge weggezogen hatte. Gemeinsam gingen sie über den Hundestrand Richtung Meer. »Und Sie wissen doch, nirgendwo fällt man weniger auf als in der Menge.«

Er warf ihr einen skeptischen Blick von der Seite zu. »Sie werden also beobachtet. Sieh an.« Es war eindeutig, dass er sie nicht besonders ernst nahm, was Caro für einen kurzen Augenblick ganz schön unverschämt fand. »Das ist also die wichtige Info, die Sie mir unbedingt mitteilen wollten?«

»Auch. Vorgestern war jemand nachts in meinem Haus«, fuhr sie fort und bemühte sich, so unaufgeregt wie nur möglich zu klingen. Dann erzählte sie ihm von dem nächtlichen Vorfall mit Aila und dem gestohlenen USB-Stick.

»Warum haben Sie das nicht der Polizei gemeldet?«

»Mache ich doch gerade.«

»Tierquälerei ist zwei Tage nach der Tat meistens nicht mehr besonders gut nachweisbar«, gab Bachmann zu bedenken.

»Darum geht es mir gar nicht, auch wenn es natürlich schön wäre, wenn Sie so einen Täter finden würden. Aber in erster Linie geht es mir um den Mord an Jo Hammert.« Kommissar Bachmann blieb unwillkürlich stehen, während Caro weitersprach. »Seine Nichte Frida Gutloff hat zwar ein Motiv, aber sie hat uns versichert, dass sie nicht die Täterin ist.« Nun blieb auch Caro stehen und drehte sich zu Bachmann um, der sie mit offenem Mund anstarrte. »Nach wie vor bin ich nicht hundertprozentig von ihrer Unschuld überzeugt. Ich will auf jeden Fall noch mit ihrer Mutter sprechen, vielleicht hat sich die ganze Familie gegen Jo verschworen. Außerdem gibt es eine Ex-Frau in Südamerika. Auch zu ihr versuche ich, Kontakt aufzunehmen …«

»Sind Sie eigentlich irre?« Bachmann sah sie kopfschüttelnd an.

»Nein gar nicht. Wieso?«

»Mord? Täterin? Was reden Sie da eigentlich?«

»Nun, ich habe Ihnen meine Ermittlungen im Mordfall Jo Hammert …«

»Ermittlungen? Mordfall? Jo Hammert ist eines natürlichen Todes gestorben! Es gibt keinen Mord!«

Jetzt war es Caro, der die Kinnlade nach unten fiel. »Sie machen Witze.«

»Ganz und gar nicht. Ich darf Ihnen das eigentlich nicht sagen, aber wenn Sie hier schon einen auf Insel-Miss-Marple machen …«

»Ich hasse diesen Ausdruck.«

»Soll ich Ihnen mal sagen, was ich alles hasse?«

»Nein. Er ist wirklich eines natürlichen Todes gestorben?«

Bachmann nickte. »Vermutlich hat er bei einer seiner zahlreichen Wattwanderungen einen Infarkt bekommen. Bei der Hitze kommt das nicht selten vor, erst recht nicht mit der Vorerkrankung, die der Mann hatte. Dann hat die Flut seine Leiche mitgenommen, und erst später hat das Meer sie wieder freigegeben, vielmehr das Saugbaggerschiff.«

Caro stöhnte. »Sicher?«

»Es gibt nicht die geringsten Hinweise auf ein Fremdverschulden.« Er grinste sie schadenfroh an. »Tut mir leid, Miss Marple.«

»Aber warum sind Sie denn dann noch auf der Insel?«

Kommissar Bachmann seufzte. »Auch das geht Sie überhaupt nichts an. Aber tatsächlich gab es nach dem Auffinden der Drogen noch einiges zu klären. Die Dealer waren immerhin bei dem Toten ins Haus eingebrochen, um die Drogen zu holen, die Jo Hammert am Strand eingesammelt hatte.«

»Die sind also auch da eingebrochen …«

»Auch?« Bachmann zog skeptisch eine Augenbraue hoch. »Egal. Jedenfalls war das eine große Nummer für uns. Wir sind da einem internationalen Dealer-Ring auf die Spur gekommen.« Bachmanns Gesicht glänzte fast vor Stolz. »Wenn es Sie aber beruhigt, werde ich die Sache mit dem Tierquäler an die Kollegen weitergeben. Ich finde es nämlich auch nicht in Ordnung, nachts in fremder Leute Gärten einzudringen und kleine Hunde zu treten. Und dass die Person auch noch in Ihr Haus eingebrochen ist, passt mir erst recht nicht. Nicht auszudenken, wenn Sie den Einbrecher überrascht hätten. Da hätte ja weiß der Teufel was passieren können.«

»Vielleicht hätte ich verhindern können, dass er den USB-Stick mit dem Kaufvertrag klaut.«

»Vielleicht hätte er Ihnen aber auch was auf die Mütze gegeben, Frau Falk. Die Sache mit dem Kaufvertrag sollten Sie sich jedenfalls aus dem Kopf schlagen. Jo Hammert hätte doch jederzeit einen neuen aufsetzen können.«

»Es gab eine Frist im Testament ...«

»Na, wie auch immer. Jedenfalls ist Hammert nicht ermordet worden. So, und jetzt entschuldigen Sie mich, ich muss wieder an die Arbeit. Aber vielleicht finden Sie ja noch eine Familie, deren Luftmatratze abhandengekommen ist, und können da ein bisschen ermitteln?«

Er unterdrückte ein Grinsen, während Caro nach Luft schnappte.

»Nichts für ungut, Frau Falk. Man sieht sich!«

Mit diesen Worten drehte sich Bachmann um und stapfte zurück zur Piratenbude, wobei er immer wieder den Kopf schüttelte. Caro glaubte, ihn zwischendurch sogar lachen zu hören.

Na toll, dachte sie. Der hält dich für komplett bescheuert.

Sie ließ sich in den Sand fallen und beobachtete die Volleyball-Spieler, die im Sonnenuntergang dem Ball hinterhersprangen.

Bachmann konnte sagen, was er wollte – in diesem Fall gab es noch so viele offene Fragen, dass sie ihn nicht einfach zur Seite legen konnte, nur weil die Obduktion eine natürliche Todesursache ergeben hatte. Vielleicht war Jo ja auch entführt worden und dann eines natürlichen Todes gestorben, weil ihm die lebenswichtigen Medikamente fehlten?

Warum hatte Jo den USB-Stick so sorgfältig versteckt? Weil er ahnte, dass seine Familie nichts unversucht lassen würde, um an den Vertrag zu kommen? Und von wem fühlte er sich bedroht? Von seiner Nichte, zu der er früher ein sehr enges Verhältnis hatte? Caro hielt es für wahrscheinlicher, dass Jo sich von derselben Person bedroht fühlte, die der armen Aila einen Tritt versetzt hatte. Warum wollte diese Person unbedingt diesen Stick haben? Caro dachte nach. Schließlich zog sie ihr Handy aus der Tasche und wählte Jans Nummer.

»Und wenn der Vertrag gar nicht der Grund ist, warum der Stick gestohlen wurde?«, sagte sie ohne Begrüßung, nachdem er rangegangen war.

»Caro?«

»Ja sicher, wer denn sonst. Vielleicht hat dieser Vertrag gar nichts mit Jos Tod zu tun?«

»Aber du hast doch gesagt, dass ansonsten nur Fotos von Vögeln darauf waren.«

»Fotos und irgendein Schreiben über diese Eulen. Die Fotos waren dieselben, die in Jos Haus über dem Schreibtisch hingen, oder jedenfalls so ähnlich.«

»Wieder diese Eule.«

»Genau. Vielleicht sollten wir uns die Aufnahmen noch mal anschauen. Vielleicht ist darauf irgendetwas, was wir bisher übersehen haben.«

»Du willst noch mal in das Haus?«

»Und ich würde Hinnerk mitnehmen. Keiner kennt sich so gut auf Borkum aus wie er. Vielleicht fällt ihm auf den Fotos irgendetwas auf, was wir übersehen haben.«

Sie hatte das Handy gerade neben sich gelegt, als sie eine Nachricht von Inge bekam.

»Eine Elke de Santos ist tatsächlich auf der Insel. Vor zwei Wochen mit dem Katamaran gekommen, noch nicht abgereist. Laut Kurverwaltung wohnt sie im Vier Jahreszeiten. Ich weiß, ich bin die Beste.«

Caro musste schmunzeln. »Die Allerbeste! Danke!«, schrieb sie zurück und schaltete ihr Handy aus.

Es war erstaunlich, wie Inge an Informationen herankommen konnte. Dadurch, dass sie jeden auf Borkum kannte, wusste sie genau, wen sie wann fragen musste. Und da unter den Einheimischen grundsätzlich eine Hand der anderen half, gaben Inges Quellen auch meistens irgendwelche Informationen preis. Datenschutz war in solchen Fällen zweitrangig, was Caro als Segen empfand.

Noch erstaunlicher als Inges Informanten fand sie allerdings die Tatsache, dass Elke de Santos wirklich auf der Insel war. Es mochte viele Zufälle im Leben geben, aber das war nun garantiert keiner.

Caro rappelte sich aus dem Sand hoch und stapfte zurück Richtung Strandpromenade. Das Hotel *Vier Jahreszeiten* lag direkt am Bahnhof, und sie fand, dass nichts dagegensprach, dort auf dem Nachhauseweg kurz vorbeizuschauen.

Sie betrat den roten Klinkerbau durch den verglasten Eingangsbereich, der sie an Hinnerks Wintergarten erinnerte, und ging zur Rezeption.

»Ich würde gerne Elke de Santos sprechen. Sie ist Gast bei Ihnen«, sagte Caro zu der jungen Frau, die hinterm Tresen stand. »Mein Name ist Caro Falk.«

Die Frau sah in ihrem Computer nach und nickte.

»Möchten Sie in der Lobby auf Frau de Santos warten, Frau Falk?«

»Gerne.«

»Ich sage ihr Bescheid. Möchten Sie in der Zeit etwas trinken?«

Caro verneinte und setzte sich auf die roten Polstersessel, die in Vierergruppen in der Lobby jeweils um einen kleinen Tisch aufgestellt waren, auf dem eine Ausgabe des Borkum-Magazins lag. Sie blätterte ein wenig darin herum, mehr aus Langeweile als aus Interesse. Normalerweise bestand dieses Blättchen in erster Linie aus Werbung und einigen Veranstaltungstipps für Urlauber. Sie überblätterte eine Anzeige von Bauunternehmer Fahndruck, der für seine neuen Appartements warb, überflog einen Aufruf von Bürgermeister Laerbach, der gerne Spenden für die Erweiterung der Strandpromenade hätte, und wollte das Magazin gerade zuschlagen, als sie plötzlich innehielt. Sie blätterte einige Seiten zurück.

Ein Artikel von Jo Hammert. Caro betrachtete das Foto von ihm. Es war genau dasselbe, das Jan Frida Gutloff vor einigen Tagen im Museum gezeigt hatte. Offenbar hatte er es aus einem dieser Magazine gerissen, die überall auf der Insel auslagen. »Warum sich Borkum dem Öko-Tourismus verschreiben sollte«, las sie.

Der durchaus einseitige Bericht war in einem anklagenden Ton geschrieben, fand Caro, nachdem sie den ersten Absatz gelesen hatte. Jo warf den Borkumern vor, die Umwelt zugunsten des Profits zu vernachlässigen, und schimpfte im Folgenden ziemlich deutlich über Bürgermeister Laerbach, der bereit sei, die Insel ›dem Kommerz zu opfern‹, wie Jo es formulierte. Er werde mehrere Fotofallen auf der Insel anbringen, schrieb er, zum einen, um das Aufkommen von Seehunden und Vogelarten zu dokumentieren, zum anderen, um Umweltverschmutzer zu überführen. Abschließend prophezeite Jo fast pathetisch, dass er einen Weg finden werde, um sein Borkum zu retten, und dass die Insulaner sich schon mal darauf einstellen könnten, bald einen neuen Bürgermeister zu wählen.

Harter Tobak, dachte Caro. Warum drohte Jo dem Bürgermeister so offensiv? Das war gewagt, wenn man keine handfesten Beweise hatte. Eigentlich kannte sie den Umweltschützer anders. Sicherlich konnte er schlecht gelaunt und grummelig sein, aber dass er einer Person öffentlich drohte, erschien ihr ungewöhnlich. Was hatte Jo so auf die Palme gebracht?

Caro suchte im Impressum nach einem Vermerk, wann das Magazin herausgekommen war. Es erschien einmal im Monat, war jetzt also gut zwei Wochen alt, und mit dem Vorlauf, den so ein Blatt in der Regel hatte, dürfte Jo den Artikel vor bestimmt vier Wochen geschrieben haben. Kurz nach der Veröffentlichung war er verschwunden.

Nachdenklich blickte Caro ins Nichts. Während sie überlegte, ob es einen Zusammenhang zwischen dem Artikel und Jos Tod geben könnte, kam eine Frau durch die Lobby auf sie zu. Ihre grau melierten Haare waren überschulterlang, um ihren Hals baumelten zahlreiche Ketten, und sie trug ein buntes Kleid mit Batikmuster. Vermutlich war sie Mitte fünfzig, aber durch ihr hippiehaftes Auftreten wirkte sie jünger. Ernst und misstrauisch sah sie Caro an.

»Sie wollten mich sprechen?«

»Elke de Santos?«

Die Frau nickte. »Was wollen Sie von mir?«

Caro stellte sich vor und behauptete, an einem Artikel für ein Umweltmagazin zu schreiben, in dem sie auch über Jo berichten wollte, mit dem sie schon bei anderen Reportagen zusammengearbeitet habe. Sie bat die Frau, sich kurz zu setzen.

»Mein Beileid zum Tod Ihres Ex-Mannes«, sagte sie, ohne Elke de Santos gefragt zu haben, ob sie wirklich mal mit Jo verheiratet gewesen war.

»Danke. Woher wissen Sie, dass er mein Ex ist?«, fragte Elke de Santos misstrauisch.

»Jo hat mir gesagt, dass Sie ihn besuchen wollten«, log Caro. »Er hat mir allerdings nicht erzählt, warum Sie hier sind. Ist für Sie ja nicht gerade um die Ecke.«

»Ich lebe schon eine Weile nicht mehr in Costa Rica. Ich bin vor über zwei Jahren nach Münster gezogen.«

»Das ist allerdings nicht so weit. Darf ich fragen, warum Sie nach so vielen Jahren wieder Kontakt zu Jo aufgenommen haben?«

Elke de Santos zog eine Augenbraue hoch. »Ich hatte immer Kontakt zu ihm. Davon wusste nur niemand. Seine Eltern und seine Schwester konnten mich nicht ausstehen. Einer der Gründe übrigens, warum unsere Ehe damals gescheitert ist.«

»Sie haben sich von Jo getrennt, weil Ihre Schwiegermutter ein Besen war?« Nach Caros Erfahrungen müsste dann ein Großteil aller Ehen zerbrechen.

»Nein. Unsere Beziehung ging kaputt, weil seine ganze Familie gegen mich gehetzt hatte.« Elke de Santos atmete hörbar durch. »Sie müssen sich das so vorstellen: Da kommt eine alternative, politisch aktive junge Frau in eine reiche Unternehmerfamilie und verliebt sich in das verwöhnte

Söhnchen, das bis auf Geld ausgeben bis dahin nicht viel auf die Reihe gekriegt hat.«

»So war Jo früher?« Caro machte ein ungläubiges Gesicht. Wenn sie sich eines nicht vorstellen konnte, dann Jo als neureichen Unternehmersohn.

Elke de Santos lachte spöttisch. »Was dachten Sie denn? Dass er als Umweltaktivist geboren wurde? Nein. Ohne mich wäre er nie zu diesem Menschen geworden. Durch mich hat er den Wert der Natur erst schätzen gelernt und begriffen, wie wichtig es ist, sich für die Umwelt zu engagieren, anstatt ein Billighaus nach dem anderen zu verkaufen.«

»Verstehe. Das passte der Familie natürlich nicht …«

»Nein. Irgendwann konnte ich die Lügen, die sie über mich erzählten, nicht mehr ertragen. Trotzdem bin ich Jo immer freundschaftlich verbunden geblieben.«

»Hatten Sie Kinder zusammen?«

Sie schüttelte den Kopf. »Ich bin kinderlos. Als meine zweite Ehe auch scheiterte, bin ich dann zurück nach Deutschland gekommen.«

»Warum sind Sie jetzt auf Borkum?«

»Zum einen, um Urlaub zu machen, zum anderen, um Jo zu sehen …« Ihre Stimme stockte. »Ich finde es immer noch unvorstellbar, dass er nicht mehr da ist …«

Caro nickte und blieb für einen Moment stumm.

»Hat er mit Ihnen darüber gesprochen, dass er seine Anteile an der Firma verkaufen wollte?«, fragte sie dann.

»Ja. Das treibt ihn schon seit Jahren um. Als seine Eltern noch lebten, hatte er ja nur fünfzehn Prozent der Firmenanteile, aber auch die wollte er eigentlich schon loswerden. Ich glaube, er hat es nur seiner Mutter zuliebe nicht gemacht.«

»Und als die Mutter dann verstorben war, hielt ihn nichts mehr in der Firma.«

»So kann man es sagen. Geschäftlich hat er ja schon seit Ewigkeiten nicht mehr mitgemischt. Seit seinem Umzug nach Borkum hatte er sich völlig aus der Geschäftsleitung zurückgezogen.«

»Aber er bekam nach wie vor Geld aus der Firma?«

»Ja. Was seiner Schwester ein Dorn im Auge war, weil er ja nichts mehr dafür tat.«

Kein Wunder, dass Asta Hammert nicht gut auf ihren Bruder zu sprechen war, dachte Caro. Nicht für das elterliche Unternehmen arbeiten wollen, aber trotzdem schön das Geld kassieren – so eine Einstellung konnte einem durchaus übel aufstoßen.

»Wann haben Sie Jo zum letzten Mal gesehen?«, fragte Caro.

»Das war kurz nach meiner Ankunft vor zwei Wochen«, antwortete sie traurig. »Jo hatte tierisch viel um die Ohren, er bereitete irgendein großes Umweltprojekt vor, deshalb hatte er leider kaum Zeit.«

»Ein Projekt?«

»Es ging irgendwie um die Niststellen der Sumpfohreule. Er wollte mir das eigentlich noch ganz genau erzählen, aber zu unserem letzten Treffen kam er dann nicht mehr …« Sie knetete bedrückt ihre Finger, an denen sie zahlreiche Silberringe trug.

»Wissen Sie, ob es irgendwas mit diesem Artikel zu tun hatte?« Caro hielt ihr das Borkum-Magazin unter die Nase, und Elke de Santos überflog den Artikel.

»Den Artikel kenne ich nicht. Aber gut möglich, dass er etwas mit Jos Engagement zu tun hat. Von den Fotofallen hat er mir jedenfalls erzählt. Ich fand das grenzwertig. Es erinnerte mich zu sehr an einen Überwachungsstaat. Aber Jo sah das ganz anders. Fünfzehn Stück wollte er auf der Insel verteilen, überall da, wo eigentlich nur Tiere sein durften. Aber ich weiß nicht, ob er das noch alles geschafft hat …«

»Haben Sie versucht, zu ihm Kontakt aufzunehmen, als Sie nichts mehr von ihm gehört hatten?«

»Natürlich. Aber er ging nicht mehr ans Telefon.« Sie drehte einen besonders dicken Silberring, der an ihrem Zeigefinger steckte, nervös hin und her.

Caro musterte die Frau. Sagte sie die Wahrheit? Möglich. Trotzdem war es ein merkwürdiger Zufall, dass die Ex-Frau von Jo ausgerechnet dann auf Borkum Urlaub machte, wenn ihr Ex-Mann ums Leben kam.

Caro sah Elke de Santos eindringlich an. »Warum wollten Sie Jo wirklich treffen, Frau de Santos? Doch nicht nur aus alter Verbundenheit. Das können Sie mir doch nicht erzählen.«

Die Frau schwieg und starrte aus dem Fenster, vor dem immer noch zahlreiche Urlauber entlangspazierten. Die Sonne war fast untergegangen, und um diese Uhrzeit zog es noch viele Leute an den Strand. Zum einen, weil die Temperaturen dort nun sehr angenehm waren, und zum anderen, weil der Sonnenuntergang über dem Meer meistens ziemlich spektakulär aussah.

»Ich wäre Ihnen dankbar, wenn Sie offen mit mir sprechen würden«, setzte Caro nach.

»Warum sollte ich das tun? Was hat das alles überhaupt mit Ihrer Reportage für dieses Umweltmagazin zu tun?«

»Darüber werde ich nichts in dem Artikel schreiben.

Das sind nur Hintergrundinfos für mich, um mir ein detailliertes Bild von Jos Leben zu machen.«

»Ich möchte mit keinem Wort in dem Bericht erwähnt werden.«

»Versprochen. Also, warum sind Sie nach Borkum gekommen, Frau de Santos?«

Caro sah ihr an, dass sie mit sich kämpfte.

»Ich bin in finanziellen Schwierigkeiten«, sagte sie dann leise. »Nach der Scheidung von meinem zweiten Mann hatte ich nur wenig Erspartes übrig behalten. Damit bin ich dann nach Deutschland zurück und habe mich in Münster mit einem Yoga-Studio selbstständig gemacht. Aber leider hat das nicht richtig funktioniert …«

»Verstehe. Sie haben gehofft, dass Jo Ihnen Geld gibt.«

Elke de Santos nickte. »Ja. Und Jo war auch durchaus dazu bereit. Er sagte mir, dass er einen Käufer für seine Firmenanteile gefunden hätte und alles praktisch unter Dach und Fach wäre. Den Hauptteil des Geldes brauchte er zwar für sein Naturschutzprojekt, aber er hat mir zugesichert, mir bei meinen Schulden zu helfen.«

»Wie viel wollten Sie von ihm?«

Wieder zögerte sie. »Er war bereit, mir mit fünfzigtausend Euro auszuhelfen.«

Caro pfiff durch die Zähne. »Eine hübsche Stange Geld.«

Elke de Santos nickte und wirkte jetzt noch mitgenommener.

»Wovon ich jetzt keinen Cent sehe.«

»Wann wollte er Ihnen das Geld geben?«

Die Frau wich Caros Blick aus und drehte ihre Ringe hin und her.

»Jo war noch nie sonderlich spontan. Ich wusste, dass

ich noch ein paarmal mit ihm sprechen müsste, bevor er mir das Geld wirklich gibt. Aber bei unserem letzten Gespräch hat er deutlich gemacht, dass er mir selbstverständlich helfen wird.«

»Okay. Sie brauchten fünfzigtausend Euro, Jo hatte signalisiert, sie Ihnen zu geben, aber gezahlt hatte er noch nichts. Sehe ich das richtig?«

»Ja.«

»Ist das nicht ein hervorragender Grund, um ihn unter Druck zu setzen?«

»Ich habe ja schon gesagt, dass ich das Gespräch mit ihm noch mal suchen wollte …«

»Schön formuliert. Was hätten Sie gemacht, wenn er Nein gesagt hätte?«

Elke de Santos zuckte mit den Schultern.

»Dann wäre ich eben wieder nach Hause gefahren«, antwortete sie und blickte zu Boden.

Caro glaubte ihr kein Wort.

Es ist wichtig, dass sie irgendjemanden finden. Jemand muss die Verantwortung für seinen Tod übernehmen, und dieser Jemand bin bestimmt nicht ich.

Ich spüre, dass die ganze Sache etwas mit mir gemacht hat. Ich hatte im Vorfeld so viel gelesen, über Mörder und Totschläger, wie man dazu wird und wie man sich danach fühlt. Eigentlich kann man Täter in zwei Kategorien einordnen. Die einen heulen nach der Tat, suhlen sich im Selbstmitleid und in ihren Schuldgefühlen, verplappern sich irgendwann oder stellen sich womöglich selbst der Polizei und gehen freiwillig in den Knast. Was für Luschen. Für die anderen ist die Tat wie ein Erweckungsmoment. Sie haben gespürt, wie es ist, die Macht über Leben und Tod zu haben. Sie haben gesehen, wie das Leben aus einem Menschen gewichen und wie er in die Welt des Todes hinübergeglitten ist. Und sie haben es genossen, haben gewusst, dass sie dieses Machtgefühl, das im Prinzip nichts anderes als ein Glücksgefühl ist, noch einmal haben wollten. Und so mordeten sie wieder.

Und was fühle ich?

Jedenfalls fühle ich mich nicht wie die Heulsusen, die fertig zu den Bullen latschen und da rumjammern.

Ganz im Gegenteil.

17

Die kleine Rasenfläche vor Jos Haus war noch vom Morgentau überzogen, und in der Hecke, die das Grundstück umgab, zwitscherten die Vögel um die Wette. Hinnerk befüllte eine ausgetrocknete Vogeltränke mit Wasser, während Jan sich gähnend an einen Baumstamm lehnte. Er wirkte müde und verschlafen.

»Acht Uhr ist echt nicht meine Uhrzeit«, stöhnte er.

»Du musst dir Kinder anschaffen, dann ist acht Uhr wie früher zwölf«, sagte Caro.

»Ich hab bis um drei im Inselkeller gearbeitet«, entgegnete Jan.

»Augen auf bei der Berufswahl.«

»Mutterspruch.«

»Ich bin Mutter.«

»Aber nicht meine.«

»Zum Glück.«

Jan rollte mit den Augen. »Hast du das Passwort von Jos Laptop inzwischen knacken können?«

Caro schüttelte den Kopf. »Bisher leider nicht. Ich habe alles Mögliche ausprobiert. Ohne Erfolg. Aber ich bleibe dran.«

»Ich hab dafür heute Morgen schon telefoniert«, sagte Hinnerk kryptisch.

»Herzlichen Glückwunsch«, meinte Jan und gähnte.

»Wegen des Obduktionsberichts«, fügte Hinnerk hinzu.

»Davon hast du ja noch gar nichts erzählt!«, sagte Caro.

»Weil du die ganze Zeit von Jos Ex-Frau gesprochen hast.«

Caro war sofort Feuer und Flamme. »Ich wusste doch, dass du was rauskriegen kannst! Du bist und bleibst einfach ein Top-Journalist! Also?«

»Ich muss dich enttäuschen: nicht viel«, antwortete er. »Mein Kontakt bei der Gerichtsmedizin hat mir bestätigt, dass Jo einen Herzinfarkt erlitten hat. Es fehlt aber der typische Befund einer akuten koronaren Läsion.«

»Heißt was?«

»Es war kein plötzlicher Herztod. Es gibt keine pathologischen Hinweise für einen akuten Herzinfarkt, der zum arrhythmischen Tod geführt hat. Das heißt, Jo hatte einen Infarkt, aber er ist nicht sofort daran gestorben.«

»Sondern erst ein paar Stunden später.«

»Richtig. Er hat noch maximal sechs Stunden gelebt.«

»Wieso sechs Stunden?«

»Wenn man davon ausgeht, dass er bei Ebbe ins Watt gelaufen ist, hätte er sechs Stunden bis zur nächsten Flut gehabt«, erklärte Hinnerk. »Es fand sich aber kein Wasser in seiner Lunge. Er ist also nicht ertrunken und muss vor Einsetzen der Flut gestorben sein.«

Caro sah ihren Schwiegervater nachdenklich an. »Das passt zu dem, was Bachmann mir gesagt hat. Da hat der arme Kerl also im Watt gelegen, und keiner war da, der ihm hätte helfen können.« Sie seufzte.

»Oder keiner wollte ihm helfen«, warf Jan ein. »Das wäre auch eine Art von Mord.«

»Stimmt. Gehen wir rein?«

Inzwischen war die Haustür von der Polizei versiegelt worden. Offensichtlich war doch mehr ermittelt worden, als Kommissar Bachmann ihr gegenüber zugeben wollte, dachte Caro. Die alte Tür sah nicht so aus, als wäre sie verschlossen, aber als Jan sie gerade aufdrücken wollte, hielt Hinnerk ihn zurück.

»Auf keinen Fall brechen wir ein Polizeisiegel auf, klar?« Hinnerk klang ungewöhnlich streng.

»Bachmann hat mir gesagt, dass sie nicht mehr an dem Fall dran sind«, sagte Caro.

»Das ist mir egal. Wir brechen kein Polizeisiegel auf. Das habe ich in meinem ganzen Leben nicht gemacht. Es gibt immer noch einen anderen Weg, wie man in ein Haus hineinkommen kann.«

»Aber durch die Haustür ist es am einfachsten«, meinte Jan, der offensichtlich noch nicht wusste, dass man mit Hinnerk über bestimmte Themen nicht zu diskutieren brauchte.

»Du kriegst einen Heidenärger, wenn du so ein Siegel aufbrichst. Dafür kann man ein Jahr in den Knast gehen, wenn es schlecht läuft.«

»Wir sind das letzte Mal über die Terrasse eingestiegen«, erinnerte sich Caro und ging um das Haus herum Richtung Garten.

Hier sah alles noch genauso verwildert aus. Das Unkraut stand kniehoch und war über die Steine der Terrasse gewuchert. Ein Gartenstuhl lag umgefallen am Boden, und Caro fragte sich, ob der Wind dafür verantwortlich war oder irgendein Mensch.

»Hier ist nichts versiegelt!«, rief sie den anderen zu, als sie die Terrassentür in Augenschein genommen hatten. Es war eine alte Tür mit Sprossenfenstern, in denen der Kitt fehlte und die insgesamt einen sehr wackeligen Eindruck machte.

»Aber die können wir doch nicht einfach aufbrechen«, meinte Hinnerk besorgt, als er hinter sie getreten war.

Caro legte die flache Hand an die Tür und drückte sanft dagegen. Sofort sprang die Tür auf.

»Das hätte auch ein Windstoß hingekriegt«, sagte sie. »Ich finde nicht, dass man hier von aufbrechen sprechen kann.«

Hinnerk murmelte irgendetwas Unverständliches, schien nun aber auch beruhigt zu sein.

»Na gut. Gehen wir rein.«

Kurz darauf standen sie im Wohnraum des Hauses. Es sah noch chaotischer aus als beim letzten Mal. Inzwischen hatte die Polizei sich offensichtlich gründlich umgeschaut. Caro entdeckte Reste eines dunklen Pulvers, mit dem man Fingerabdrücke sichtbar machen konnte, jedenfalls glaubte sie, dass es daher stammte.

»Koks wird es ja wohl kaum sein«, sagte Jan und wischte mit dem Finger durch die Pulverspur. »Scheint so, als hätten sie Jos Verschwinden doch ernst genommen.«

»Natürlich haben sie das«, sagte Hinnerk. »Nur weil die euch nicht alles sagen, heißt das doch noch lange nicht, dass sie nicht ermitteln. Unsere Polizei ist weitaus kompetenter als ihr es euch vielleicht vorstellt.«

»Schon gut, Hinnerk. Hast ja recht«, sagte Caro und ging zu der kleinen Kommode, auf der Jos Medikamente standen. Sie versuchte, die kleine Schrift auf der Rückseite der Packung zu entziffern. »Bei ersten Anzeichen eines Anfalls unter die Zunge legen …«, las sie und blickte in die kleine Pappschachtel. »Das Röhrchen mit den Tabletten fehlt.«

»Ohne sein Notfallmedikament ist Jo vermutlich nicht

vor die Tür gegangen«, überlegte Hinnerk laut. »Würde ja keiner von uns.«

»Warum hat er es dann nicht genommen?«, fragte Caro. »Er muss doch gemerkt haben, dass es ihm schlechter ging?«

»Vielleicht hat ihn jemand daran gehindert, es zu nehmen?«, mutmaßte Jan. »Wenn seine Hände gefesselt waren, hatte er keine Chance, an die lebensrettenden Medis zu kommen.«

Caro nickte und sah sich auf Jos Schreibtisch um, auf dem einige Ordner lagen, die bei ihrem letzten Besuch noch nicht da gewesen waren. Neugierig blätterte sie die Unterlagen durch. Ein Ordner enthielt den Schriftverkehr mit einem Gutachter, den Jo offensichtlich beauftragt hatte, die Bedrohung der Sumpfohreule wissenschaftlich zu belegen.

»Ein Gutachten war doch auch auf dem Stick …«, murmelte Caro leise und ärgerte sich, dass sie es nicht mehr gelesen hatte, bevor der Stick gestohlen wurde. Und auch in dem Ordner war es nicht enthalten. In erster Linie waren es nur ausgedruckte E-Mails über den Auftrag zur Erstellung des Gutachtens. In einer wurden auch die anstehenden Kosten besprochen, und Caro staunte, wie teuer ein solches Gutachten war. Mit ihrem Handy machte sie ein Foto von der E-Mail-Adresse des Gutachters. Dem Schriftwechsel hingen auch einige Fotos an, die denen auf der Pinnwand hinter dem Schreibtisch ähnelten. Aber es waren nicht dieselben, auch wenn sie ebenfalls die Sumpfohreule zeigten.

»Jo hatte offensichtlich ein Gutachten in Auftrag gegeben, das die Population der Sumpfohreule untersuchen soll«, sagte sie. »Es ist leider nicht hier abgeheftet. Aber hier sind noch mal andere Fotos als die, die da hängen.« Sie betrachtete die Bilder an der Pinnwand. »Auf dem Stick waren beide, würde ich sagen, sowohl die vom Ordner als auch die hier von der Wand.«

Jan und Hinnerk traten hinter sie und warfen abwechselnd einen Blick auf Ordner und Pinnwand.

»Eule, Eule im Nest, Eule im Anflug, Eule mit Eiern, Eule mit Jungen ... Also ich sehe nur Eulen«, konstatierte Jan, während Hinnerk schweigsam hinter ihm stand.

»Die Vögel scheinen auf den ersten Blick im Mittelpunkt zu stehen«, sagte er dann nachdenklich.

»Wieso auf den ersten Blick?«, fragte Jan. »Bei mir stehen sie auch auf den zweiten und dritten Blick im Mittelpunkt. Weil sie nämlich das Einzige sind, was man auf den Fotos sieht.«

»Eben nicht. Im Ordner sind nur Nahaufnahmen, der Hintergrund ist kaum zu erkennen.« Hinnerk trat noch einen Schritt näher an die Pinnwand heran. »Das ist hier anders. Und als Journalist lernst du, auf die Details im Hintergrund zu achten.«

»Aha. Dünengras, Beton, Dünengras ... Worauf willst du hinaus, Hinnerk?«

Hinnerk antwortete nicht, sondern fokussierte sich voll und ganz auf die Fotos. Caro signalisierte Jan mit einem Blick, dass er die Klappe halten sollte. Hinnerk brauchte Zeit zum Nachdenken, und sie wusste, dass er sich dabei nur ungern stören ließ.

»Das ist in den Bunkeranlagen«, sagte er schließlich. »Die in Ostland zwischen den Dünen stehen.«

»Woran erkennst du das?«, fragte Caro.

»Siehst du hier, hinter der Betonverstrebung, dieses rote Stück? Das ist die Ecke einer Bank. Ich kenne nur eine einzige rote Bank auf Borkum. Wir haben darüber berichtet, als ein paar Jugendliche vor einigen Jahren die Bänke auf der Insel mit roter Farbe besprüht hatten. Die Jungs wurden dazu verdonnert, die Bänke wieder in ihren Originalzustand zu versetzen, was sie auch artig getan haben. Nur diese eine wurde vergessen.«

Caro warf Jan einen triumphierenden Blick zu. »Was man nicht alles sieht, wenn man genau hinschaut.«

Jan verzog das Gesicht. »Schön. Dann wissen wir jetzt also, dass die Sumpfohreule in den alten Bunkeranlagen nistet. Was fangen wir jetzt mit dieser Spitzenerkenntnis an? Das bringt uns doch keinen Deut weiter.«

»Woher willst du das wissen? Lass uns hinfahren und nachschauen«, sagte Caro. »Fällt dir noch irgendetwas auf, Hinnerk?«

»Auf jedem Foto ist eine andere Eule zu sehen«, antwortete er, und Caro bemerkte, wie Jan mit den Augen rollte.

»Du meinst, auf dem einen Bild ist der Rudi, auf dem anderen die Susi … Aua!«

Caro hatte ihm einen Tritt gegen das Schienbein gegeben und sah ihn strafend an.

»Jetzt lass Hinnerk doch mal zu Ende denken!«

»Sorry.«

Hinnerk nickte nur. »Wenn ich das richtig sehe, sind die Fotos alle rund um diese eine Bunkeranlage in Ostland geschossen worden. Das heißt, dort scheint eines der größten Brutgebiete der Eule zu sein.«

»Ich gucke mal, ob ich dazu irgendwas finde …« Caro blätterte durch den Ordner und schüttelte langsam den Kopf. »Nein. Hier sind nur die Rechnungen abgeheftet, das Gutachten selbst fehlt.«

»Vielleicht hat das einer der Einbrecher mitgenommen?«, überlegte Jan laut.

»Bisher wissen wir nur, dass die Dealer und Frida Gutloff hier waren«, sagte Caro. »Bachmann hat mir erzählt, dass die Dealer die Drogen aus dem Haus geklaut haben. Ich schätze, dass sie vor Frida Gutloff hier waren.«

»Stimmt. Sie hat gesagt, dass die Terrassentür offen stand. Vermutlich haben die Dealer sie aufgebrochen.«

»Ja. Und die Gutloff ist so später reingekommen und hat Jos Laptop gestohlen. Von dem Gutachten hat sie allerdings nichts erwähnt.«

»Warum sollte es auch für sie von Interesse sein?«, fragte Jan. »Ihr ging es nur um den Verkauf der Firmenanteile, nicht um irgendwelche Eulen. Vielleicht in dem anderen Ordner?«

Caro blätterte den zweiten Ordner durch. Hier waren jede Menge persönliche Dokumente von Jo abgeheftet. Hinter einer Klarsichtfolie erkannte sie eine Kopie des Familienstammbuches: Am 19.9.1999 hatten Jo und Elke geheiratet. Caro musste schmunzeln. In dem Jahr hatte sie gerade ihren Abschlussball gehabt.

»Nein, hier ist auch nichts.« Sie klappte den Ordner wieder zu. »Auf dem USB-Stick war ein Gutachten.«

»Das hilft uns jetzt auch nicht weiter.«

»Nein. Aber Jo hätte die Niststelle nicht so ausführlich dokumentiert und den Stick so gründlich versteckt, wenn dort nicht irgendetwas Wichtiges wäre«, argumentierte Caro. »Kannst du uns zeigen, wo die Stelle genau ist, Hinnerk?«

Keine dreißig Minuten später stoppten sie vor der roten Bank, die in der Nähe der alten Bunkeranlage stand. Hinnerk wirkte erschöpft, und Caro fragte sich, ob sie ihrem Schwiegervater zu viel zumutete. Obwohl es gerade erst neun Uhr war, dürften die Temperaturen nicht weit von der 30-Grad-Marke entfernt sein, schätzte sie. Das war nicht nur für den Kreislauf eines über Siebzigjährigen anstrengend. Es wurde Zeit, dass Hinnerk wieder in sein kühles Haus kam.

Er stützte sich an der Lehne der Bank ab und ließ seinen Blick über die Dünen schweifen. Caro war sich nicht ganz im Klaren, ob er das in erster Linie tat, um einmal richtig durchzuschnaufen, oder ob er die Gegend absuchte.

»Willst du dich setzen, Hinnerk?«

Doch ihr Schwiegervater schüttelte den Kopf. »Seht ihr dahinten?« Er zeigte auf einige Betonblöcke, die aus den Dünen hervorragten. »Das müsste die Stelle sein, die auf den Bildern im Hintergrund zu erkennen ist.«

»Dann mal los.«

Keiner von ihnen wollte etwas kaputt trampeln, deshalb bewegten sie sich jenseits des Weges besonders vorsichtig. Sie hatten gerade mal fünfhundert Meter zurückgelegt, als sie alle drei ruckartig stehen blieben.

»Was ist das denn?« Jan war sichtlich erstaunt.

Vor ihnen stand ein Schild in den Dünen, das relativ neu aussah.

»›Hier entsteht eine neue Appartementanlage mit zweiundzwanzig luxuriösen Wohneinheiten‹«, las Caro erstaunt vor. »Hier ist das Baugebiet? Das war mir gar nicht klar.«

»Das ist die Anlage, von der der Bürgermeister beim Promenadenfest gesprochen hat«, sagte Hinnerk. »Die wollen das Gebiet von hier bis zur Wasserlinie nutzen, der ganze Strand soll dann touristisch erschlossen werden.«

»Mit Buden und Trampolinen und so?«

»Mit dem ganzen Pipapo.«

»Aber ist das hier nicht ein Naturschutzgebiet?«, fragte Caro.

Hinnerk kratzte sich nachdenklich am Kopf. »Soviel ich weiß, ist alles um die Bunkeranlage eine Grauzone. Es müssen bestimmte Kriterien erfüllt sein, um es zum Naturschutzgebiet zu erklären.«

»Aber wenn das eine Grauzone ist, warum darf er dann hier bauen?«, fragte Caro.

»Mein letzter Stand ist, dass im Rat noch keine Einigkeit über das Schutzziel in diesem Gebiet herrscht«, antwortete Hinnerk.

»Kannst du das für uns Laien erklären?«, fragte Jan.

»Wenn ein Gebiet zu einem Naturschutzgebiet erklärt werden soll, dann muss sich vorher auf das grundsätzliche Schutzziel geeinigt werden«, sagte Hinnerk. »Geht es darum, eine natürliche Entwicklung des Gebietes zu gewährleisten, dann müssen alle künstlichen Einflüsse ferngehalten werden. Geht es aber um die Erhaltung einer alten Kulturlandschaft, dann sind gewisse Maßnahmen zugelassen, auch um die organisatorischen und finanziellen Voraussetzungen für eventuell angrenzende Naturschutzgebiete zu schaffen.«

Caro dachte einen Moment über Hinnerks Worte nach.

»Heißt das, dass Fahndruck nur dann hier bauen darf, wenn die Bunkeranlage als Kulturlandschaft angesehen wird?«, fragte sie.

»Oder als überhaupt kein schützenswerter Raum. Dann wäre er natürlich eh fein raus.«

Schweigsam gingen sie weiter Richtung Bunkeranlage. Die Heckenrosen waren inzwischen verblüht, auch der Sanddorn hatte seine Blütezeit hinter sich. Die Landschaft war eine einmalige Mischung aus dem Grün der Hecken und dem Gelb von Sand und vertrockneten Gräsern. Die Hitze hatte ihre Spuren in der Natur hinterlassen, die Pflanzen brauchten dringend Regen, mit dem in der nächsten Zeit aber nicht zu rechnen war. Zwischen den Dünen tauchten immer wieder Flecken von schwarzem Beton auf, der zu der Bunkeranlage gehörte.

Der größte Bauunternehmer auf Borkum plante also ausgerechnet da eine Appartementanlage, wo Jos geliebte Sumpfohreule ihren Nistplatz hatte. Für Fahndruck war das Gebiet eine Kulturlandschaft, dachte Caro, während Jo sich garantiert dafür eingesetzt hätte, dass jegliche fremden Einflüsse von hier ferngehalten wurden. Deshalb auch das Gutachten. Das wäre der Trumpf in Jos Ärmel gewesen, um den Bau zu verhindern.

»Von hier sieht man schon die Nester«, sagte Jan leise, als wollte er die Vögel nicht unnötig aufschrecken.

Tatsächlich, jetzt sah Caro sie auch. In jeder Ecke der Bunkeranlage schien ein Nest zu stecken.

»Das sind aber ganz schön viele«, sagte sie erstaunt.

»Und die Art ist vom Aussterben bedroht«, fügte Hinnerk hinzu. »Umso schöner, dass sich hier so viele angesiedelt haben.«

Caro setzte sich nachdenklich auf einen Betonblock am Rande der Bunkeranlage, der offensichtlich nicht zur Brutstation der Eulen gehörte.

»Jo hätte niemals zugelassen, dass hier gebaut wird.«

»Sehe ich genauso«, gab Jan ihr recht. »Der hätte jedes Nest mit seinem Leben verteidigt.«

»Aber hätte er das Bauvorhaben wirklich verhindern können, Hinnerk?«, fragte Caro. »Würde da so ein Gutachten reichen?«

»Kommt drauf an. Er muss klarstellen, dass die Gegend hier keine Kulturlandschaft ist, sondern absolut schützenswerter Lebensraum für bedrohte Tierarten.«

»Dabei kann ein entsprechendes Gutachten natürlich helfen«, meinte Jan.

»Ja. Trotzdem ist das ganze Thema schwierig. Es ist beim besten Willen nicht so, als wenn alle Borkumer gegen den Bau der Anlage wären. Im Gegenteil.«

»Klar. Mehr Appartements, mehr Urlauber«, kommentierte Jan.

»Borkum lebt nun mal vom Tourismus«, sagte Hinnerk. »Und wenn du die Wahl hast, ob du dein Nest verlierst oder irgendeine Eule, dann ist dir dein eigenes natürlich näher.«

»Jo wäre das egal gewesen«, warf Caro ein. »Für ihn stand der Umweltschutz an erster Stelle.«

»Ich weiß. Und ich kann mir auch gut vorstellen, dass er bereits einen Plan hatte, um so eine Appartementanlage zu verhindern«, sagte Hinnerk. »Am besten sprecht ihr mal mit unserem Bürgermeister. Der müsste ja wissen, wie der aktuelle Stand bei dem Bauvorhaben ist.«

»Ich rufe gleich im Rathaus an und gucke, ob wir heute noch einen Termin bei Laerbach kriegen«, sagte Jan.

»Gut. Und ich versuche mal, diesen Gutachter ans Telefon zu kriegen.« Caro sah auf die Armbanduhr. »Ich muss los.«

»Ich auch. Muss mich unbedingt noch mal hinlegen.« Wieder gähnte Jan.

»Und ich muss in den Keller.« Hinnerk wischte sich den Schweiß von der Stirn.

Von der Bunkeranlage fuhr Caro direkt zum Flughafen. Ein anstrengender Tag wartete auf sie. Für heute hatten sich jede Menge Fallschirmspringer angesagt. Insgesamt fünf Gruppen mit jeweils zwölf Springern standen auf der Liste. Da zwischen der Einweisung und dem Abflug mindestens eine halbe Stunde lag, konsumierten die meist männlichen Sportler in der Zwischenzeit mindestens ein Getränk und einen Snack.

»Unsere Henkersmahlzeit«, meinte ein Mann zu ihr, der ungefähr in Caros Alter sein musste. Ein gut aussehender Kerl, braun gebrannt und sichtbar durchtrainiert, der mit seinen von der Sonne ausgeblichenen Haaren wie ein klassischer Surfertyp wirkte.

»Na, hoffentlich nicht«, erwiderte sie. Ihr war heute nicht zum Scherzen zumute. Dafür war sie viel zu sehr mit ihren Gedanken beschäftigt.

»Würden Sie mich im Krankenhaus besuchen, wenn was schiefgeht?« Der junge Mann sah sie lächelnd an.

»Nein«, antwortete Caro freundlich, aber ehrlich.

Die knappe Antwort schien den Ehrgeiz in dem Mann zu wecken. Er beugte sich ein wenig zu Caro herüber und flirtete sie nun offensiv an.

»Verstehe. Sie besuchen nicht jeden im Krankenhaus.«

»Man würde Sie aufs Festland fliegen. Das wäre viel zu weit.«

»Okay. Machen wir einen Kompromiss. Wenn ich heil

wieder am Boden ankomme, gehen Sie heute Abend mit mir essen.«

Caro erwiderte sein charmantes Lächeln. »Nein. Aber vielen Dank.«

Für einen Moment wirkte er irritiert. »Ich lade Sie ein …«, setzte er etwas unsicher hinterher.

»Wirklich nett. Aber nein.« Caro war immer noch freundlich, aber auch bestimmt.

Das Lächeln des jungen Mannes verschwand schlagartig. Er streckte seinen Rücken durch und räusperte sich.

»Alles klar«, sagte er kühl. »Dann eben nicht.«

Als er wieder bei seiner Gruppe war, warf Inge ihr einen tadelnden Blick zu.

»Hab ich was verpasst? Bist du nicht mehr Single?«

»Doch. Wieso?«

»Der Typ war total Zucker! Wieso bügelst du den so ab?«

Caro zuckte mit den Schultern. »Ich hab jetzt nicht den Kopf für so was.«

»Für so was?« Inge sah sie erstaunt an. »Er hat dir keinen Antrag gemacht, er hat nur ein bisschen geflirtet.«

»Und ich hatte keinen Kopf dafür.«

Inge rollte mit den Augen. »Darf ich dich daran erinnern, dass du Mitte dreißig und alleinerziehend bist?«

Caro sah ihre Kollegin mit hochgezogenen Augenbrauen an. »Was willst du damit sagen?«

»Dass du es dir nicht leisten kannst, keinen Kopf für so was zu haben. Ein total attraktiver, offensichtlich sehr sportlicher junger Mann lädt dich zum Essen ein, und du sagst Nein?«

»Inge!«

»Was denn?«

»Mein oberstes Lebensziel ist doch nicht, einen neuen Mann zu finden!«

»Sondern?«

»Im Moment interessiert mich eigentlich nur, wie Jo Hammert ums Leben gekommen ist. Wenn ich das weiß, kann ich mich vielleicht auch wieder auf einen Flirt einlassen.«

»Und wenn die Todesumstände nie geklärt werden? Bleibst du dann für immer Single?«

Caro seufzte. »Erstens glaube ich nicht, dass sie ungeklärt bleiben, und zweitens ist ein Leben als Single nicht das schlechteste.«

»Der Mensch ist nicht zum Alleinsein bestimmt.«

»Ich bin nicht allein!«

»Abends im Bett schon.«

»Woher willst du das wissen?«

Inge machte große Augen. Die Neugier stand ihr förmlich auf die Stirn geschrieben. »Erzähl!«

Caro schüttelte lachend den Kopf und bediente den nächsten Fallschirmspringer, der ebenfalls einen Schokoriegel kaufen wollte. Sie überlegte einen Augenblick, ob sie Inge von Nils' bevorstehendem Besuch erzählen sollte, entschied sich dann aber dagegen. Morgen würde ihr Ex nach Borkum kommen, und Caro konnte sich vorstellen, wie sich Nils' Anwesenheit auf ihre Laune auswirken würde. Wenn sie eines nicht gebrauchen konnte, dann waren das neugierige Fragen zu ihrer Noch-Ehe.

Als die erste Truppe das Flugzeug bestiegen hatte, wurde es etwas ruhiger in der Halle. Caro schnappte sich ihr Handy und gab den Namen und die E-Mail-Adresse des

Gutachters in die Suchmaske ein. Kurz darauf hatte sie eine Telefonnummer und einen gewissen Philipp Klein am Apparat.

»Nein, ich kann Ihnen keine Auskunft zu den Gutachten geben, die ich mache. Das ist alles streng vertraulich.«

»Auch wenn der Auftraggeber des Gutachtens nicht mehr am Leben ist?«

Für einen Moment herrschte Schweigen in der Leitung. »Treten Sie das Erbe von Jo Hammert an?«, fragte Philipp Klein dann.

»Nein. Aber ich bin daran interessiert, seinen Tod aufzuklären.«

»Hm. Okay. Wenn ich eine offizielle Anfrage von Ihnen, also vonseiten der Polizei, bekomme, kann ich Ihnen sicherlich eine Kopie des Gutachtens schicken.«

»Ich bin nicht von der Polizei …« Caro hatte den Satz noch nicht zu Ende gesprochen, als ihr klar wurde, dass sie damit die Tür zugestoßen hatte. Mal wieder. Es passierte ihr nicht zum ersten Mal, dass man sie für eine offizielle Ermittlerin hielt, der man sich zunächst kooperativ gegenüber benahm, um dann alle Schotten dicht zu machen, sobald klar wurde, dass sie rein privat unterwegs war.

»Ach so.« Philipp Klein machte eine Pause, als wisse er nicht genau, was er dazu sagen sollte. »Entschuldigung, wie war noch mal Ihr Name?«

»Caro Falk. Ich versuche, die Todesumstände von Jo Hammert herauszufinden.«

»In wessen Auftrag?«

»Ich habe von niemandem den Auftrag.«

Caro glaubte, die Verblüfftheit im Schweigen des Mannes heraushören zu können.

»Warum machen Sie das dann alles?«, fragte er mit unverkennbarem Erstaunen. »Nur aus Spaß, oder wie muss ich mir das vorstellen?«

»Ich war gut mit Jo befreundet«, antwortete Caro nicht ganz wahrheitsgemäß. »Deshalb möchte ich herausfinden, wer oder was für seinen Tod verantwortlich war.«

»Verstehe. Wie gesagt, mit einer offiziellen Anfrage kann ich vielleicht eine Kopie des Gutachtens herausschicken. Aber Sie werden verstehen, dass so ein Anruf dafür nicht ausreicht.«

Caro beendete das Gespräch, blickte aus dem Fenster und sah, wie die ersten Fallschirmspringer durch die Luft segelten. Es musste doch noch eine Möglichkeit geben, um herauszufinden, was in diesem Gutachten stand. Bachmann zu fragen hatte keinen Sinn, selbst wenn er es offiziell anfordern sollte.

Caro nahm erneut ihr Handy und tippte auf den Kontakt von Jos Ex-Frau. Wenn die beiden sich so gut verstanden haben, wie die Frau behauptete, dann hatte er ihr doch vielleicht etwas von dem Gutachten erzählt.

Sie erwischte Elke de Santos gerade bei einem Strandspaziergang, die Verbindung war schlecht, so wie es meistens der Fall war, wenn man den Ortskern von Borkum verließ.

»Es geht mir noch mal um das Umweltprojekt, das Jo mit seinem Geld finanzieren wollte«, begann Caro nach einer kurzen Begrüßung das Gespräch.

»Ich hatte Ihnen doch gesagt, dass ich darüber nicht viel weiß.«

»Manchmal sind es nur Kleinigkeiten, die einem selbst nicht wichtig erscheinen, die aber durchaus von Bedeutung sein können.«

Caro hörte ein Seufzen am anderen Ende der Leitung. »Es ging um diese Eule …«

»Die Sumpfohreule.«

»Genau. Er wollte einen Antrag bei der EU stellen, dass das Vogelschutzgebiet Borkumer Riff auf die Brutplätze ausgeweitet wird. Er fand es immer unmöglich, dass das Riff vor der Insel geschützter Raum ist, während die Brutstätten niemanden zu interessieren schienen.«

»Hat er Ihnen gesagt, um welches Gebiet genau es sich handelt?«

»Nein.«

»Jo hatte ein Gutachten anfertigen lassen, um die Population dieser Eule fachmännisch bewerten zu lassen. Hat er Ihnen etwas davon erzählt?«

Für einen Augenblick herrschte Schweigen am anderen Ende der Leitung. »Ja, aber nicht im Detail. Nur dass er ein Gutachten mit brisantem Inhalt hätte.«

»Brisantem Inhalt …?«

»Ja, er wirkte geradezu euphorisch und meinte auch, dass er diese Eule jetzt endlich retten könnte. Aber wie gesagt, gesehen habe ich dieses Gutachten nicht. Tut mir leid, wenn ich Ihnen nicht weiterhelfen kann.«

»Sie haben mir durchaus geholfen. Danke.«

Caro beendete das Telefonat und verkaufte eine Flasche Wasser an eine junge Frau mit drei Kindern, die draußen auf der Schaukel herumturnten. Die Frau hielt sich die kalte Wasserflasche in den Nacken und schleppte sich wieder zurück Richtung Spielplatz.

Caro ging in den Keller, um neue Kaltgetränke zu holen. Während sie die 0,3-Liter-Flaschen in den Kiosk räumte, dachte sie darüber nach, ob Jo wirklich in der Lage gewesen wäre, mit diesem Gutachten den Bau der Appartementanlage zu stoppen. Dann hätte Fahndruck in jedem Fall ein Motiv gehabt, Jo aus der Welt zu schaffen. Ein sehr starkes Motiv. Einen Herzinfarkt könnte er bei Jo aber nur provoziert haben, wenn er ihm seine lebensnotwendigen Medikamente vorenthalten hätte. Dafür hätte er ihn vermutlich irgendwo einsperren müssen, und Caro fragte sich, ob sie sich auf der Bunkeranlage gründlich genug umgesehen hatten.

»Weißt du zufällig, ob es noch Baupläne von den alten Bunkern gibt?«, fragte sie Inge.

»Warum willst du das denn schon wieder wissen?«, fragte ihre Kollegin erstaunt zurück.

»Gibt es so was oder nicht?«

»Ich habe keine Ahnung. Aber in Emden gibt es ein Bunkermuseum, vielleicht haben die so was.«

»Emden ist nicht Borkum.«

»Was du nicht sagst. Aber man erfährt dort auch einiges über die Kriegsvergangenheit der Insel«, sagte Inge. »Wir haben das Museum früher mit der Schule besucht. Vorher war mir nie bewusst gewesen, dass es selbst auf unserem beschaulichen Borkum Kriegsverbrechen gab.«

»Hier? Kann man sich ja kaum vorstellen.«

»Ist aber trotzdem so. Im Sommer 1944 ist hier ein amerikanisches Flugzeug notgelandet. Die Besatzung hat überlebt und wurde festgenommen«, erklärte Inge. »Sie sollte zu Fuß an das andere Ende der Insel gebracht werden. Aber so weit kam sie nicht. Ein deutscher Soldat, der seine gesamte

Familie bei einem Bomberangriff auf Hamburg verloren hatte, hat die Amerikaner erschossen.«

»Erstaunlich«, sagte Caro. »Dass ich davon noch nie was gehört habe. Mein Schwiegervater kennt doch alle möglichen Geschichten von früher, aber darüber hat er noch nie ein Wort verloren.«

»Manche Dinge werden eben bis heute nicht gerne erzählt.« Inge zuckte mit den Schultern. »Ruf doch im Museum mal an. Die können dir bestimmt sagen, ob es noch Pläne von den Bunkeranlagen gibt.«

Als sie Jan am späten Nachmittag vor dem Rathaus traf, hatten sie nur noch wenig Zeit, um sich für den Termin mit dem Bürgermeister abzusprechen.

»Wir erwähnen Jo nicht?«

»Mit keinem Wort«, sagte Caro. »Wir geben uns ganz kommerziell.«

»Okay. Dann denkt der bestimmt, wir wären ein Paar.« Jan grinste.

»Berufsrisiko«, meinte Caro nur und betrat das Rathaus.

Der über hundert Jahre alte rote Backsteinbau zählte für Caro zu den schönsten Gebäuden der Insel. Das dreistöckige Rathaus hatte etwas Burgähnliches, das durch die großen, bogenförmigen Fenster im Erdgeschoss noch verstärkt wurde. Über dem Eingang ragte ein Fahnenmast, an dem zu bestimmten Anlässen entweder die Borkum-, Niedersachsen- oder Deutschlandfahne gehisst wurde. Heute war der Mast verwaist.

Sie gingen über den knarzenden Holzdielenboden in Richtung Informationstresen, der vor einem bunten Fenster mit maritimen Motiven stand. Dahinter saß ein älterer Mann und löste Kreuzworträtsel.

»Moin«, sagte Jan. »Wir haben einen Termin beim Bürgermeister.«

»Der ist gerade weg«, sagte der Alte. »Musste wegen dringender privater Angelegenheiten frühzeitig nach Hause, hat er gesagt.«

»Aber wir waren fest verabredet!«

Der Alte sah Jan schmunzelnd an. »Tja.«

Caro unterdrückte ein Seufzen. An das Borkumer »tja«, das immer zum Einsatz kam, wenn etwas unvermeidlich erschien, hatte sie sich immer noch nicht gewöhnen können.

»Tja hilft uns nicht weiter«, sagte sie deshalb. »Wir müssen den Bürgermeister in einer dringenden Angelegenheit sprechen!«

»Tja.«

»Haben Sie eine Telefonnummer?«

»So was darf ich nicht rausgeben.« Der Mann kratzte sich am Hinterkopf. »Aber Piet ist nach Hause gegangen, weil er da was regeln muss. Und jeder weiß doch, wo der Bürgermeister wohnt, oder nicht?«

»An der Süderstraße«, sagte Jan.

Der Mann zuckte mit den Schultern. »Darf ich leider nichts zu sagen. Tja.«

Jan nickte dem Mann noch mal zu und zog Caro zum Ausgang.

»Gehen wir bei ihm vorbei?«, fragte sie.

»Klar. Ist ja nicht weit.«

Sie verließen das Rathaus und gingen links die Neue Straße entlang, an der auch die Redaktion der Borkumer Zeitung ihren Sitz hatte. Andi Linsmann verließ gerade das

Gebäude und grüßte sie beide freundlich. Gemeinsam gingen sie ein paar Schritte in dieselbe Richtung.

»Gibt es schon was Neues wegen Jo Hammert?«, nutzte Caro die Gelegenheit, um den Chefredakteur auszufragen.

»Nein. Ich habe auch nicht das Gefühl, dass da noch viel passiert. Ich glaube, die Polizei hat die Sache abgehakt.«

»Aber die Umstände von Jos Tod sind doch noch immer nicht geklärt«, wandte Caro ein.

Andi Linsmann zuckte mit den Schultern. »Tja.«

Caro atmete hörbar aus. »Aber das ist doch alles mehr als komisch!«

»So komisch ist es ehrlich gesagt nicht«, meinte Andi Linsmann. »Jo hatte schwere Vorerkrankungen, es ist viel zu heiß, er ist im besten Herzinfarktalter – da können solche Sachen leider mal passieren. Aber ich kann auch nicht genau sagen, ob die Polizei noch ermittelt oder nicht. Die melden sich ja nicht bei mir ab.«

»Hast du eigentlich mal mit der Schwester sprechen können?«, fragte Jan. »Dieser Asta Hammert?«

»So gut wie gar nicht. Am Telefon war sie sehr kurz angebunden und nicht sonderlich sympathisch. Als ich sie wegen des Nachrufs kontaktiert habe, war sie ziemlich abweisend. So, ich muss hier lang! Moin!« Mit diesen Worten bog Andi Linsmann in die Gartenstraße ab.

Schweigend gingen Caro und Jan weiter und hatten nach wenigen hundert Metern die Süderstraße erreicht. Sie konnten Piet Laerbach schon von Weitem sehen. Er stand wild gestikulierend vor seinem Haus und schien mit zwei Männern zu schimpfen, die ihrer Kleidung nach Handwerker waren. Zwischendurch fuchtelte er so aufgeregt mit seinen Armen hin und her, dass sein stattlicher Bauch, den er unter ein blau-weiß gestreiftes Hemd gesteckt hatte, fast zu beben schien. Sein Gesicht war rot von Hitze, Wut und Bluthochdruck, und der korpulente Mann schwitzte so sehr, dass sein Hemd an einigen Stellen dunkel verfärbt war.

»Wenn ihr mir den Anbau versaut, dann verklage ich euch!«, brüllte er, als Caro und Jan nur noch wenige Schritte von ihm entfernt waren.

»Moin Bürgermeister«, sagte Jan. »Ärger?«

»Akkermann, moin. Ja, leider.« Er seufzte und wischte sich den Schweiß von der Stirn. »Mit Handwerkern hat man doch immer Ärger.«

Caro blickte auf den weißen Kastenwagen, der vor dem Haus parkte und auf dem der Name *Fahndruck Bau* in großen Buchstaben stand.

»Sie bauen an?«

»Nur einen Wintergarten.«

»Nur ist gut. Schönes Projekt«, meinte Jan und warf einen Blick auf die Baustelle.

An der linken Hälfte von Laerbachs Haus war das Gerüst eines üppigen Wintergartens zu sehen. Bestimmt dreißig Quadratmeter würde der Raum messen, schätzte Caro, vielleicht auch mehr. So ein Bau war mit Sicherheit nicht billig. Sie erinnerte sich noch daran, wie ihre verstorbene Schwiegermutter über die Kosten ihres Wintergartens gestöhnt hatte, der schon damals fast fünfzigtausend Mark gekostet hatte. Und er war niemals so groß wie der, den der Bürgermeister nun bauen wollte.

»Ich habe leider nicht viel Zeit«, sagte Laerbach.

»Wir hatten eigentlich einen Termin«, warf Jan ein.

»Ich weiß. Ist leider etwas schwierig gerade. Um was

geht es denn?« Laerbach sah ungeduldig auf seine Uhr. »Vielleicht können wir das hier eben besprechen.«

»Wir wollten Sie um einen Gefallen bitten, Herr Laerbach«, begann Caro mit liebenswürdiger Stimme. »Sie wissen doch um meine Situation …«

»Ich weiß, dass Sie vor einem Jahr hergezogen sind und seitdem bei Hinnerk im Haus wohnen.«

»Genau. Das ist natürlich keine Dauerlösung«, log Caro, die sich im Haus ihres Schwiegervaters rundum wohlfühlte. »Gerade jetzt, wo wir zwei …«

Sie wies auf Jan und lächelte ihn an. Der Bürgermeister machte ein überraschtes Gesicht.

»Oh. Das wusste ich gar nicht.«

»Jedenfalls interessieren wir uns für eine Wohnung in der neu geplanten Appartementanlage«, sagte Jan schnell, und Caro fragte sich, ob es ihm unangenehm war, dass der Bürgermeister sie für ein Paar halten könnte.

»Wir wissen natürlich, dass die Anlage in erster Linie an Urlauber vermietet werden soll«, fuhr Caro fort. »Aber besteht die Möglichkeit, dass Insulaner eine der Wohnungen kaufen können?«

Piet Laerbach wirkte überrannt und geriet noch mehr ins Schwitzen. Er bemühte sich sichtbar, so gleichgültig wie nur möglich zu wirken.

»Ich glaube nicht, dass ich dafür der richtige Ansprechpartner bin.«

»Beim Strandpromenadenfest hatten Sie ja den baldigen Spatenstich angekündigt. Ist denn überhaupt schon klar, dass die Anlage wirklich gebaut wird?«, fragte Jan.

»Nun ja, also … im Prinzip schon.« Laerbach wusste offensichtlich nicht genau, was er sagen sollte.

»Wieso im Prinzip?« Caro gab sich verunsichert. »Sagen Sie bitte nicht, dass das Projekt noch scheitern könnte!«

Laerbach schüttelte den Kopf. »Nein, nein, das Ding wird gebaut, das ist klar. Es fehlen noch ein paar Unterlagen, aber bald geht es los.«

»Wann ist denn Baubeginn?«, fragte Jan.

»Dazu kann ich nichts sagen. Zu den ganzen Fragen kann ich nichts sagen. Lars Fahndruck baut die Anlage, ihm gehören auch die Appartements. Wenn ihr eine Wohnung kaufen wollt, dann müsst ihr euch an ihn wenden.«

»In Ordnung, dann fragen wir bei ihm nach«, sagte Caro. »Ich bin wirklich froh, dass die Appartements gebaut werden. So eine super Lage. Aber ich hatte schon Sorge, dass uns die ganzen Naturschutzgesetze einen Strich durch die Rechnung machen.«

Laerbach sah sie skeptisch an. »Wieso? Das ist doch kein Naturschutzgebiet.«

»Aber das Naturschutzgebiet Borkum Riff? Das ist doch EU-Vogelschutzgebiet, oder nicht?« Caro gab sich immer noch naiv.

Laerbach machte ein spöttisches Gesicht. »Ja und? Sie wissen schon, dass das Riff im Meer liegt?«

»Klar weiß ich das«, sagte Caro fröhlich. »Aber Sie wissen schon, dass Seevögel nicht auf dem Meer brüten können? Und wenn die Brutgebiete in unmittelbarer Nähe zum Schutzgebiet liegen, dann werden sie auch dazugezählt.«

Piet Laerbach räusperte sich. »Darüber streiten sich die Fachleute. Das ist alles sehr schwammig, zumal sich Brutgebiete ja auch verändern können. Aber auch dazu kann ich nur sagen: Ich bin nicht der richtige Ansprechpartner. Die Vögel sprechen die Eiablage nicht mit mir ab.«

Laerbach lachte über seinen Scherz, aber Jan und Caro blieben ernst.

»Natürlich bist du der richtige Ansprechpartner, Bürgermeister«, sagte Jan. »Der Rat hat den Bauantrag ja schließlich genehmigt, dann muss der Bürgermeister uns …«

»… als potenziellen Käufern …«

»… doch zumindest garantieren können, dass der Bau nicht von irgendwelchen Umweltheinis boykottiert wird.«

»Ich kann dich beruhigen, Akkermann. Die Anlage wird gebaut. In den nächsten Tagen sollen die ersten Vermessungen durchgeführt werden. In allen anderen Angelegenheiten müsst Ihr aber wirklich mit Fahndruck sprechen.« Er blickte erneut demonstrativ auf die Uhr, um ihnen zu signalisieren, dass das Gespräch zu Ende war, und sie verabschiedeten sich.

»Bei dem ist was faul«, sagte Jan, als sie außer Hörweite des Bürgermeisters waren. »Du kannst doch ein Bauvorhaben in der Größenordnung und vor allen Dingen in der Ecke nicht so schnell genehmigen.«

»Zumal du davon ausgehen kannst, dass Jo sich erst an die Stadt Borkum gewandt hat, bevor er den Schritt Richtung EU gegangen ist.«

Jan nickte. »Sehe ich genauso. Warum unterstützt der Bürgermeister so eine Hauruck-Nummer?«

»Weil er irgendeinen Vorteil davon hat?«

»Das denke ich auch.«

18

Am Morgen wachte Caro schon mit Bauchschmerzen auf, und ihr war sofort klar, woher die kamen. Es waren Nils-Bauchschmerzen. Seit der Trennung bekam sie die immer, wenn ein Treffen mit ihm bevorstand.

Langsam ging sie ins Bad und hatte dabei das Gefühl, als hätte sie Blei an den Füßen. Ihr war übel, und sie konnte nicht ausschließen, sich gleich übergeben zu müssen.

Reiß dich zusammen, dachte Caro und musterte ihr verknautschtes Gesicht im Spiegel.

Das letzte Mal, als sie Nils getroffen hatte, lag Monate zurück. Damals hatte sie sich vor dem Treffen noch in die alte Caro verwandelt, hatte sich die Haare geföhnt und frisiert, Make-up aufgelegt und etwas Figurbetontes angezogen. Und hatte sich gefühlt wie verkleidet. Es gab einfach nicht den geringsten Grund, sich für Nils zurechtzumachen. Weder wollte sie ihn zurückhaben, noch wollte sie ihm unter die Nase reiben, was er Tolles verloren hatte, nichts dergleichen hatte sie zu der Maskerade motiviert. Sie wusste selbst nicht, warum sie sich so schick gemacht hatte, und hatte es sofort wieder bereut, als sie Nils' abschätzenden Blick bemerkte. Natürlich dachte er, sie hätte sich wegen ihm so in Schale geworfen, was vermutlich ja auch noch stimmte. Und es hatte sie geärgert, dass er sich darüber gefreut hatte. Diesen Fehler wollte Caro heute nicht noch einmal machen.

Sie stellte sich unter die Dusche, wusch sich die Haare und föhnte sie hinterher ordentlich.

Das mache ich sonst auch, redete sie sich dabei ein und beschloss, kein Make-up aufzulegen.

Seitdem sie auf Borkum lebte, schminkte sie sich praktisch gar nicht mehr. Tagsüber sowieso nicht, höchstens mal, wenn sie abends ausging. Also brauchte sie jetzt auch keine Schminke, dachte Caro und griff nach der Mascara. Bisschen die Augen betonen war ja noch kein Schminken.

»Papa kommt, Papa kommt!« Justus rannte fröhlich die Treppe herunter. »Heute kommt Papa!«

Caro bemühte sich um ein Lächeln. »Freust du dich, mein Schatz?«

»Und wie! Papa hat hier noch nie übernachtet!«

»Er ist hier aufgewachsen.«

»Ich weiß. Aber seitdem wir hier wohnen, hat er hier nicht mehr geschlafen. Warum eigentlich nicht?«

»Tja.«

Caro deckte den Frühstückstisch und bemühte sich, nicht auf die Uhr zu schauen. Nils wollte die Fähre um zehn Uhr von Eemshaven nehmen. So wie sie ihn kannte, würde er niemals mit der Bimmelbahn ins Zentrum fahren, sondern sich ein Taxi gönnen. Dann wäre er gegen halb zwölf hier, vielleicht auch eher.

Caro bekam keinen Bissen herunter. Wenn sie doch wenigstens arbeiten gehen könnte, dann könnte sie ihm aus dem Weg gehen. Aber es war Sonntag und sie hatte frei. Kiosk und Ticketverkauf waren geschlossen.

Um kurz nach zwölf war Nils immer noch nicht da und auch auf seinem Handy nicht zu erreichen.

»Vielleicht hat er die Fähre verpasst«, tröstete Caro den enttäuschten Justus. »Er kommt bestimmt gleich.«

Als sie gegen zwei Uhr mit dem Mittagessen fertig waren und gerade beschlossen hatten, nicht länger auf Nils zu warten, sondern lieber etwas zu unternehmen, hörte Caro, wie die Haustür aufgeschlossen wurde.

»Er könnte ruhig klingeln«, murmelte Hinnerk, dem sofort klar war, wer da nach Hause kam.

»Papa!« Freudestrahlend sprang Justus auf und rannte zur Haustür. Mit einem lauten Jauchzer fiel er seinem Vater um den Hals. »Endlich!«

»Hey, mein Großer!«

Nils wirbelte Justus durch die Luft, und der Junge quiekte vor Freude.

Aus dem Augenwinkel musterte Caro den Mann, der einmal ihre große Liebe gewesen war. Sie musste zugeben, dass er ausgesprochen gut aussah. Er trug eine knielange, beige Hose, die von einem Gucci-Gürtel zusammengehalten wurde. Die Ärmel des weißen Sommerhemds hatte er lässig hochgekrempelt, und seine Rolex glänzte auf der braun gebrannten Haut. Die Haare trug er etwas länger als beim letzten Mal, was ihm leider blendend stand. Seine blauen Augen schienen immer noch permanent zu strahlen. Er wirkte wie ein gut gealterter Sonnyboy aus dem Beachclub.

Jedenfalls solange er nur mit Justus tobte und nicht mit ihr und Hinnerk sprach.

»Tach.« Das war das Einzige, das er zu ihnen sagte.

»Hallo, Nils.«

»Junge.«

Hinnerk schaute noch nicht mal zu ihm, und obwohl sie für Nils nur noch Ablehnung empfand, tat es ihr leid, wie schlecht ihr Schwiegervater sich mit seinem Sohn verstand. Die Vorstellung, dass sie selbst eines Tages ein so schlechtes Verhältnis zu Justus haben könnte, empfand sie als unerträglich.

»Ich muss los«, sagte Hinnerk dann auch und verließ, ohne ein weiteres Wort zu verlieren, das Haus.

»Soll ich dir zeigen, wo du schläfst?«, fragte Justus, der die Hand seines Vaters gar nicht mehr loslassen wollte.

»Unbedingt!«

Lachend ließ Nils sich von seinem Sohn aus dem Raum ziehen. Kurz bevor die beiden die Treppe nach oben liefen, rümpfte er noch mal die Nase.

»Wie riecht das hier eigentlich«, meinte er angeekelt.

»Ich habe noch nicht gelüftet«, sagte Caro. »Wir haben gerade gegessen.«

»So wie's hier mieft, gab's wohl gebratene Pferdescheiße, was?«

Justus lachte laut los. »Papa! Du spinnst ja!«

»Allerdings«, sagte Caro leise, als die beiden die Treppe nach oben verschwunden waren. Nils mochte gut aussehen, aber hinter der Fassade war er immer noch derselbe Arsch wie früher.

Während Caro die Küche aufräumte und die Fenster weit aufriss, hörte sie die beiden im Obergeschoss lachen und toben. Sie schloss die Augen, und das Gefühl, dass sie eine ganz normale Familie sein könnten, machte sich für einen Moment in ihr breit. Nils' Stimme sorgte dafür, dass dieser Augenblick nur wenige Sekunden andauerte. Im Laufschritt kamen die beiden wieder die Treppe herunter.

»Ich war noch was essen«, sagte er zu Justus. »Deshalb bin ich ein bisschen zu spät gekommen. Ich wusste ja, dass es hier nichts gibt.«

»Wir hätten dir was übrig gelassen«, meinte Justus. »Mama kocht total lecker! Und Opa auch!«

Die vorwurfsvolle Stimme ihres Sohnes rührte und sorgte sie zugleich. Einerseits war es schön, dass er sie gegen Nils verteidigte, andererseits sollte er nicht den Eindruck bekommen, dass das überhaupt notwendig war. Mit Beginn der Trennung hatte sich Caro vorgenommen, Justus aus dem Scheidungskrieg herauszuhalten, und sie reagierte extrem empfindlich, wenn sie Anzeichen bemerkte, dass ihr das nicht vollständig gelang.

Mit betont fröhlicher Miene drehte sie sich zu den beiden um.

»Papa macht Witze«, meinte sie zu Justus. »Du darfst seine Sprüche nicht so ernst nehmen.«

»Damit hat deine Mutter vermutlich recht.«

Nils sah sie an, aber Caro wich seinem Blick aus. Sie hatte keine Lust, sich mit ihm zu beschäftigen, weder verbal noch nonverbal, sie wusste, dass nach einem vermeintlich liebevollen Blick schnell wieder ein gehässiger Spruch kommen konnte. Beides wollte sie nicht. Sie wollte nicht mehr mit den Verletzungen der Vergangenheit konfrontiert werden, sie wollte nicht mehr an die Gefühle denken, die sie mal für Nils gehabt hatte, und auch nicht an das Glück, das sie als kleine Familie zumindest eine Zeit lang erlebt hatten.

»Wollt ihr zwei nicht noch was unternehmen?«, schlug sie mit fröhlicher Stimme vor.

»Ich würde eigentlich gerne einen Kaffee trinken«, sagte Nils und sah sie dabei immer noch an.

»Das ist doch eine gute Idee! Fahrt raus zum Strand, da kann Papa einen Kaffee trinken und du kannst ihm auf dem Trampolin deine neuesten Kunststücke zeigen.«

»Au ja!« Justus war sofort Feuer und Flamme.

»Ich dachte, ich könnte hier erst in Ruhe einen Kaffee trinken«, sagte Nils.

Caro zuckte bedauernd mit den Schultern. »Tut mir leid. Kaffee ist leider aus.«

Sie bemerkte seinen skeptischen Blick auf die Kaffeemaschine, neben der eine noch verschlossene neue Packung Kaffee stand.

»Verstehe.« Nils seufzte leise und setzte dann ebenfalls eine fröhliche Miene auf. »Okay, Großer, dann ab an den Strand!«

Am Abend hatte Hinnerk den Grill angeworfen und die selbst gemachten Würstchen vom Inselmetzger aufgelegt. Während Justus mit Aila spielte, der inzwischen kaum noch etwas von dem Überfall anzumerken war, Nils oben unter der Dusche stand und Hinnerk die Würstchen wendete, setzte sich Caro mit dem alten Laptop von Jo an den Tisch.

»Elke1999«, murmelte sie, als sie auf der Tastatur tippte. »Mist. Wieder nichts. Elke1991999«, versuchte sie dann. Wieder ohne Erfolg.

Hinnerk schien ihr mit einem Ohr zuzuhören. »Kombiniere es mal mit Jos Nachnamen«, schlug er vor. »Wenn die Frau seine große Liebe war, dann sah er sie vermutlich am liebsten mit seinem Namen.«

Caro lächelte ihrem Schwiegervater zu. Der alte Herr war doch ein verkappter Romantiker, dachte sie.

»Gute Idee! Name plus Tag, an dem sie ihn angenommen

hat … Das könnte passen!« Caro gab ElkeHammert19999 ein. Sofort öffnete sich das Programm. »Du bist ein Genie, Hinnerk!«

»Ich weiß.«

Er versuchte, sich nichts anmerken zu lassen, aber Caro sah genau, dass er sich freute, mit seinem Tipp richtiggelegen zu haben.

Sie klickte sich in den Explorer. »Vielleicht hat er das Gutachten hier gespeichert«, überlegte sie laut. »Meistens wird einem so was doch per Mail zugeschickt. Bevor er es ausgedruckt oder auf den Stick übertragen hat, musste er es runterladen …«

Caro öffnete den Download-Ordner.

»Meine Güte, eine Menge Zeugs«, meinte Caro und überflog die einzelnen Dateien. »Scheint alles so Umweltkram zu sein.«

»Hier«, Hinnerk wies auf ein Dokument, das den Namen GutachtenSumpf.JH hatte. »Das könnte es sein.«

Caro öffnete es. »Gutachten zur Sumpfohreulen-Population auf Borkum«, las sie die Überschrift vor. »Gemäß Auftrag vom … blabla … zu folgendem Ergebnis: Das Verbreitungsgebiet der Sumpfohreule ist groß. In Deutschland gibt es allerdings nur sehr wenige Brutgebiete, die Sumpfohreule kommt hierzulande fast gar nicht mehr vor. Eine Ausnahme bieten die wenigen Brutplätze in Norddeutschland, insbesondere auf der Insel Borkum. Das Vorkommen der Eule ist dort besonders groß und kann daher als besonders schützenswert angesehen werden, zumal die mit etwa 40 Zentimetern Körperlänge knapp krähengroße Eulenart in Deutschland vom Aussterben bedroht ist und auf der roten Liste steht.« Nachdenklich blickte Caro ihren Schwiegervater an. »Und genau da, wo dieser seltene Vogel nistet, will Fahndruck bauen.«

»Wenn Jo das Gutachten bei der EU eingereicht hätte, hätte er ihm damit sicherlich einen Strich durch die Rechnung machen können«, sagte Hinnerk. »Es sind schon wegen weitaus weniger schützenswerten Arten große Bauvorhaben abgebrochen worden. Wenn ich da an Dresden denke …«

Caro konnte sich noch gut an den inzwischen fast zehn Jahre alten Streit um den Brückenbau in Dresden erinnern. Eine Fledermaus, die Kleine Hufeisennase, hatte den Baubeginn mehrere Jahre verhindert. Zwar war das Tierchen nur vier Zentimeter lang, und es blieb völlig unklar, ob sich die vom Aussterben bedrohte Fledermaus auf den Dresdner Elbwiesen überhaupt tummelte, doch einzig sie vermochte es noch, den nach jahrelangem Ringen angesetzten Baubeginn der Dresdner Waldschlösschenbrücke zu verzögern. Erst sechs Jahre später konnte die Brücke fertiggestellt werden.

»Du hast völlig recht, Hinnerk. Im Gegensatz zu den Viechern in Dresden damals steht hier nun eindeutig fest, dass die Eule auf Borkum nistet und geschützt werden muss.« Caro sah ihren Schwiegervater nachdenklich an. »Du kennst Fahndruck besser als ich. Glaubst du, er würde sich von so etwas aufhalten lassen?«

»Nein«, sagte Hinnerk. »Ganz klar nein. Er würde dafür sorgen, dass die wichtigen Leute hinter ihm stehen. Und solange unser Bürgermeister für ihn und seinen Bau ist, lässt sich das auch nicht so schnell aufhalten. Oder anders gesagt: Bis die in Brüssel in die Pötte gekommen sind, ist das Ding längst fertig.«

Caro nickte. »Und wenn der Antragsteller auf die Post von der EU oder von irgendwelchen Ämtern nicht mehr reagiert, hat Fahndruck noch mehr Zeit zum Bauen.«

»Korrekt.«

»Würdest du ihm einen Mord zutrauen?«

»Ich dachte, Jo ist eines natürlichen Todes gestorben?«

Caro rollte mit den Augen. »Nur weil Bachmann das behauptet hat, muss es doch noch lange nicht stimmen.«

»Caro!« Hinnerk sah sie tadelnd an. »Unsere Polizei ist kein Idiotenverein. Wenn Jo ein Messer im Bauch gehabt hätte, dann hätten die schon ermittelt, darauf kannst du dich verlassen.«

»Ich weiß, ich weiß«, murmelte sie. »Alles an der Sache stinkt. Nur Jos Tod selbst scheint völlig normal gewesen zu sein. Ich krieg das einfach nicht zusammen.«

Hinnerk setzte sich zu ihr. »Ich gebe dir recht, dass etwas an der Sache faul ist. Und nur weil Jo nicht ermordet worden ist, heißt das ja noch lange nicht, dass da kein gewaltig krummes Ding läuft.«

»Ich werde mir diesen Fahndruck mal vorknöpfen.«

»Wen? Lars Fahndruck?« Nils stand mit nassen Haaren und nacktem Oberkörper im Wintergarten. »Der war früher immer ein riesiges Arschloch.«

»Damit kennst du dich ja aus.« Caro konnte sich die Bemerkung einfach nicht verkneifen.

»Stimmt. Wenn man hier aufwächst, dann bleibt das nicht aus«, erwiderte Nils. »Aber im Ernst, ich habe nach der Schule mal bei ihm gejobbt, weißt du noch?«

Hinnerk nickte nur und grummelte etwas Unverständliches vor sich hin.

»Ich musste ja unbedingt jobben, damit ich nach dem

Abi bloß nicht für ein paar Wochen auf der faulen Haut liege, so wie alle anderen.« Nils' Stimme klang verächtlich.

»Es war zu deinem Besten«, murmelte Hinnerk.

»Nö. Du konntest einfach nicht ertragen, dass ich mal frei hatte. Oder anders gesagt: Du konntest es mir nicht gönnen.«

Hinnerk hob den Kopf und sah Nils aus zusammengekniffenen Augen an. Caro ahnte, dass es gleich zu einem lauten Streit kommen würde, wenn sie nicht schnellstens dazwischengehen würde.

»Was war denn so schlimm an Fahndruck?«, fragte sie Nils deshalb.

»Er war so'n richtiger Schinder. Bei dem musste man ohne Ende malochen. Wenn sich mal einer beschwerte, dann hat Fahndruck sofort Druck gemacht. Irgendwie hatte der gegen jeden ein Druckmittel in der Hand.«

»Auch gegen dich?«, fragte Caro.

»Ja.«

»Womit hat er dich denn unter Druck gesetzt?«, fragte Hinnerk erstaunt.

»Kleinigkeiten. Also aus heutiger Sicht jedenfalls. Er hatte mitbekommen, dass ich ein paarmal besoffen Auto gefahren bin, und wollte dir davon erzählen.«

Caro sah ihrem Schwiegervater an, wie er sich einen Kommentar verkniff. Stattdessen schnupperte er in der Luft und verzog kurz darauf das Gesicht. »Schiete.«

Hektisch sprang er auf und eilte zum Grill, von dem dunkler Rauch aufstieg.

»Opa, die Würstchen sind schwarz«, sagte Justus, der ebenfalls zum Grill gelaufen war.

»So eine Sch…« Hinnerk biss sich auf die Lippen.

»Du kannst ruhig Scheiße sagen«, meinte Justus. »Warum denken Erwachsene immer, sie dürften in Anwesenheit von Kindern nicht fluchen?«

»Du hast recht, mein Junge. Das hier ist jedenfalls richtig Scheiße. Aila!«

Schwanzwedelnd kam die Hündin zu Hinnerk gelaufen und schnupperte im nächsten Augenblick skeptisch an dem schwarzen Würstchen, das er ihr hinhielt. Dann warf sie dem alten Herrn einen strafenden Blick zu und verzog sich ins Haus, ohne auch nur einmal vom Würstchen abzubeißen oder daran zu lecken.

Nils lachte gehässig. »Wie wär's, wenn wir was essen gehen«, schlug er vor.

»Au ja!«, jubelte Justus, »Pizza am Leuchtturm!«

»Warum nicht«, meinte Caro, worauf Nils sie übertrieben überrascht anschaute.

»Ach so, nee, Missverständnis. Ich gehe mit meinem Sohn was essen. Ihr zwei könnt ja das Schwarze von den Würstchen kratzen und euch daraus was Leckeres zaubern. Kommst du, Justus?«

Justus freute sich sichtbar, und kurz darauf hatten die beiden das Haus verlassen.

»Morgen ist er wieder weg«, sagte Hinnerk, und Caro war sich nicht sicher, an wen sich die Bemerkung richtete.

»Ich mach uns ein paar Brote«, sagte sie und klappte den Laptop zu.

19

Der Abschied von Justus am nächsten Morgen fiel Caro schwer. Als sie ihn um acht Uhr weckte, musste sie sich zusammenreißen, damit ihr nicht die Tränen kamen. Zwei Wochen würde sie ihn jetzt nicht mehr sehen, und sie konnte sich nicht daran erinnern, wann sie das letzte Mal so lange von ihm getrennt gewesen war. Eigentlich fand sie es albern, dass ihr der Abschied so nahe ging. Justus würde zwei fabelhafte Wochen in einem Luxusresort auf Mallorca verbringen, und Nils würde sich gut um ihn kümmern. So unpünktlich und unzuverlässig er auch war, und mit Sicherheit würde er auch ab und zu nach unbegleiteten Damen Ausschau halten, aber er liebte Justus abgöttisch, und im Großen und Ganzen konnte sie sich auf seine Vaterqualitäten verlassen. Das hoffte sie jedenfalls.

»Ich lege dir schon mal was Frisches zum Anziehen ins Bad«, sagte Caro, nachdem Justus sich noch mal in seine Decke eingerollt hatte. »Aber dann musst du wirklich aufstehen. Ihr wolltet doch die Fähre um halb elf nehmen.«

»Wir fliegen«, murmelte Justus schläfrig.

»Wie bitte?«

»Papa hat gesagt, wir fliegen.«

»Ach so.«

Caro spürte die Wut in ihrem Bauch. Es gab nur einen Grund, warum Nils mit der Fähre nach Borkum gekommen war und die Insel nun mit dem Flugzeug wieder verlassen wollte: Er wollte seinen Sohn beeindrucken und ihm vor Augen führen, was für ein tolles Leben ihm doch entgangen war, seitdem sein Vater weg war.

Sie suchte einige Sommersachen heraus und ging energischen Schrittes Richtung Bad, riss die Tür auf und lief fast in den splitterfasernackten Nils hinein.

»Was zur Hölle machst du hier?!« Sie kreischte fast und hielt sich demonstrativ die Hand vor die Augen.

»Ich putze mir die Zähne.«

»Nackt?!«

»Ich komm grad aus der Dusche!«

»Warum schließt du dann nicht ab? Wenn man sich schon nackt die Zähne putzen muss, was ehrlich gesagt vollkommen unnötig ist, weil man sie entweder vorm Duschen im Schlafanzug putzen kann oder danach, sobald man angezogen ist, aber *wenn*, dann kann man doch wohl wenigstens abschließen!«

»Was du dich aufregen kannst.« Nils stand demonstrativ entblößt vor ihr und grinste sie provozierend an. »Hast so was wohl schon lange nicht mehr gesehen, was?«

»Du bist echt ekelhaft!« Sie knallte die Tür von außen zu und hörte, wie Nils im Bad laut loslachte.

Caro lehnte sich im Flur an die Wand und atmete tief ein und aus. Sie wollte sich nicht von ihm provozieren lassen, sie wollte auf keinen Fall noch einen großen Streit vom Zaun brechen, kurz bevor sie sich von Justus verabschieden musste.

Es kostete Caro einiges an Energie, das Frühstück friedlich über die Bühne zu bringen. Sie schaffte es sogar, auf Nils' Bemerkung, ob sie Justus nicht etwas Taschengeld mitgeben wolle, nicht einzugehen, und fuhr tatsächlich im selben Taxi mit ihnen zum Flughafen.

»Als würden wir alle drei verreisen«, sagte Justus und klang etwas wehmütig. »So wie früher.«

Caro legte den Arm um seine Schulter und drückte ihn. »Dafür hast du jetzt doppelt Urlaub. Einmal mit Papa und einmal mit mir.«

»Mit euch zusammen wäre es schöner.«

»Ich weiß.« Caro küsste ihn auf die Stirn und dachte, dass ihr ein Urlaub mit Nils so attraktiv erschien wie eine Zombieapokalypse.

Am Flughafen drückte sie Justus noch mal an sich. »Willst du noch was aus dem Kiosk? Für den Flug?«, fragte sie ihn, doch er schüttelte den Kopf. Auch ihm fiel der Abschied schwer.

Nils beobachtete sie ungläubig, als sie in den Flughafenkiosk ging. »Du arbeitest nicht ernsthaft im Kiosk.«

»Doch.«

»Deshalb bist du beim Unterhalt immer so zickig.« Er grinste, und sie sah ihm an, dass er einen neuen Trumpf in der Hand hielt, den er bei der nächsten Scheidungsstreitfrage ausspielen konnte.

Aber nicht mit mir, dachte sie. Sie wusste, wie überzeugt er davon war, dass sein Vermögen ihm Macht über andere gab. Auch über sie. Aber Caro hatte sich in den letzten zwölf Monaten dagegen gewehrt, sie ließ sich von Nils nicht mehr finanziell unter Druck setzen und hatte ihr eigenes Einkommen, mit dem sie einigermaßen klarkam, da konnte er sich noch so viel über ihren Kioskjob lustig machen. Zum Glück brauchte sie auf Borkum viel weniger Geld als damals in Berlin, sodass ihr seine ständig verspäteten oder auch ausbleibenden Unterhaltszahlungen nicht viel ausmachten. Auf die Nerven gingen sie ihr trotzdem.

Manchmal war sie kurz davor, einfach komplett darauf zu verzichten, aber sowohl Hinnerk als auch ihre Freunde nordeten sie dann schnell wieder ein. Aus Wut auf alles zu verzichten, was einem zustand, war nicht schlau. Wut war sowieso kein schlauer Ratgeber.

Nils holte Luft, und Caro wusste, dass er jetzt zu einem neuen verbalen Schlag ausholen würde. Sie warf ihm einen eindringlichen Blick zu, der ihm signalisieren sollte, besser die Klappe zu halten.

»Pass mir gut auf unseren Sohn auf«, sagte sie mit betont liebenswürdiger Stimme.

Nils nickte langsam. Er schien begriffen zu haben, dass jetzt nicht der richtige Zeitpunkt war, um Caro wegen ihres Jobs zu piesacken.

»Ist auch in meinem Interesse, dass er heil wieder nach Hause kommt.«

»Gut.«

Als die beiden das Flugzeug bestiegen, das kurz darauf in den Himmel startete, konnte Caro ein Seufzen nicht unterdrücken.

»Ich hatte mir das Verhältnis zu deinem Ex viel schlimmer vorgestellt«, meinte Inge, die mit einem Kaffee in der Hand neben sie an die große Scheibe getreten war, von der Caro dem Flugzeug hinterherwinkte. »So wie du immer erzählt hast, dachte ich, ihr keift euch die ganze Zeit an.«

»Vor Justus reißen wir uns zusammen.«

»Das ist gut. Wenn ihr es schafft, als Eltern gut zu funktionieren, dann ist das Gold wert. Sieht aus, als wenn ihr auf einem guten Weg seid.«

»Hoffentlich«, sagte Caro ehrlich.

Nach der Arbeit radelte sie gemeinsam mit Jan zum Firmensitz von Lars Fahndruck in der Nähe des Hafens. Die Bimmelbahn überholte sie in gemächlichem Tempo, die abreisenden Urlauberkinder winkten ihnen aus den historischen Zugabteilen zu.

»Hast du es gut überstanden?«, fragte Jan, während er der Bahn hinterherwinkte.

»Den Besuch von Nils? Knapp. Er hat als Schüler übrigens mal bei Fahndruck gejobbt.« Caro berichtete ihm, was Nils ihr gestern über den Bauunternehmer erzählt hatte.

»Ich könnte mir vorstellen, dass Nils ihn früher aber auch gerne provoziert hat«, sagte Jan. Er kannte Nils aus seiner Jugend. Damals waren die beiden einmal aneinandergeraten und konnten sich seitdem nicht ausstehen.

»Kann schon sein. Trotzdem spricht es nicht gerade für deinen Charakter, wenn du einen neunzehnjährigen Bengel gezielt unter Druck setzt, damit er spurt.«

»Stimmt.«

Sie gingen über die große Hofeinfahrt auf das Firmengelände. Die gut zwanzig Mitarbeiter, die der Bauunternehmer beschäftigte, waren offensichtlich gerade von ihren Baustellen zurückgekommen und parkten die Firmenwagen, bevor sie sich auf den Weg in den Feierabend machten.

»Den kenne ich doch«, murmelte Caro, als ein bulliger Typ an ihr vorbeiging. Er warf ihr einen missbilligenden Blick zu und beschleunigte seinen Gang, so als hätte er sie ebenfalls erkannt und wollte einer Konfrontation unbedingt aus dem Weg gehen. »Das war doch der Kerl aus den Dünen!« Sie sah dem Mann nach, der im nächsten Augenblick in einer Nebenstraße verschwunden war.

»Du warst mit dem Jonny in den Dünen?« Jan grinste breit.

»Witzig. Nein, ich hab ihn da mit Jo gesehen. Sah so aus, als wenn er Ärger mit ihm hatte. Ich bin mir jedenfalls ziemlich sicher, dass er es war.«

»Ich befürchte, Jo hatte mit einigen Leuten Ärger«, sagte Jan.

Lars Fahndruck stand in Jeans und weißem Hemd vor seiner Firma, einen beigen Schlapphut auf dem Kopf, der ihn vor der Sonne schützen sollte.

»Der Hut«, zischte Caro Jan zu.

»Hm?« Jan wusste offensichtlich nicht, wovon sie sprach.

»Wie der Typ, der mich im Museum beobachtet hat!«

Jetzt hatte Jan begriffen. »Du glaubst, das war Fahndruck?«

Caro zuckte mit den Schultern. »Ich weiß es nicht genau.« Sie dachte an die Nacht, als sie aus dem Inselkeller gekommen war und vor ihrem Haus Schritte gehört hatte. Vielleicht hatte sie sich das doch nicht eingebildet? Vielleicht hatte Fahndruck sie schon damals im Blick gehabt? Caro hatte das Gefühl, als würden sich die Puzzleteilchen langsam Stück für Stück zusammenfügen.

Lars Fahndruck hatte sie noch nicht bemerkt. Er sprach mit einem Mitarbeiter, der offensichtlich eine leitende Funktion hatte. Jedenfalls reichte er Fahndruck Unterlagen und erklärte sie ihm kurz, während die anderen Arbeiter sich verabschiedeten und das Firmengelände verließen. Fahndruck klopfte dem Mann auf die Schulter und entließ auch ihn in den Feierabend. Erst als er Caro und Jan entgegenkam, erkannte sie Freddy Felder in ihm, den Mann ihrer Freundin Tine.

»Schönen Feierabend, Freddy«, sagte sie zu ihm, als er an ihr vorbeiging.

»Ach, Caro, was machst du denn hier?«

»Wir wollten uns über den Stand der Bauarbeiten für die Appartementanlage informieren. Bis jetzt steht da ja nur ein Schild. Wann geht es denn los?«

Freddy zuckte mit den Schultern. »Kann ich dir nicht genau sagen. Aber ich schätze bald, so wie der Chef drauf ist.«

»Ärger?«

»Nee, nee, ausnahmsweise mal nicht. Der Chef ist total euphorisch. Das kann eigentlich nur bedeuten, dass der Spatenstich unmittelbar bevorsteht.«

»Kann ich helfen?« Lars Fahndruck war zu ihnen gekommen. Prüfend sah er Freddy an. »Ich dachte, Sie sind im Feierabend, Herr Felder?«

»Bin so gut wie weg.«

»So gut wie?« Fahndruck sah ihn auffordernd an.

»Bis morgen. Tschüss, Caro!« Freddy nickte Jan und Fahndruck noch mal zu und verschwand.

»Mit Ihnen habe ich schon gerechnet«, sagte Lars Fahndruck, ohne sich noch eine Sekunde mit Freddy auseinanderzusetzen. Er setzte ein professionelles Lächeln auf. »Piet hat mir Ihren Besuch bereits angekündigt.«

»Wir hatten dem Bürgermeister gar nicht gesagt, dass wir mit Ihnen sprechen wollen«, erwiderte Caro.

»Kann schon sein. Aber Piet meinte, er hätte Sie an mich verwiesen, weil er Ihnen nicht weiterhelfen konnte. Sie wollen doch eine Wohnung kaufen, richtig?«

»Tja, das wollten wir ursprünglich mal«, sagte Jan. »Aber dann kam uns zu Ohren, dass der Bau gar nicht durchgeführt werden kann.«

Fahndruck lachte auf. »Wie kommen Sie denn darauf?«

»Bei der EU wurde ein Gutachten eingereicht«, sagte Caro. »Das belegt, dass das Baugebiet mitten in der Hauptbrutzone der Sumpfohreule liegt.«

»Die ja bekanntlich vom Aussterben bedroht ist«, ergänzte Jan.

»Genau. Und deshalb wird der Bau verboten werden.«

Caro glaubte, einen Hauch Irritation in dem Gesicht von Lars Fahndruck zu erkennen. Er räusperte sich und schüttelte dann den Kopf.

»Mir liegt kein Gutachten vor. Von der EU habe ich auch keine Post bekommen, dafür hat die Stadt Borkum das Bauvorhaben genehmigt. Insofern müssen Sie da falsche Informationen haben.«

»Ganz und gar nicht.« Caro zog eine Mappe aus ihrer Tasche, in die sie eine Kopie des Gutachtens und der Fotos eingefügt hatte. »Wenn Sie mal schauen möchten?«

Sie reichte es Fahndruck, der mit einem Schlag blass wurde. »Woher haben Sie das?«

»Überrascht?«, fragte Jan. »Eigentlich hatten Sie es aus Jos Haus mitgenommen, richtig? Und auf dem USB-Stick vermutlich gelöscht.«

»Ich habe keine Ahnung, wovon Sie sprechen.« Fahndruck presste die Lippen aufeinander, sodass sie fast weiß wurden.

»Dann klären wir Sie gerne auf«, sagte Caro mit betont liebenswürdiger Stimme. »Jo Hammert hat Sie wegen der Brutgebiete unter Druck gesetzt. Er wollte mit allen Mitteln verhindern, dass Sie genau da bauen, wo diese seltenen Vögel ihre Kinderstube haben. Deshalb hat er für viel Geld ein Gutachten in Auftrag gegeben, das er bei der EU eingereicht hat. Ihnen war natürlich klar, dass Sie die Appartementanlage dann vergessen können …«

»Und deshalb mussten Sie was unternehmen«, fuhr Jan fort. »Sie sind in Jos Haus eingebrochen und haben das Gutachten verschwinden lassen.«

»Sie oder einer Ihrer Handlanger«, fügte Caro noch hinzu. »Sie hatten doch sowieso einen Ihrer Leute dafür abgestellt, um Jo Hammert einzuschüchtern, richtig?«

»Einzuschüchtern … Was soll das denn schon heißen …« In der Stimme des Mannes war nun deutlich die Verunsicherung zu hören.

»Bedrohen, verprügeln – Sie wissen doch genau, was ich meine«, sagte Caro. »Und so einer weiß bestimmt auch, wie man in ein Haus einbricht.«

»Dummerweise war er aber nicht der erste Einbrecher. Kurz zuvor ist bereits Jos Nichte in das Haus gestiegen und hat sein Laptop geklaut«, sagte Jan.

»Auf dem sich eine Kopie des Gutachtens befand.« Caro musterte Lars Fahndruck und wartete für einen Moment ab.

Der Bauunternehmer stöhnte und fuhr sich dann genervt über seinen kahlen Kopf.

»Dieser Scheißvogel bringt mich noch um den Verstand«, schimpfte er. Er schnaufte wütend und schien über etwas nachzudenken. Dann sah er Caro und Jan auffordernd an. »Passen Sie auf. Zehntausend Euro für jeden von Ihnen, wenn Sie dieses dämliche Mistvieh vergessen.«

»Wie bitte?« Caro konnte es nicht glauben. Der Mann versuchte wirklich, sie zu bestechen.

»Ich weiß gar nicht, warum so viele Leute so ein Theater um diese Krähe machen …«

»Eule. Vom Aussterben bedroht«, konstatierte Caro.

»Meinetwegen auch das«, regte Fahndruck sich auf. »Aber meine Appartements geben dem Vogel doch nicht den Rest! Das ist doch Schwachsinn! Der kann doch auch woanders auf der Insel nisten! Warum muss er denn unbedingt mit Meerblick seinen Nachwuchs aufziehen?«

»Warum müssen Sie denn ausgerechnet da bauen?«, konterte Jan.

»Weil es nicht so viele Baugebiete auf Borkum gibt«, antwortete Fahndruck. »Die halbe Insel ist doch entweder Naturschutzgebiet oder Vogelschutzgebiet oder Wasserschutzgebiet, oder irgendwas anderes Bescheuertes muss unbedingt geschützt werden! Das nimmt doch langsam absurde Züge an!«

»Klar, dass Sie es nicht so mit Tieren haben«, sagte Caro giftig. »Sie schrecken ja noch nicht mal davor zurück, einer harmlosen Hündin in den Bauch zu treten!«

Fahndruck machte ein ertapptes Gesicht. Dann grinste er. »Ach Gottchen! Die Töle wird es schon überlebt haben. Also: zehntausend, jeweils. Was sagen Sie? Dafür verlange ich nur, dass das Gutachten endgültig verschwindet und nie wieder ein Wort über diese Sumpfdrossel verloren wird.«

»Sumpfohreule.«

»Wie auch immer. Wenn die Bagger erst mal da sind, verziehen die sich ganz automatisch woandershin. Dann können die irgendwo am Hooge Hörn brüten, ist doch auch schön. Na, was sagen Sie?«

Caro schüttelte entschieden den Kopf.

»Nein«, sagte Jan. »Wir sind nicht bestechlich.«

»Von einem Tierquäler würde ich noch nicht mal einen feuchten Händedruck nehmen.«

Fahndruck lachte auf. »Blödsinn. Jeder hat seinen Preis! Er fällt nur unterschiedlich hoch aus. Bei fünfzigtausend ist selbst der Bürgermeister eingeknickt«, sagte Fahndruck grinsend.

»Verstehe. Und davon baut er sich jetzt den Wintergarten«, stellte Jan fest.

»Sozusagen. Jedenfalls biete ich Ihnen das jetzt auch. Zusammen fünfzigtausend. Ich hoffe, Ihnen ist klar, wie lange man dafür arbeiten muss.«

»Und ich hoffe, Ihnen ist klar, wie lange Sie morgens noch in den Spiegel schauen müssen«, sagte Caro.

»Hä?«

»Ich möchte morgens nicht in die Visage eines korrupten Mörders gucken müssen«, sagte Jan.

»Mörder?« Fahndruck wirkte irritiert.

»Außerdem kommen Ihre Bestechungsversuche eh zu spät. Just in diesem Moment wird eine Kopie des Gutachtens samt der Aufnahmen von den Nestern zur Borkumer Zeitung gebracht. Die werden in den nächsten Tagen groß darüber berichten.« Nun konnte sich Caro ein Grinsen nicht verkneifen.

»Dann ist Schluss mit Spatenstich«, sagte Jan. »Und wegen des Mordes an Jo Hammert können Sie gleich Ihre Koffer für den Knast packen!«

»Was denn für ein Mord? Wovon reden Sie eigentlich?« Fahndruck sah sie ungläubig an. »Soviel ich weiß, ist Hammert eines natürlichen Todes gestorben.«

»Das ist das vorläufige Obduktionsergebnis«, sagte Caro. »Die Betonung liegt auf vorläufig. Wenn Sie Jo beispielsweise irgendwo eingesperrt haben und er keinen Zugang mehr zu seinen lebensnotwendigen Medikamenten hatte, dann ist das durchaus als Mord zu sehen. Auch wenn er offiziell an einem Infarkt gestorben ist.«

Fahndruck lachte unsicher und schüttelte dabei immer wieder den Kopf. »Also jetzt geht aber wirklich die Fantasie mit Ihnen durch.«

»Ich werde überprüfen, ob es in den Bunkern noch Verliese gibt, die Sie dafür genutzt haben«, sagte Caro streng.

Fahndrucks Augen weiteten sich. »Ich entführe doch keine Menschen und sehe ihnen beim Sterben zu!« Er wirkte entsetzt.

»Darüber kann dann ja die Polizei urteilen«, sagte Jan.

»Bitte, zeigen Sie mich ruhig bei der Bullerei an, wenn Sie sich unbedingt lächerlich machen wollen. Ich habe jedenfalls rein gar nichts mit Hammerts Tod zu tun. Es stimmt, dass ich ihn bezahlen wollte. Aber ermorden? Nein, nein.«

»Erzählen Sie uns, was bei Ihrer letzten Begegnung mit Jo passiert ist.«

»Warum sollte ich das tun?« Fahndruck war anzumerken, dass seine selbstbewusste Fassade bröckelte. Seine Gesichtszüge waren angespannt, so als versuchte er, jede Unsicherheit zu verbergen.

»Na gut.« Caro zog ihr Handy aus der Tasche. »Dann rufe ich halt die Polizei an.«

»Jetzt warten Sie doch!«, sagte Fahndruck schnell. »Muss doch nicht gleich bei jeder Kleinigkeit die Polizei kommen.«

»Kleinigkeit. Aha.« Caro war von Fahndrucks Verharmlosungen angewidert.

»Also«, hakte Jan nach, »Ihr Treffen mit Jo?«

Fahndruck zögerte und suchte sichtbar nach Worten. »Also gut … Ich hatte Jo abgefangen …«

»Wo?«

»Im Watt. Ich wusste ja, dass er dort regelmäßig unterwegs war als Wattführer, aber an dem Tag war er alleine draußen, um eine Fotofalle an einer Boje zu befestigen. Die verdammten Seehunde wollte er ja auch ständig dokumentieren!«

»Ein engagierter Naturschützer eben«, sagte Caro.

»Eher ein verrückter Spinner«, entgegnete Fahndruck. »Wir sind dann gemeinsam zu der Boje gelaufen, hinterm Deich entlang Richtung Hafen. Ich hatte gehofft, dort in Ruhe mit ihm reden zu können.«

»Sie wollten Jo Geld bieten«, schlussfolgerte Caro.

»Na ja, ich war mir sicher, dass auch Hammert seinen Preis haben würde …«

Caro merkte, wie ihre Abneigung dem Mann gegenüber wuchs. Dachte der eigentlich, dass er mit seinem Geld jeden kaufen konnte? Vermutlich. Wenn es mit dem Bürgermeister geklappt hatte, dann hatte Fahndruck wahrscheinlich noch ganz andere Leute auf seiner speziellen Gehaltsliste.

»Ich nehme an, Jo hat Sie ausgelacht und das Geld abgelehnt«, sagte Jan, und Fahndruck nickte.

»Er meinte, er hätte selbst genug Kohle. Dieser verdammte Öko.«

»Und dann kam es zum Streit«, stellte Caro fest.

»Ja. Wir sind beide laut geworden.«

»Und handgreiflich«, fuhr Jan fort. »Sie haben ihn niedergeschlagen und liegen lassen.«

Fahndruck sah ihn groß an. »Schwachsinn. Ja, wir haben uns gestritten, ja, wir haben uns auch angebrüllt. Der Idiot hat mir dann noch vor Wut eine Ladung Schlamm ins Gesicht geschleudert, woraufhin ich ihn für völlig verrückt erklärt habe und wieder gegangen bin. Und da war Jo absolut munter, das können Sie mir glauben. Auch von hinten hat er mich mit so einer Schlammbombe getroffen.« Er wirkte immer noch empört.

»Aber Jo Hammert ist danach nie wieder lebend gesehen worden«, sagte Caro.

»Mag ja sein! Aber damit habe ich nichts zu tun! Als ich den Penner das letzte Mal gesehen habe, war er jedenfalls noch lebendig genug, um mich mit Matsch zu attackieren.«

»Klar. Das würde ich an Ihrer Stelle auch behaupten. Aber können Sie auch beweisen, dass er noch gelebt hat, als Sie zurück zur Insel gegangen sind?«, fragte Jan.

»Können Sie denn das Gegenteil beweisen? In Deutschland gilt immer noch die Unschuldsvermutung, Sie Schlaumeier. Kein Angeklagter muss vor Gericht seine Unschuld beweisen, im Gegenteil. Die Staatsanwaltschaft muss ihm die Schuld nachweisen. Also?« Erwartungsvoll und mit einem überheblichen Zug in den Mundwinkeln sah Fahndruck sie an.

Caro schwieg, und auch Jan sagte kein Wort. Sie hatten Beweise, dass Jo den Bau der Appartementanlage stoppen wollte. Sie hatten eins und eins zusammengezählt und waren zu dem Schluss gekommen, dass Fahndruck ein hervorragendes Motiv hatte, Jo aus der Welt zu schaffen. Das hatte Laerbach allerdings auch. Wenn Jo den Bürgermeister ebenfalls unter Druck gesetzt hatte und vielleicht sogar von dem Bestechungsfall wusste, dann wäre Laerbach mindestens genauso verdächtig wie Fahndruck. Und auch für Frida Gutloff und ihre Familie war Jos Tod ein Segen. Die Einzige, die ernsthaft betroffen gewirkt hatte, war die Ex-Frau. Es war schwer vorstellbar, dass sie etwas mit der Sache zu tun hatte, dann wäre sie kaum noch so lange nach Jos Tod auf der Insel geblieben.

»Also, haben Sie irgendwelche Beweise?«, hakte Fahndruck nach. Ein breites Grinsen zog sich über sein ganzes Gesicht. »Hab ich mir fast gedacht.«

Mit diesen Worten drehte er sich um und ließ die beiden stehen.

20

Am Abend wollte sich der Elternstammtisch wieder um acht Uhr im Knurrhahn treffen. Diesmal hatten die Freundinnen verabredet, dass Caro Tine abholen würde. Eine geschlagene Stunde zu früh klingelte sie an der Tür der Felders.

»Sorry, ich weiß, ich bin viel zu früh. Aber ich habe es zu Hause nicht mehr ausgehalten«, sagte Caro zur Begrüßung.

»Ist das nicht eigentlich mein Text?« Tine grinste, während sich die Zwillingstöchter hinter ihr an den Haaren zogen. »War bei dir auch zu viel los?«

»Eher zu wenig. Es war so komisch still im Haus, jetzt wo Justus mit Nils verreist ist.«

Tine begleitete Caro ins Wohnzimmer, wo Freddy vor dem Fernseher saß.

»Du schon wieder«, sagte er freundlich.

»Ich muss mir noch eben die Haare machen«, meinte Tine. »Gibst du Caro was zu trinken?«

Während ihre Freundin die Treppe nach oben hetzte, auf dem Weg noch die Zwillinge auseinanderscheuchte und ihren Ältesten zusammenstauchte, der in seinem Zimmer verbotenerweise rauchte, setzte sich Caro zu Freddy.

»Sag mal, dein Chef …«

»Ja?«

»Wie wichtig ist diese Appartementanlage für ihn?«

»Na, sauwichtig natürlich. Ist ja für Fahndruck ein Millionenprojekt.«

»Weißt du was davon, dass Jo Hammert versucht hat, den Bau zu verhindern?«

Freddy sah sie von der Seite an. »Jo ist tot«, sagte er ernst.

»Ich weiß. Und ich glaube, dass dafür jemand verantwortlich ist.«

»Und du meinst, dieser Jemand ist mein Chef?«

»Würdest du es ihm zutrauen?«

Freddy schwieg und blickte wieder auf den Fernseher. Für Minuten sagte er kein Wort, sondern starrte nur auf den Bildschirm.

»Ja«, sagte er schließlich.

Bevor Caro nachhaken konnte, stand Tine schon wieder im Raum. Peter zupfte ihr gerade am Ärmel und betonte theatralisch, was für einen Riesenhunger er habe.

»Wir haben gerade zu Abend gegessen.«

»Aber das hat nicht richtig geschmeckt!«

Tine seufzte. »Freddy, machst du dem Jungen gleich noch ein Brot? Komm, Caro, nichts wie weg.«

Sie waren zwanzig Minuten zu früh im Knurrhahn, aber zum Glück war ihr Tisch bereits frei. Während sie bei einem Glas Wein auf die anderen warteten, nutzte Caro die Gelegenheit, Tine noch mal nach Fahndruck auszufragen.

»Die Geschichte mit der alten Dame, die ich dir erzählt hatte, fand ich immer sehr bezeichnend für ihn. Aber ich muss zugeben, dass ich ihn persönlich nicht besonders gut kenne«, sagte ihre Freundin. »Eigentlich begegne ich ihm nur auf den Weihnachtsfeiern. Laut Freddy ist er aber mit Vorsicht zu genießen.«

»Warum?«

Tine zögerte. »Ich hatte dir doch mal erzählt, dass er uns bei unserem Hausbau geholfen hat. Na ja, konkret sah die Hilfe so aus, dass wir das halbe Haus mehr oder weniger schwarz gebaut haben.« Tine fühlte sich bei dem Geständnis sichtbar unwohl. »Bitte kein Wort darüber zu den anderen!«

»Natürlich nicht. Und damit setzt er euch immer noch unter Druck?«

»Im Prinzip ja. Ich kriege davon nichts mit, aber Freddy sagt immer, sobald er sich bei Fahndruck über irgendetwas beschweren würde, käme der mit unserem Haus und meint, Freddy solle mal schön die Klappe halten.«

In dem Moment kamen die anderen Eltern und setzten sich zu ihnen. Der tragische Tod von Jo Hammert ließ niemanden unberührt, und so dauerte es keine zwei Minuten, bis das Gespräch darauf kam.

»Er war jahrelang mein Patient«, sagte Elisa Frankenheimer betroffen. »Ich kenne niemanden, der so viele Medikamente nehmen musste wie er.«

»Hatte er nicht auch so ein Notfallmedikament bei sich?«, fragte Caro, obwohl sie die Antwort kannte.

»Ja. Sein Herz war ja nicht mehr das beste«, erklärte Elisa. »Im Gegenteil. Deshalb hatte er immer einen Thrombozytenaggregationshemmer bei sich.«

»Nimmt man das, wenn man einen Infarkt bekommt?«, fragte Tine.

Elisa nickte. »Es senkt die Sterblichkeit bei einem Infarkt um ein Viertel.«

»Warum hat er es nicht genommen?«, fragte Caro. »Bei einem Infarkt ist man doch nicht sofort weg, oder?«

»Nein. Bei einem plötzlichen Herztod allerdings schon.«

»Aber den hatte er doch nicht«, wandte Caro ein, die sich an Hinnerks Erläuterungen zum Obduktionsbericht erinnerte, von denen sie den anderen aber lieber nichts erzählen wollte. »Also, glaube ich jedenfalls«, fügte sie deshalb noch schnell hinzu.

»Vielleicht hat der Infarkt auch zu einem plötzlichen Kreislaufversagen geführt, das einen sofortigen Tod zur Folge hatte«, spekulierte Elisa. »Oder ihn zumindest bewegungsunfähig machte. Ich weiß es nicht. Es ist jedenfalls wahnsinnig tragisch. Seine Schwester war neulich noch bei mir in der Praxis. Sie hatte eine fiese Sonnenallergie, die Ärmste. Und das ausgerechnet beim letzten Zusammentreffen mit ihrem Bruder …«

Caro blickte ruckartig auf. »Asta Hammert war hier? Wann?«

Elisa legte ihre Stirn in Falten. »Kann ich nicht mehr genau sagen. Vielleicht vor zwei Wochen?«

»Also kurz nach Jos Verschwinden …«, murmelte Caro.

»Sicher kann ich es dir nicht sagen, aber ich glaube, das kommt hin. Ich hatte ihr noch gesagt, sie soll zwei Tage später zur Kontrolle wiederkommen, aber sie wollte schon am nächsten Tag wieder abreisen.«

»Warum war die hier?«, fragte Caro.

»Na, um ihren Bruder zu besuchen, schätze ich. Findest du das so ungewöhnlich?«, antwortete Elisa.

Caro schüttelte den Kopf und dachte gleichzeitig, dass es mehr als ungewöhnlich war. Die beiden verstanden sich schlecht, ein normaler Geschwisterbesuch war schon aus dem Grund eher unwahrscheinlich. Außerdem schien Frida Gutloff nichts von dem Besuch ihrer Mutter gewusst zu haben. Oder sie hatte Caro und Jan angelogen, mehr als einmal.

Asta Hammert konnte nur aus einem Grund nach Borkum gekommen sein: Weil sie Jo unter Druck setzen wollte, nachdem ihre Tochter nicht weitergekommen war.

»Ich werde mich jedenfalls dafür einsetzen, dass der geplante Bildband von Jo trotzdem erscheint«, sagte Carsten. »Als eine Art Erinnerung an ihn. Das hat er verdient.«

»Jo wollte einen Bildband herausgeben?« Davon hatte Caro noch nichts gehört.

»Ja. Er hat doch an diversen Stellen auf der Insel Fotofallen installiert«, erklärte Carsten. »Einmal hat er mir ein paar Schnappschüsse gezeigt, die sind zum Teil wirklich ulkig.«

Plötzlich sprang Caro auf und stieß dabei so stark mit ihrem Knie gegen den Tisch, dass Tines Wein überschwappte.

»Entschuldige!«

»Nichts passiert – was ist denn los?« Besorgt sah Tine sie an.

»Ich hab nur was vergessen. Muss ganz kurz telefonieren, gleich wieder da!«

Mit dem Handy in der Hand stürmte Caro aus dem Lokal.

»Die Boje!«, rief sie ins Telefon, nachdem Jan rangegangen war.

»Ich nehme an, du bist es, Caro …«

»Jetzt lass das doch mal!«

»Ich bin es halt gewohnt, dass man mich am Telefon normal begrüßt. Von was für einer Boje redest du?«

»Die Boje im Watt! Mensch, Jan!« Caro spürte, wie aufgeregt sie war. »Fahndruck hat gesagt, dass Jo eine Fotofalle an der Boje angebracht hat!«

»Um die Seehunde zu dokumentieren, ja. Und?«

»Die fotografiert aber doch nicht nur Seehunde! Die knipst alles, was ihr durch die Lichtschranke läuft!«

Langsam schien Jan zu verstehen, worauf sie hinauswollte. »Du meinst, wenn Fahndruck lügt …«

»… und Jo zusammengebrochen ist oder von ihm niedergeschlagen wurde, dann könnte das von der Kamera aufgenommen worden sein!«

»Wenn er sie zum Zeitpunkt des Gesprächs schon installiert hatte.«

»Wann ist Ebbe?«

»Heute? Erst in den frühen Morgenstunden. So gegen vier, glaube ich.«

»Dann gehen wir hin.«

»Du willst nachts ins Watt? Ohne Führer? Hast du noch alle Latten am Zaun?« Jan klang nahezu fassungslos.

»Wir könnten Aila mitnehmen.«

»Na, die wird uns 'ne Hilfe sein. Hat ja noch nicht mal gemerkt, dass der fette Fahndruck bei euch im Garten stand. Und dann glaubst du, die merkt, wenn das Wasser kommt?«

Caro verzog das Gesicht. »Dann frage ich halt Hinnerk.«

»Klar. Als ehemaliger Chefredakteur kann der einen natürlich im Stockdunkeln durch die Priele führen. Warum willst du nicht einfach auf die nächste Ebbe warten?«

»Das wäre erst morgen Nachmittag. Erstens ist das noch ewig hin, und zweitens muss ich dann arbeiten.«

»Noch lange kein Grund, nachts ins Watt zu marschieren. Dafür gibt es ehrlich gesagt überhaupt keinen Grund, Caro, außer man möchte gerne ertrinken.«

Caro sah ein, dass Jan mit seinen Einwänden recht hatte. Als Insulaner hatte er die Gefahren des Watts viel stärker verinnerlicht als sie.

»Hinnerk hat ein gutes Fernglas.«

»Und?«

»Wir könnten morgen früh die Bojen absuchen. Vielleicht haben wir Glück und finden die mit der Fotofalle. Je nachdem, wie weit sie vom Land entfernt ist, schwimme ich hin.«

»Oder?«

»Oder überlege ich mir dann.«

Jan seufzte. »Klingt nach einem Eins-A-Plan.«

Am nächsten Morgen saßen sie schon früh auf dem Deich. Während Caro durch das Fernglas das Wasser absuchte, fütterte Jan mit einem Brötchen die Schafe, die neben ihnen grasten. Blökend kamen die Tiere näher und probierten vorsichtig etwas von den Brotkrumen, die er ihnen hinwarf.

»Das könnte sie sein«, murmelte Caro nach einer Weile und reichte Jan das Fernglas. »Siehst du die grüne Boje? Nummer 15?«

»Ja. Da hängt ein kleiner schwarzer Kasten dran.«

»Könnte die Fotofalle sein.«

»Stimmt. Aber die ist viel zu weit draußen. Da kannst du niemals hinschwimmen.«

Damit hatte Jan leider recht.

Caros Blick fiel auf zwei Stand-up-Paddler, die gemütlich ihre Runden zogen und gerade wieder Richtung Land paddelten. »So was bräuchten wir.«

»Okay.« Jan stand auf.

»Wie okay?« Caro sah ihn irritiert an. »Willst du ihnen die Dinger vielleicht abkaufen?«

»Lass mich mal machen.«

Freundlich winkend ging Jan auf das Pärchen zu, das seine Boards gerade an Land zog. Es überraschte Caro nicht mehr, dass Jan die beiden innerhalb weniger Augenblicke in ein Gespräch verwickelt hatte, mit dem Paar zu scherzen und zu lachen schien und schließlich fröhlich Caro zu sich winkte.

»Das sind Anna und Sven aus Duisburg«, stellte Jan die beiden vor.

»Ist ja nicht weit von euch«, sagte Anna fröhlich, und Caro fragte sich, was für ein Märchen Jan ihnen wohl aufgetischt hatte. Die beiden waren etwas jünger als sie und schienen eine unbändig gute Laune zu haben. Jedenfalls strahlten sie die ganze Zeit, lachten viel und machten einen sehr verliebten Eindruck.

»Wir chillen noch ein bisschen zwischen den Schafen«, meinte Sven genauso fröhlich. »Wenn ihr wollt, könnt ihr solange mit unseren Boards fahren.«

»Danke! Das ist nett!«, sagte Caro.

»Ist doch wohl logisch«, meinte Anna. »Ich finde es total super, dass Jan wieder auf einem Brett stehen kann. Das hätte doch wirklich anders ausgehen können.«

Caro hoffte, dass man ihr das Fragezeichen im Gesicht nicht zu sehr ansah.

Als sie mit Jan zusammen die Boards ins Wasser zog, warf sie ihm einen prüfenden Blick zu.

»Was denn? Bisschen Drama hat noch keiner Geschichte

geschadet.« Er grinste sie breit an, zog T-Shirt, Schuhe und Socken aus und watete ins Wasser.

Caro bemühte sich, sein Sixpack zu ignorieren. Sie selbst behielt ihr T-Shirt an, stellte ihre Schuhe neben Jans und folgte ihm.

»Hast du so was schon mal gemacht?«, fragte er, als er im Vierfüßlerstand auf dem Brett war, das gefährlich hin und her schwankte.

»Klar«, antwortete Caro, die sofort aufrecht darauf stand. »In Berlin war das vor einer Weile total hip. Da sind alle auf den Seen und Kanälen damit rumgeschippert. Du offensichtlich nicht.« Sie verkniff sich ein Grinsen.

»Ich bin ein Inselkind«, sagte Jan. »Alles, was mit Wasser zu tun hat, ist mir in die Wiege gelegt worden.«

Er hatte den Satz noch nicht zu Ende gesprochen, als er schon vom Brett abgerutscht war. Bis zur Hüfte stand er nun im Wasser.

»Wenigstens ist es einigermaßen warm«, murmelte er und schwang sich erneut auf das Board.

»Ich warte an der Boje auf dich«, rief Caro ihm zu und paddelte schwungvoll los.

Auch wenn sie sich auf dem Brett sicher fühlte, hatte sie doch Respekt vor dem Meer. Die Boje war relativ weit draußen und markierte eine Fahrrinne, von der man sich sowieso besser fernhalten sollte. Sie war eine gute Schwimmerin und wusste, dass sie es wieder auf das Board schaffen würde, falls sie das Gleichgewicht verlieren sollte. Trotzdem war es etwas anderes, damit auf dem offenen Meer zu paddeln als in einem begradigten Stadtkanal.

Sie hörte es hinter sich noch einige Male platschen und schloss daraus, dass Stand-up-Paddling nicht Jans Lieblingssportart werden würde. Langsam näherte sie sich der Boje und hatte nun auch Probleme, im Stand zu bleiben, da die Wellen hier höher waren und die Strömung stärker wurde. Vorsichtig setzte sie sich auf das Brett und paddelte das letzte Stück mit den Händen an die Boje Nummer 15 heran.

Ja, das sah eindeutig nach einer Fotofalle aus, auch wenn sie so eine noch nie zuvor gesehen hatte. Aber das Kameraobjektiv und die Lichtschranke waren auch für einen Laien deutlich erkennbar.

»Wie sollen wir das Ding abkriegen?«, rief sie Jan zu und betrachtete die Konstruktion aus Metallriemen, die um die Boje gewickelt waren.

»Lass mich mal …« Atemlos hatte Jan sie erreicht. Er lag bäuchlings auf dem Brett und war wie ein Surfer zu ihr gepaddelt.

»Werkzeug hast du aber auch nicht dabei.«

»Aber Muskelkraft.«

Jan stemmte sich hoch und saß nun breitbeinig da. Mit einem schwungvollen Ruck riss er an der Kamera, wodurch die Boje gefährlich ins Schwanken geriet und er Caro fast vom Board gestoßen hätte.

»Ey! Kannst du nicht aufpassen?«

»Sorry.«

»Die Bojen sind schwer! Wenn ich die gegen den Kopf gekriegt hätte …«

»Hast du aber nicht.«

»Aber fast!«

Jan rollte mit den Augen. Ohne ein weiteres Wort zu sagen begann er, die kleinen Schrauben, mit denen die Metallverstrebung festgemacht war, mit den Fingern zu lösen.

»Pass bloß auf, dass sie dir nicht ins Wasser fällt.«

»Caro!«

»Ich sag's ja nur.«

Kurz darauf hatte er die Fotofalle von der Boje montiert.

»Ich hab keine Hosentasche«, sagte er und sah sich suchend um. »Wenn ich das Ding die ganze Zeit in der Hand halte …«

»Liegt es gleich am Meeresgrund, stimmt.« Caro griff in die Taschen ihrer Shorts. »Meine sind zu klein.«

»BH?«

»Bitte?«

»Steck sie in deinen BH. Wo garantiert nichts rausfallen kann.«

»Was soll denn das heißen?«

»Gar nichts. Nur dass die Kamera da sicher ist.«

Er streckte seine Hand aus und reichte ihr die Fotofalle. Wenn ihr die Kamera jetzt hinunterfallen würde, wäre sie für immer verloren. Mit einem hektischen Griff schnappte sie sich den kleinen Kasten und versuchte, ihn in ihren BH zu stecken.

»So viel Platz ist hier auch nicht«, meinte sie, schaffte es aber schließlich doch, die Falle relativ sicher zu verstauen, auch wenn sie jetzt zur Hälfte aus ihrem Dekolleté ragte.

Erschöpft zurück an Land bedankten sie sich bei Anna und Sven und wehrten ihre Einladung ab, bei einem Bier über die vermeintlich gemeinsame Herkunft aus dem Ruhrgebiet zu plaudern.

»Schade! Es hätte mich wirklich interessiert, wie du dich nach deiner Reha zurückgekämpft hast«, sagte Anna zum Abschied.

»Reha?«, fragte Caro, als sie außer Hörweite waren.

»Tja …«

»Tja?«

»Ist nicht alles gelogen, was ich den beiden erzählt habe.« Jan schwang sich, immer noch mit nacktem Oberkörper, auf sein Rad.

»Warum warst du in der Reha? Nach einem deiner Auslandseinsätze?« Caro sah ihn neugierig an.

»Du willst mich wieder ausfragen.«

»Gar nicht. Ich nehme nur Anteil.«

»Du bist neugierig.«

»Aber nicht sensationsgeil.«

»Die Übergänge sind fließend.« Jan radelte los.

»Frechheit!«, rief Caro und folgte ihm.

Ohne Umwege fuhren sie zu Hinnerk.

»Morgen um elf ist Jos Beerdigung«, sagte er, als sie sich auf die Terrasse gesetzt hatten. »Wird eine große Angelegenheit. Ihr kommt doch mit?« Er musterte Jan. »Warum bist du eigentlich nackt?«

»Sorry.« Jan streifte sich das T-Shirt über. »Natürlich kommen wir.«

Caro öffnete die Fotofalle, nahm den Speicherchip heraus und steckte ihn in ihr Laptop. Kurz darauf sahen sie die Aufnahmen durch.

»Süß«, meinte Caro, als der bestimmt zehnte Seehundkopf in die Kamera schaute. »Aber leider nicht das, was wir uns erhofft haben.«

»Du musst ganz an den Anfang gehen. Fahndruck hat doch gesagt, dass Jo die Kamera an dem Tag erst aufgehängt hat. Scroll mal nach oben«, sagte Jan.

Caro tippte auf der Tastatur.

»Hier, das müssten die ersten Bilder sein.« Sie spürte,

wie ihr Herz vor Aufregung pochte, als sie das Foto mit der Nummer 001 anklickte.

Für einen Moment starrten sie alle drei ungläubig auf den Bildschirm.

»Was zur Hölle …?!«, entfuhr es Jan dann.

Auch Caro konnte nicht glauben, was sie da sah.

21

Caro stand in einem kurzen schwarzen Etuikleid vorm Spiegel. Es stammte noch aus der Zeit, in der sie ihren Nils als reiche Unternehmergattin auf Events begleitet hatte, und sah teuer und edel aus.

»Herrschaftszeiten«, entfuhr es Hinnerk, als er im dunklen Anzug an ihr vorbeiging, »was bist du elegant!«

»Es ist das einzige schwarze Kleid, das ich noch besitze. Nach der Trennung von Nils ist viel von meinen Klamotten in Berlin geblieben, was dein lieber Sohn dann alles in die Altkleidersammlung gegeben hat.«

Hinnerk seufzte. »Ich weiß wirklich nicht, von wem er diese gehässige Ader hat.«

Caro lachte. »Steckt die nicht in jedem verlassenen Mann?«

»Gut möglich.«

Hinnerk versuchte, sich eine Krawatte um den Hals zu binden, scheiterte aber beim Knoten. Caro trat zu ihm und band sie ihm in wenigen Augenblicken.

»Danke. Ich konnte das nie gut.« Er musterte Caro. »Bist du aufgeregt?«

Scheinbar gleichgültig zuckte sie mit den Schultern. »Kommissar Bachmann wird auf der Beerdigung sein. Ich habe ihn vorhin angerufen und ihm gesagt, dass ich eindeutige Beweise habe, wer für den Tod von Jo verantwortlich ist. Er wollte direkt losfahren.«

»Aber du hast ihm nicht gesagt, was du auf den Fotos gesehen hast?«

Caro schüttelte den Kopf. »Er muss sich die Bilder ansehen. Ich kann es ja selbst kaum glauben …«

Da Jo Hammert schon vor Jahrzehnten aus der Kirche ausgetreten war und sich keiner Religionsgemeinschaft zugehörig gefühlt hatte, gab es keinen Trauergottesdienst. Stattdessen traf man sich direkt in der Totenhalle am Friedhof hinter dem Südstrand. In die Halle passten gut hundert Leute hinein, und sie war bis auf den letzten Platz gefüllt. Auch wenn Jo mit seinem Engagement für die Umwelt häufig polarisiert hatte, so war er nach all den Jahren doch zu einem festen Mitglied der Dorfgemeinschaft geworden. Jeder von den Einheimischen kannte ihn.

Als Caro als eine der Letzten die Halle betrat, fröstelte sie. Im Vergleich zu draußen war es hier recht kühl, aber das war nicht der einzige Grund, warum ihr ein Schauer den Rücken hinunterlief. Möglichst unauffällig ließ sie ihren Blick über die Bänke gleiten. Inge und Arne vom Flughafen saßen in einer der hinteren Reihen und nickten ihr zu. Der Bürgermeister Piet Laerbach war genauso da wie Lars Fahndruck, was Caro schon fast als Frechheit empfand. Wie konnten sie es wagen, auf Jos Beerdigung aufzutauchen? Dann machte sie noch Frida Gutloff ausfindig, die sich gerade mit einem Taschentuch das Gesicht trocknete. Neben ihr saßen eine Frau und ein Mann in den Fünfzigern, die erkennbar Fridas Eltern waren. Die Frau sah praktisch genauso aus wie Frida, nur dass sie einige Falten im Gesicht hatte. Der Mann hatte einen Arm um sie und den anderen um Frida gelegt.

Auf der anderen Seite der Halle entdeckte Caro Elke de

Santos, und hinter einem Pfeiler lehnte Kommissar Bachmann.

Caro quetschte sich zu Jan in die Bank.

»Du siehst heiß aus«, flüsterte er.

»Es ist heiß.«

»Das mein ich nicht.«

»Halt die Klappe.«

»Okay.«

Für einen Moment saßen sie stumm da und lauschten den Worten des Trauerredners, der Jos Engagement für den Umweltschutz auf Borkum lobte. Nachdem ein irisches Volkslied gesungen wurde, erhob sich schließlich Asta Hammert aus der Bank und ging nach vorne ans Rednerpult.

»DIE sagt was?«, zischte Caro Jan zu. »Wie pietätlos ist das denn?«

Jan nickte. »Könnte aber auch interessant werden.«

Asta Hammert trug ein mindestens genauso elegantes Kleid wie Caro. Es war ebenfalls knielang und auf Figur geschnitten, hatte allerdings lange Chiffonärmel und eine goldene Gürtelschnalle mit einem Designerlogo. Caro konnte nicht erkennen, um welchen Designer es sich handelte, aber dass es ein teures Stückchen Stoff war, sah sie sofort. Ihre blond gesträhnten Haare trug Asta Hammert zu einem perfekt gestylten Fransenbob, und Caro musste sich unwillkürlich fragen, wie der dem Borkumer Wind standhalten konnte.

Asta Hammert räusperte sich. »Heute sind wir hier, um von meinem Bruder Johannes Hammert Abschied zu nehmen.«

»Kein Mensch hat ihn Johannes genannt«, flüsterte Jan.

»Psst.«

»Und obwohl mein kleiner Bruder und ich uns in den letzten Jahren ein wenig aus den Augen verloren hatten, hinterlässt sein Tod bei mir nur eines: Schmerz.«

»Und ein volles Bankkonto«, flüsterte Jan erneut.

»Psst!« Caro warf ihm einen strafenden Blick zu.

»Ich erinnere mich gerne daran, wie wir gemeinsam auf dem Anwesen unserer Eltern aufgewachsen sind. Als Teenager sind wir viel zusammen ausgegangen, und schnell stand auch fest: Wir gehen gemeinsam in das elterliche Unternehmen. Mein Bruder und ich. Mein Seelenverwandter.«

Caro warf Jan einen erstaunten Blick zu. »Hat Frida Gutloff uns nicht erzählt, dass das Verhältnis der beiden schwierig war und sie …«

»Psst«, machte Jan nun, und Caro rollte mit den Augen.

»Seine schwere Krankheit beendete viel zu früh sein Leben. Wir alle werden ihn schmerzlich vermissen. Ruhe in Frieden, mein geliebter Bruder.«

Ein Schluchzen war aus den Reihen zu hören, und Caro sah, dass Elke de Santos sich mitgenommen ein Taschentuch ins Gesicht drückte.

Ich weiß nicht, was ich bei den Worten empfinden soll. »… schmerzlich vermissen« – werde ich ihn jemals schmerzlich vermissen? Ich kann nicht sagen, dass es mich unberührt lässt, dass er tot ist, auch wenn ich seinen Tod so sehr gewollt habe. Und wahrscheinlich geht das den meisten hier so. Aber schmerzlich vermissen wird ihn nun wirklich niemand.

Wie es wohl ist, wenn man tot ist? Ob Jo irgendetwas von dieser Veranstaltung mitbekommt? Wer weiß das schon. Vielleicht sieht er uns von oben.

Vielleicht sieht er mich.

Ich lege meinen Kopf in den Nacken und starre an die Decke der Totenhalle. Siehst du mich? Ach nein. Deine Augen wurden ja von den Möwen gefressen.

Ich kann mir ein Grinsen nur schwer verkneifen. Schnell ziehe ich ein Taschentuch aus der Tasche und halte es mir vor das Gesicht. Besser, die anderen denken, ich muss heulen, als dass sie mich jetzt lachen sehen. Das könnte ich vermutlich nicht besonders gut erklären.

Ich atme tief durch, und alle anderen denken, ich müsste mich fassen. Falsch gedacht. Ich atme durch, weil mit dem heutigen Tag alles seinen Abschluss findet. Heute wird Jo unter die Erde gebracht, und niemand weiß, dass ich es war, der ihm den letzten Stoß gegeben hat.

Sie folgten dem Trauerzug nach draußen. Kommissar Bachmann hielt sich dabei genauso im Hintergrund wie Caro und Jan. Unauffällig gesellte er sich zu ihnen.

»Was haben Sie denn jetzt bitte schön für unschlagbare Beweise?«, fragte er Caro mit gedämpfter Stimme.

In knappen Worten erzählte sie ihm von der Fotofalle, die Jo zur Dokumentation der Seehundpopulation an einer Boje angebracht hatte.

»Der Auslöser geht immer dann, sobald die Lichtschranke ihm eine Bewegung meldet. Wir haben einen Haufen Fotos von Jo und seinen letzten Gesprächspartnern«, erklärte Caro.

»Darauf ist eindeutig zu sehen, wie Jo nach seiner Herzattacke hilflos im Watt zurückgelassen wird«, fuhr Jan fort. »Man sieht deutlich, dass er zu dem Zeitpunkt noch lebt.«

»Er hatte aber kein Wasser in der Lunge«, sagte Bachmann. »Ertrunken ist er also nicht.«

»Herr Kommissar«, entgegnete Caro und holte tief Luft: »Ein hilfloser, kranker Mann, bei 35 Grad im Schatten, allein im Watt ... Vielleicht war er schon tot, als die Flut über ihn ging, aber er hat definitiv noch gelebt, als er da zurückgelassen wurde! Und auf einem der Bilder ist deutlich zu sehen, dass er sehr wohl hätte gerettet werden können.«

»Das ist Mord durch unterlassene Hilfeleistung«, fügte Jan noch hinzu.

»Ich weiß, wie man so was nennt«, sagte Bachmann. »Zeigen Sie mir Ihre Beweise.«

Caro nahm ihr Handy heraus, tippte auf den Foto-Ordner und reichte es ihm. Bachmann wischte über das Display. Er hob den Kopf und sah Caro ungläubig an.

»Das ... ist verstörend.«

»Allerdings«, gab Caro ihm recht. »Wann wollen Sie zugreifen?«

»Bringen wir Jo erst mal unter die Erde.« Der Kommissar seufzte.

Am ausgehobenen Grab sagte der Trauerredner noch ein paar bewegende Worte, dann wurde der Sarg mit den Überresten von Jo Hammert in die Erde gelassen. Mit bedrückten Mienen warfen Frida Gutloff und ihre Eltern Erde auf den Sarg, bevor sie den Weg zurück Richtung Friedhofstor gingen.

»Könnte ich Sie einen Moment sprechen?«, sagte Bachmann leise zu ihnen und zog sie vom Hauptweg in einen kleineren Pfad. »Und Sie bitte auch«, sagte er im nächsten Moment zu Lars Fahndruck und Piet Laerbach, die an ihnen vorbeigehen wollten.

»Frau de Santos?«, sprach Caro die Ex-Frau von Jo im selben Augenblick an. »Hätten Sie auch einen Moment?«

»Was ist denn los?«, fragte Laerbach irritiert. »Was wollen Sie denn von uns?«

»Kommen Sie, gehen wir in die Totenhalle. Da ist es kühler. Außerdem ist sie jetzt leer.« Kommissar Bachmann lotste die Gruppe in die Halle hinein. »Ich würde gerne die genauen Todesumstände von Jo Hammert mit Ihnen besprechen.«

»Heute und hier?« Asta Hammert gab sich entsetzt. »Hat das nicht Zeit?«

»Jo ist doch eines natürlichen Todes gestorben«, warf Elke de Santos ein. »Was wollen Sie denn da besprechen?«

»Nun, so ganz natürlich war sein Tod nicht«, begann Kommissar Bachmann. »Und Sie alle, jeder Einzelne von Ihnen, hatte kurz vor seinem Tod noch Kontakt zu ihm.«

»Ich nicht«, sagte der Mann von Asta Hammert.

»Ach halt die Klappe, Paul«, schnauzte seine Frau ihn an.

»Ist doch wahr! Ich hab dir noch gesagt, fahr nicht nach Borkum, aber du musstest ja unbedingt hin!«

»Du warst hier, Mama?« Frida Gutloff sah ihre Mutter erstaunt an. »Wieso hast du mir nichts davon erzählt?«

»Weil es irrelevant war«, antwortete Asta Hammert. »Und mit Jos Tod hat das sowieso nichts zu tun. Als ich ihn das letzte Mal gesehen habe, war er jedenfalls noch sehr lebendig.«

»Sie sind die Erste, die auf Jos Fotofalle zu sehen ist«, fuhr Bachmann fort.

»Das muss noch im Hafen gewesen sein«, sagte Caro und zeigte auf die Fähre, die im Hintergrund zu sehen war. »Die Kamera hing zum Zeitpunkt der Aufnahme jedenfalls noch nicht an der Boje. Das Foto erinnert eher an einen Schnappschuss direkt nach dem Auspacken. Hier am Rand kann man sehen, wie er den Karton in der Hand hält.«

Asta Hammert seufzte. »Das stimmt. Ich hatte mich entschlossen, nach Borkum zu fahren, um meine Tochter zu unterstützen. Sie kam in der Auseinandersetzung mit Jo keinen Deut weiter, und ich dachte mir, dass es nicht schaden könnte, wenn ich mal mit meinem feinen Herrn Öko-Bruder spreche.« Ihre Stimme klang verächtlich.

»Sie haben Jo im Hafen getroffen?«, fragte Jan nach.

»Ja. Er hatte überhaupt kein Interesse, mich zu sehen, und gab mir ganze fünf Minuten, während er auf die Post wartete, die vom Festland gebracht wurde. Er war aufgeregt wie ein kleines Kind, als der DHL-Typ ihm endlich sein Paket mit der bescheuerten Fotofalle gab. Da musste ich natürlich als erstes Motiv herhalten.«

Caro tippte auf das Display ihres Handys und vergrößerte das Foto, auf dem Asta Hammert im Borkumer Hafen zu sehen war. »Sie sehen nicht gerade glücklich auf dem Bild aus.«

»Nein. Ich war maximal genervt. Auch wegen der da.«

Asta zeigte auf Elke de Santos.

»Richtig. Frau de Santos ist ja auch auf einem der Bilder«, sagte Bachmann. »Sie waren dabei, als Jo Hammert seine Schwester getroffen hat?«

Elke de Santos verzog das Gesicht. »Ich bin sofort gegangen, als die blöde Kuh plötzlich vor uns stand. Jo und ich hatten uns vorher auf einen Kaffee am Hafen verabredet.«

»Eine Verabredung, von der Sie sich finanzielle Unterstützung erhofften, richtig?«, warf Caro ein.

Elke de Santos nickte zögerlich. »Ja. Das hatte ich Ihnen ja schon erzählt. Aber Jo hat mich vertröstet …«

»Eines der wenigen Dinge, die er richtig gemacht hat«, sagte Asta Hammert stöhnend. »Von eurer Scheidung mal abgesehen.«

Elke de Santos verzog das Gesicht. »Mich hat er mal geliebt. Dich immer nur gehasst.«

Asta Hammert holte hörbar Luft, aber bevor sie etwas erwidern konnte, kam Caro ihr zuvor.

»Wir wissen von der Auseinandersetzung, die Ihre Familie seit Langem mit Jo geführt hat«, sagte sie zu Asta. »Konnten Sie bei Ihrem Treffen eine Einigung finden?«

»Nein. Jo war stur wie immer. Es war gar kein richtiges Gespräch möglich. Er wirkte zu dem Zeitpunkt schon ziemlich mitgenommen. Offenbar hatte ihm die Auseinandersetzung mit dieser Person ganz schön zugesetzt.«

Elke de Santos warf Asta Hammert einen giftigen Blick zu.

»Vom Hafen bis zur Boje im Watt, an der Jo die Kamerafalle montieren wollte, ist es nicht sonderlich weit«, sagte Bachmann schnell, bevor die beiden Frauen sich richtig angiften konnten. »Sie haben Ihren Bruder dann begleitet, richtig?«

»Nur ein kurzes Stück. Er war sehr abweisend zu mir und hatte keine Lust, sich länger zu unterhalten. Außerdem tauchten dann diese Herren bei ihm auf.« Sie wies auf Lars Fahndruck und Piet Laerbach. »Es wirkte fast so, als hätten sie am Deich auf ihn gewartet.«

»Das ist eine Unterstellung.« Bürgermeister Laerbach wirkte aufgebracht.

»Nein, das ist eine Feststellung«, entgegnete Asta Hammert. »Sie standen mit Ihrem Jeep unten am Deich, und Jo sagte zu mir: ach, die schon wieder.«

»Ich hatte Ihnen doch gesagt, dass ich Jo am Watt getroffen habe«, wandte sich Fahndruck an Caro und Jan. »Was soll denn jetzt das Theater? Es ist doch kein Verbrechen, jemanden zu treffen und mit ihm zu reden.«

Caro wischte über das Display ihres Handys. »Stimmt. Aber schauen Sie mal hier.« Sie zeigte ihm ein Foto, das Fahndruck eindeutig mitten im Watt zeigte. »Das Bild wurde von der bereits installierten Fotofalle gemacht.«

»Na und?«

Caro glaubte, in seiner Stimme etwas Unsicherheit zu hören.

»Nun, das heißt doch, dass Sie mit Jo nicht nur am Deich gesprochen haben. Sie sind ihm ins Watt gefolgt«, sagte Jan.

»Ist das vielleicht verboten?« Fahndruck wischte sich über die Stirn, und Caro glaubte, ihn zum ersten Mal schwitzen zu sehen.

»Grundsätzlich nicht. Aber vom Deich bis zur Boje ist es ein ganz schönes Stückchen. Warum haben Sie nicht einfach gewartet, bis er von der Boje wieder zurückgekommen ist?«

»Weil manche Dinge nun mal keinen Aufschub vertragen«, antwortete Fahndruck.

»Und wo waren Sie zu dem Zeitpunkt?«, fragte Kommissar Bachmann den Bürgermeister.

»Das weiß ich doch jetzt nicht mehr!« Piet Laerbach wirkte aufgeregt.

»Sie werden doch wissen, ob Sie nach dem Gespräch mit Jo wieder zurück ins Rathaus gegangen oder ihm noch ins Watt gefolgt sind. So was vergisst man doch nicht«, meinte Jan.

»Vielleicht hilft Ihnen dieses Foto ja etwas auf die Sprünge.«

Caro tippte auf ihrem Display. Dann zeigte sie Fahndruck und Laerbach ein Bild, auf dem ein wütender Lars Fahndruck zu sehen war. Am Rand des Fotos erkannte man einen Arm, der in einem grünen Poloshirt steckte und auf dem deutlich ein tätowierter Anker war.

»Wenn ich also mal zusammenfassen darf«, sagte Kommissar Bachmann. »Sie, Frau Hammert, haben Ihren Bruder am Hafen getroffen, nachdem Frau de Santos dort einen Streit mit ihm hatte. Sie hatten dann ebenfalls eine Auseinandersetzung mit ihm und sind ihm bis zum Deich gefolgt, womöglich sogar bis ins Watt.«

»Nur bis zum Deich!«

»Okay. Dort hatten dann Sie, Herr Laerbach und Herr Fahndruck, die nächste Auseinandersetzung mit ihm. Und Sie waren definitiv bei Hammert im Watt«, fuhr Bachmann fort.

»Was nicht verboten ist!«, sagte Laerbach mit Nachdruck.

»Nein. Aber verboten war Ihr Plan«, sagte Caro kalt. »Sie sind ihm ins Watt gefolgt, um ihn dort niederzuschlagen und ertrinken zu lassen.«

»Das ist doch pure Fantasie.« Laerbach war nun sichtlich nervös.

»Ist es nicht. Wenn Sie mal hier schauen wollen?« Caro vergrößerte ein weiteres Foto auf ihrem Display, das nun Jo Hammert zeigte, der offenbar mit jemandem stritt. Hinter Hammert war eine Hand zu sehen, die einen Wagenheber festhielt. Und auf dem Arm zu dieser Hand war eindeutig wieder der tätowierte Anker zu erkennen.

Schlagartig wurde der Bürgermeister leichenblass.

»Halt den Mund, Piet«, sagte Fahndruck kalt. »Du sagst jetzt gar nichts mehr.«

»Aber …«

»Nichts aber.« Fahndruck räusperte sich. »Schön, vielleicht gab es einen solchen Plan. Vielleicht wollten wir uns ein Millionengeschäft nicht kaputt machen lassen. Ja und? Pläne darf man doch wohl so viel haben, wie man will. Aber jetzt frage ich Sie: Ist Jo niedergeschlagen worden? Hatte er eine Verletzung am Kopf, die darauf hinweist? Na?«

Fahndruck sah Caro aggressiv-provozierend an.

»Nein«, sagte Kommissar Bachmann. »An Jos Leiche konnten keine Anzeichen von körperlicher Gewalt festgestellt werden.«

»Ha!«, triumphierte Fahndruck. »Was soll das dann alles?«

»Wir sind ja noch nicht fertig.« Caro lächelte den Bauunternehmer zuckersüß an. »Vielleicht möchten Sie sich auch dieses Foto einmal näher anschauen?«

Caro zeigte eines der nächsten Bilder, auf dem Jo Hammert sich mit schmerzverzerrter Miene an die Brust fasste.

»Ist es richtig, dass Jo hier einen Herzinfarkt bekommen hat?«

»Bin ich Arzt? Was weiß denn ich!«, bügelte Fahndruck sie ab. »Als Piet und ich gegangen sind, war er jedenfalls noch munter, das kann ich Ihnen mit Sicherheit sagen.«

»Sie haben einen Mann, der gerade einen Infarkt erlitten hat, alleine im Watt zurückgelassen«, stellte Bachmann fest. »Das ist eine bewusste unterlassene Hilfeleistung.«

Piet Laerbach begann, hektisch zu atmen, und auch Lars Fahndruck fühlte sich zunehmend unter Druck gesetzt.

»Wir sind wie in Panik zurück zum Deich«, sagte der

Bürgermeister leise. »Aber nach einer Weile haben wir ein schlechtes Gewissen bekommen und sind zurück zu der Stelle, an der Jo zusammengebrochen war.«

»Aber wir haben ihn nicht mehr gefunden«, sagte Fahndruck mit gedämpfter Stimme, »alles war bereits voller Wasser.«

»Jos Tod habe ich nicht gewollt …«, flüsterte der Bürgermeister und blickte betreten zu Boden.

»Dann können Sie ja von Glück sagen, dass Sie ihn nicht auf dem Gewissen haben«, fuhr Caro fort. »Jedenfalls nicht vollständig. Nicht wahr, Frau Gutloff?«

»Wie bitte?« Frida Gutloff machte ein überraschtes Gesicht. Offensichtlich hatte sie nicht mehr damit gerechnet, Teil dieser Unterhaltung zu werden.

»Jos Fotofalle hat an diesem Tag ein hübsches Bild von Ihnen gemacht«, sagte Jan, und Caro hielt Frida Gutloff ihr Handy hin.

Mit zusammengepressten Lippen blickte die Frau auf das Bild. Es zeigte Frida Gutloff, die neben Jo Hammert im Schlamm kniete, sein Kopf lag auf ihrem Schoß.

»Das Schöne an so einer Fotofalle ist ja, dass sie nicht nur eine Einzelaufnahme macht«, sagte Caro, »sondern dass der Auslöser immer dann betätigt wird, wenn jemand die Lichtschranke auslöst.«

Caro wischte über das Display und zeigte Frida Gutloff die nachfolgende Fotoreihe. Ein Bild zeigte Jo, wie er mit Frida zu sprechen schien, das nächste, wie sie in seine Innentasche griff, danach sah man, wie sie etwas in der Hand hielt und aufstand, während Jo am Boden liegen blieb.

»Möchten Sie etwas dazu sagen, Frau Gutloff?«, fragte Kommissar Bachmann mit strenger Stimme.

»Meine Tochter sagt gar nichts«, ging Asta Hammert dazwischen.

»Ohne unseren Anwalt passiert hier nichts mehr«, mischte sich jetzt auch Fridas Vater ein.

»Ihr könnt mich nicht immer bevormunden!« Jetzt wurde die junge Frau laut. Ihr war die Wut anzusehen. »Erst stiftet ihr mich zu dem ganzen Mist an, und dann wollt ihr mir auch noch vorschreiben, wann ich darüber zu reden habe!«

»Aber Liebling …«

»Nix Liebling! Das hat doch jetzt sowieso alles keinen Sinn mehr!« Frida Gutloff sah ihre Mutter wütend an. Dann atmete sie tief durch. »Es stimmt. Ich war bei ihm … Meine Mutter hatte mir eine Nachricht geschickt und geschrieben, dass wir jetzt endlich handeln müssten, sonst wäre nicht nur das Erbe weg, sondern das ganze Unternehmen würde in die Insolvenz getrieben werden …«

»Solardächer!« Asta Hammert spuckte das Wort förmlich aus. »Jo hatte doch keine Vorstellung davon, wie teuer so was ist! Das hätte sich niemals gerechnet! Wer sich ein Fertighaus kauft, der muss auf die Kosten achten. Und unnötige Zusatzkosten sind bei unserer Kundschaft nun mal nicht sonderlich beliebt.«

»Meine Mutter hat mir geschrieben, dass sie wusste, wo Jo gerade war«, sagte Frida Gutloff und musste schlucken. »Regel es, meinte sie, ein für alle Mal …«

»Und dann?«

»Ich hab Jo schon von Weitem im Schlamm liegen sehen. Die Priele um ihn herum haben sich immer mehr mit Wasser gefüllt …« Frida Gutloff wischte sich über die Augen. »Gib mir die Tropfen, hat er zu mir gesagt. Aber …« Sie stockte.

»Aber Ihnen war es lieber, dass Ihr Onkel stirbt«, schlussfolgerte Jan. »Eigentlich konnte Ihnen doch nichts Besseres passieren als ein Herzinfarkt im Watt.«

»Nein, so war es nicht. Ich wollte ihm die Tropfen geben, ganz bestimmt!« Die junge Frau wirkte nun verzweifelt. »Aber mir haben die Hände gezittert, ich habe es nicht geschafft, diese verdammte Flasche aufzukriegen. Und als ich den Verschluss endlich mit einem Ruck abbekommen hatte, flogen die Tropfen in den Schlamm.«

»Hm, und das wurde leider, leider nicht von der Kamera festgehalten, was?«, sagte Caro süffisant.

»Nun, wie wir ja alle eben gesehen haben, fängt die Kamera nur einen bestimmten Ausschnitt ein«, sagte Asta Hammert. »Sobald etwas außerhalb ihres Radius passiert, kann es logischerweise auch nicht fotografiert werden.«

»Ich wollte dann so schnell wie möglich zurück zum Deich, um Hilfe zu holen …«, erzählte Frida Gutloff weiter.

»Aber genau wie bei den Herren Fahndruck und Laerbach kam dann leider jede Hilfe zu spät«, ergänzte Jan nicht weniger süffisant als Caro.

Frida Gutloff nickte. »Sie können mir glauben, dass es mir anders lieber gewesen wäre.«

»Tue ich aber nicht«, konterte Caro. »Komisch, oder? Ich habe vielmehr den Eindruck, dass Sie ganz froh waren, weil sich das Problem mit Ihrem Onkel von alleine erledigt hatte.«

Frida Gutloff schüttelte den Kopf und presste sich ein Taschentuch vor den Mund, als wollte sie ein Schluchzen unterdrücken. Aber Caro sah genau, dass aus ihren Augen nicht eine Träne kam. Die junge Frau war eine meisterhafte

Schauspielerin, die ihnen die ganze Zeit nur Theater vorgespielt hatte, dachte sie.

Caro blickte in die Runde, sah jeden Einzelnen ernst an. »Im Prinzip haben Sie alle gemeinsam Jo Hammert im Watt sterben lassen.«

»Sie haben ihn alleingelassen, als er um sein Leben kämpfte«, sagte Jan ernst. »Auch wenn das kein Mord ist …«

»Ob es Mord ist oder nicht, werden Staatsanwalt und Richter entscheiden«, ging Kommissar Bachmann dazwischen. »Wer bewusst lebensnotwendige Hilfe verweigert, lädt ohne Zweifel einen Haufen Schuld auf sich. Und deshalb begleiten Sie mich jetzt auf die Wache. Alle.«

Epilog

Zwei Tage später schlug Caro morgens die Zeitung auf und las einen großen Artikel über die Verhaftung von Frida Gutloff und ihrer Mutter Asta Hammert. Ihnen wurde unterlassene Hilfeleistung mit Todesfolge vorgeworfen, während Lars Fahndruck sich dem Vorwurf der Bestechung, des Einbruchdiebstahls sowie der Tierquälerei stellen musste. Bürgermeister Piet Laerbach trat aufgrund des Korruptionsskandals von seinem Amt zurück, die Arbeiten an seinem Wintergarten mussten mit sofortiger Wirkung eingestellt werden. Geld hatte er dafür sowieso keines mehr, da er keinen Anspruch auf die fünfzigtausend Euro hatte, mit denen er sich von Fahndruck hatte kaufen lassen. Gegen Elke de Santos wurde zunächst nicht ermittelt, da es keine Beweise dafür gab, dass sie Jo ins Watt gefolgt war.

Neben dem Artikel über die Verhaftungen stand ein Bericht über den Stopp des Appartementbaus. Die Borkumer Zeitung feierte Jo darin posthum und lobte sein Engagement für den Umweltschutz, das diesen Protzbau verhindert habe.

»Aila! Komm, wir gehen eine Runde!«, rief Caro die Hündin, die sofort schwanzwedelnd zu ihr kam.

Als sie die Haustür öffnete, stolperte sie fast über Kommissar Bachmann, der gerade klingeln wollte.

»Wollten Sie zu mir?«, fragte Caro ungläubig.

Bachmann räusperte sich. »Ja. Ich … Ich wollte mich bei Ihnen bedanken.«

»Nicht Ihr Ernst.«

»Doch, natürlich. Warum denn nicht? Wenn Sie die Fotofalle nicht entdeckt hätten, wären die Verantwortlichen immer noch auf freiem Fuß.«

»Gern geschehen. Glauben Sie, die werden alle verurteilt?«

Bachmann zuckte mit den Schultern. »Ich weiß es nicht. Es dürfte schwierig werden, Frida Gutloff nachzuweisen, dass sie Jo die Tropfen absichtlich vorenthalten hat. Aber die Tatsache, dass sie ihm Hilfe verweigert hat, reicht auf jeden Fall für eine Anklage.«

»Das freut mich.«

»Das ist jetzt schon das zweite Mal, dass Sie sich in die Arbeit der Polizei einmischen, Frau Falk.«

»Wie gesagt, gern geschehen.«

»Es wäre schön, wenn Sie sich von jetzt an aus unseren Angelegenheiten raushalten würden.« Bachmann sah sie eindringlich an. »Versprechen Sie mir das, Frau Falk?«

»Nein«, meinte Caro grinsend, und Bachmann rollte stöhnend mit den Augen.